Julia Wallis Martin Das steinerne Bildnis

Julia Wallis Martin

Das steinerne Bildnis

Roman

Aus dem Englischen von
Sabine Hübner

Engelhorn Verlag Stuttgart

Die Originalausgabe erschien 1997 unter dem Titel
»A Likeness in Stone«
bei Hodder & Stoughton, London

Die Deutsche Bibliothek – CIP-Einheitsaufnahme

Martin, Julia Wallis:
Das steinerne Bildnis : Roman / Julia Wallis Martin.
Aus dem Englischen von Sabine Hübner.-
Stuttgart : Engelhorn Verlag, 1998
Einheitssachtitel: A Likeness in Stone ‹dt.›
ISBN 3-87203-239-9

Druck und Bindearbeit: Clausen & Bosse, Leck
Printed in Germany
ISBN 3-87203-239-9

Für Marengo

1

Vaughan wußte nicht genau, was ihn am Tauchen faszinierte, jedenfalls schien es ihm nie langweilig zu werden. Vielleicht lag es daran, daß er durch seine Arbeit bei der Navy einige der eindrucksvollsten Tauchplätze der Welt kennengelernt hatte, vielleicht war er auch nur süchtig nach dem Adrenalinstoß, wenn sich die Wasserdecke über seinem Kopf schloß.

Er hatte den vertrauten Kick vor wenigen Augenblicken gespürt, als er mit Saunders in den Stausee von Marshfield hineingetaucht war, aber er hatte auch noch etwas anderes gespürt – ein Gefühl des Sinkens, das nicht allein auf die Sauerstofftanks zurückzuführen war, die ihn hinabzogen. Es war mehr ein Instinkt als ein Gefühl, ein sechster Sinn, der sich immer dann in ihm regte, wenn er in Gewässern arbeitete, die dafür berüchtigt waren, daß sie immer wieder Menschenleben forderten. Zuerst wollte er den Tauchgang abbrechen – aber nach dem Auftauchen würde Saunders zu Recht fragen, warum.

Saunders war früher ebenfalls bei der Navy, und deshalb hätte Vaughan nur ungern gesagt, er hätte einfach nur so ein komisches Gefühl gehabt. Saunders wäre wohl kaum davon beeindruckt gewesen, und er sollte ja nicht denken, er, Vaughan, hätte keinen Mumm mehr. Aber das Gefühl, der Instinkt ließ sich nicht unterdrücken. Und obwohl nichts darauf hindeutete, daß dieser Stausee gefährlicher war als viele andere, in denen sie schon getaucht waren, herrschte im Wasser eine merkwürdige Ruhe, eine gewisse Dunkelheit, die sich nicht nur durch den Mangel an Licht erklären ließ.

Die Wasseroberfläche über ihnen wurde vom Regen zerfetzt, und der Himmel, aus dem er fiel, trug wenig dazu bei, um die Tiefen zu durchdringen und ihren Weg zu erhellen. Es war bedrückend, doch anfangs konnte Vaughan nicht genau sagen, warum. Dann fiel es ihm ein: Das Sonderbare an diesem Stausee war, daß keine Fische darin schwammen. Keine dunklen, trägen Karpfen, die wie Schatten langsam in noch dunklere Schatten glitten und mit ihnen verschmolzen.

Ein Ausbilder hatte ihm einmal gesagt, das Fehlen von Fischen könne man als Warnung betrachten. Es sei unnatürlich und weise meistens auf Wasserverschmutzung oder Raubfische hin. Als er einmal vor der Küste Mosambiks getaucht hatte, war er vor Schreck erstarrt, als plötzlich alle Fische verschwunden waren. Er hatte versucht, im Wasser zu erspüren, was sie erschreckt hatte, und als ein riesiger Bullenhai vor ihm auftauchte, war ihm blitzschnell alles wieder eingefallen, was er über diese Tiere gehört hatte. Er wußte zum Beispiel, daß sie ihr Opfer selten so wütend attackieren wie der Weiße Hai, sondern es vielmehr umkreisten, einen Fuß abbissen und vielleicht eine Hand. Es konnte passieren, daß sie ein Bein direkt unterhalb des Knies abtrennten, dann aber das Interesse verloren und die Gliedmaßen der Verwesung überließen. Das Opfer blieb als Torso zurück.

Damals hatte ihn die Angst gepackt, und er war panisch zum Strand zurückgeschwommen, ständig in der Erwartung, daß sich das Maul des Hais um eines seiner Glieder schloß, aber der furchtbare Schmerz war ausgeblieben. Statt dessen hatte er einen dumpfen Aufprall gegen sein rechtes Bein gespürt und war schluchzend auf dem Strand zusammengebrochen, voller Angst, auf das zu blicken, was sicherlich nur noch ein Stumpf war.

Er hatte Blut gesehen, aber keinen Stumpf – nur aufgeschürfte Haut, wo der Hai mit seiner sandpapierrauhen Haut an ihm vorbeigeschossen war.

Vaughan hatte sich damals sehr vor den Leuten am Strand

geschämt, weil er geweint hatte, und versucht, die Erinnerung daran zu verdrängen. Aber die Stille des Wassers war in seinem Gedächtnis unter »nützliche Informationen« gespeichert, und diese Stille spürte er jetzt, während das Haus in Sicht kam. In den Akten des Wasserwirtschaftsamts von Thames Valley war vermerkt, daß das Haus überflutet worden war, als aus Marshfield ein Stausee wurde. Mit etwas Glück würden sie im Haus ein paar brauchbare Sachen finden, und der Tauchgang hätte sich gelohnt.

Während sie das Haus langsam umkreisten, sahen sie, daß Tür- und Fensterrahmen verfault und die herausgebrochenen Scheiben mit Schlick bedeckt waren. Auf der Suche nach einem geeigneten Zugang blickte Vaughan auf, aber durch den Druck des Wassers lief diese normalerweise rasche, automatische Bewegung schwerfällig und bedächtig ab. Er streckte die Hand nach den Wänden aus und spürte, daß sie mit einer weichen Schicht Flechten bedeckt waren. Dann stieß er sich nach oben, Saunders folgte ihm.

Als sie übers Dach schwammen, sah er hinunter und hatte beim Anblick der unter ihm vorbeigleitenden Ziegel ein Gefühl, das den Schilderungen von Sterbenden, die ihren Körper verlassen haben, sehr nahe kam. Er hatte es schon früher erlebt, wenn auch nicht ganz so intensiv wie dieses Mal, und es war eine Empfindung, wie man sie vielleicht im Traum hat: Man verläßt den materiellen Leib und fragt sich, ob so der Tod ist.

Das Gewicht der Sauerstoffflaschen zog sie auf der Rückseite des Hauses hinunter, und nach einer kurzen Pause, in der sie überlegten, welche Alternativen es gab, glitten sie mühelos durch ein Fenster in eine Küche, die noch teilweise eingerichtet war. Sie sahen einen noch eingesteckten Mikrowellenherd, einen Schrank voller Dosen ohne Etiketten und in der Waschmaschine verrottende Kleidung.

Irgendwann war die Küche mit resopalbeschichteten Einbauelementen modernisiert worden, die sich im Wasser verzogen hatten. Das Grau der Nirosta-Spüle verschmolz mit dem Grau der Tapete, die sich ablöste, wenn man sie berührte. Dünne Stores blähten sich bei jeder ihrer Bewegungen, und Vaughan berührte einen davon leicht. Der Store löste sich von der Stange, hing über seinem Arm, und als er sich davon befreien wollte, fiel er auseinander und sank zu Boden.

Vaughan hatte Angst. Er wußte nicht, warum, aber einmal, im Wohnbereich eines gesunkenen Schiffs, hatte er das gleiche Unbehagen verspürt, als könnten die früheren Bewohner plötzlich Gestalt annehmen, ätherische Wesen, nicht mehr als ein Abdruck im Wasser.

Er fing sich wieder und schwamm, nachdem er Saunders ein Zeichen gegeben hatte, ihm zu folgen, zu einem Raum neben der Küche, der sich als vollständig möbliert erwies. Eine Bakelit-Uhr auf einem steinernen Kaminsims lenkte seinen Blick auf einen billigen gerahmten Druck, der immer noch über dem Kamin hing: Eine rehäugige Frau lehnte an einem Baum, wobei das Wasser die Szene so verzerrte, daß ihre Ringellocken durchs Glas auf ihn zuzutreiben schienen.

Er stieß sich ab, schwamm über einen Sessel und kam in einen langen schmalen Flur. Am gegenüberliegenden Ende sahen sie dort, wo die Tür gewesen war, fahles Licht. Es beleuchtete ihren Weg zu einer Treppe, die in der Dunkelheit verschwand. Vaughan zögerte, es kam ihm so vor, als sei er in einem bizarren Traum gefangen – dann schwamm er die Treppe hinauf.

Auf dem Absatz hielt er inne, um sich zu orientieren, bevor er langsam in den ersten von mehreren Räumen hineinglitt. Da er leer war, schwamm Vaughan wieder hinaus und gab Saunders ein Zeichen, daß sie es mit dem nächsten Raum versuchen würden. Dort befand sich an der gegenüberliegenden Wand eine Matratze, daneben ein Radiowecker und etwas, das vielleicht einmal ein Haufen alter Decken gewesen war.

Da er hier nicht allein bleiben wollte, folgte er Saunders in ein kleines gekacheltes Bad. Das Schränkchen über dem Waschbecken hatte außer einem Päckchen Rasierklingen und einer Zahnbürste nichts zu bieten.

Sie verließen das Bad, glitten mühelos ins Schlafzimmer, zwei Gespenster, die das Wasser aufrührten, das seinerseits die Bettücher lüpfte. Die Tücher richteten sich auf wie in einem Alptraum. Er sah es aus den Augenwinkeln, brachte es aber nicht über sich, den Kopf auch nur einen Millimeter zur Seite zu drehen, aus Angst vor dem Anblick, der sich ihm bieten könnte – so wie ein Kind sich fürchtet, in einen Spiegel zu schauen, an dem es vorbeiläuft.

Er konzentrierte sich auf einen großen Einbauschrank, erreichte ihn mit ein paar ruhigen Schwimmstößen und versuchte die Tür zu öffnen. Der Türknauf war im Lauf der Zeit schwarz angelaufen und paßte genau in seine Hand; die rauhe Oberfläche des oxidierten Messings erinnerte ihn an die Haut des Hais. Vaughan mühte sich eine Weile vergeblich ab, aber schließlich gelang es ihm doch, die Tür zu öffnen, wobei auch hier der Druck des Wassers eine eigentlich simple Aufgabe zur Schwerarbeit machte. Er wich zurück, als die Tür aus den durchgerosteten Scharnieren kippte. Als sich der aufgewühlte Schlamm allmählich setzte, starrte Vaughan auf das, was der Schlick verschleiert hatte. Saunders, der sich direkt hinter ihm befand, war der Blick auf den Schrank versperrt.

Das war nicht real, durchzuckte es ihn, das hatte irgendein Witzbold zurückgelassen, und wenn er es berührte, würden ihm seine Hände bestätigen, was sein Kopf bereits wußte: daß es sich bei dem Gesicht um eine jener Masken handelte, die man auf Halloween-Partys trägt. Es würde sich als hartes, starres Plastik entpuppen, nicht als weiches, verwesendes Fleisch, wie ihn seine Augen glauben machen wollten.

Er streckte die Hand aus, packte den Unterkiefer, als wollte er die Maske von einem Styropor-Kopf ziehen, und hätte gern geleugnet, daß er plötzlich den Unterkiefer in der Hand hielt, einen Körperteil von einem Menschen, der schon lange tot war. Dann sprudelten die Blasen, und an Saunders Ohr drang ein Schrei, dem das Wasser, obwohl es ihn verzerrte, nichts von seinem Grauen nehmen konnte.

2

Als er das Büro verließ, war der schleppende Verkehr aus Oxford hinaus völlig zum Erliegen gekommen. Straßenarbeiten? Ein Unfall? Ian Gilmore wußte es nicht. Er wußte nur, daß er heute abend ein leeres Haus betreten würde, daß Susan zwar nur die paar Sachen mitgenommen hatte, mit denen sie vor knapp einem Jahr bei ihm eingezogen war, daß das Haus aber trotzdem leer widerhallen würde.

Er hatte sie nicht geliebt. Das wußte er. Vielleicht hatte sie es ja auch gewußt, als sie schon wenige Wochen, nachdem sie sich kennengelernt hatten, zu dem Schluß gekommen war, daß es schwer war, mit einem Gespenst zu leben. *Wer ist diese Frau, über die du nie sprichst?*

Er hätte lügen können, um ihre Fragen abzuwehren. Er hätte zum Beispiel sagen können, es handle sich um irgendeine ihrer Vorgängerinnen, und er hätte hinzufügen können, daß ihm jede einen Zettel am Kühlschrank hinterlassen hatte.

Warum ausgerechnet am Kühlschrank, fragte er sich. Weil er in der karg eingerichteten Küche stand und man sicher sein konnte, daß eine Nachricht dort bemerkt würde? Oder nur deshalb, weil sich der Magnetschneemann ideal dafür eignete, eine Nachricht an die Kühlschranktür zu heften?

Dabei wäre das gar nicht nötig gewesen. Er kannte die Vorzeichen. Er hatte es jedesmal gewußt, manchmal schon Wochen im voraus, daß sie bald aus seinem Leben verschwinden würden. *Du sprichst nie über deine Gefühle.*

Anfangs hatte sie seine Zurückhaltung akzeptiert, doch als ihre Gefühle für ihn stärker wurden, hatte sie versucht, *zu ihm durchzudringen*, wie sie es nannte. Er hätte ihr sagen können, daß das reine Zeitverschwendung war, und er hätte ihr außerdem prophezeien können, daß er das Haus eines Tages bei seiner Rückkehr dunkel und leer vorfinden würde, ohne die Sue, die jetzt zu der langen Liste von Frauen gehörte, die ihn aufgegeben hatten.

Er sah sein Spiegelbild in der Windschutzscheibe; es wirkte fremd, vom Glas verzerrt. Es war das Gesicht eines Mannes in den besten Jahren, ein Gesicht, das Frauen anzog, weil es den Eindruck erweckte, er habe alles hundertprozentig im Griff.

Wirklich paradox.

Der Verkehr kam ins Rollen, und Gilmore fuhr langsam hinter seinem Vordermann her, nach Hause, doch er machte Umwege und fuhr über Nebenstraßen, die er nie gesehen hatte, nur um nicht vor dem Kühlschrank stehen zu müssen.

Schließlich aber ließ es sich nicht mehr vermeiden. Er bog in die Einfahrt eines Reihenhauses ein, das allen anderen roten Backsteinhäusern glich, ein Drei-Zimmer-Klotz in dem halbmondförmigen Weg, und wie immer hatte er das Gefühl, es sei nicht sein Zuhause. Obwohl er hier jetzt schon einige Jahre wohnte, entsprach seine Einstellung zu dem Haus der zu den Frauen, die hier mit ihm zusammengelebt hatten – er hätte jeden Augenblick gehen können, ohne sich auch nur einmal umzudrehen.

Er parkte vor der Garage, schloß den Wagen ab und ging ins Haus. Die Küchentür war geschlossen. Er konnte sich nicht erinnern, ob er sie zugemacht hatte oder warum. Vielleicht, weil von dem weißen Gipsgesicht des Schneemanns eine Art Kontrolle ausging.

In einem Moment der Entschlossenheit riß Gilmore das dünne linierte Papier unter dem Schneemann hervor, der am Kühlschrank haften blieb. Gilmore überflog den Zettel, zerknüllte ihn und warf ihn in einen Treteimer. Er kannte den Inhalt ja sowieso. Nicht, weil er ihn immer wieder gelesen hätte, sondern weil er all den anderen Zetteln glich, die schon an seinem Kühlschrank gehangen hatten. Nur die Unterschriften wechselten.

Ausnahmsweise schenkte er sich einen Drink ein und nahm ihn mit ins Wohnzimmer. Es war schlicht und gemütlich eingerichtet, jetzt ohne weiblichen Touch, und als er ins Sofa sank, schaltete er per Fernbedienung die Nachrichten ein.

Später würde er sich nicht mehr daran erinnern, was vor der Meldung über Marshfield gekommen war. Er wußte nur noch, daß es ihm einen Moment so vorgekommen war, als sei das schiefergraue Wasser plötzlich ohne Vorwarnung gestiegen, um ihn zu verschlingen, und dann war es vorbei, durch eine neue Meldung vom Bildschirm gewischt. Er saß da und lauschte verständnislos Berichten über andere Katastrophen, Desaster, die andere Menschen vermutlich ebenso niederschmetterten, wie Marshfield ihn niedergeschmettert hatte.

Er schaltete ab, saß da und dachte plötzlich an Sue und ihren jammernden Vorwurf: *Wer ist diese Frau?*

An Abenden wie diesem, winterlich, kalt und typisch für November, hätte er diese Frage manchmal gerne beantwortet. Das Problem war nur, daß er sich kaum noch an ihr Gesicht erinnern konnte, aber dafür an einzelne Details. Er erinnerte sich zum Beispiel daran, daß sie ihr kurzes dunkles Haar mit Frisierschaum zu einem Igelkopf gestylt hatte und daß sie eine schlankere Figur gehabt hatte, als ihm lieb gewesen war. Außerdem erinnerte er sich an ihre Selbstsicherheit, typisch für Frauen, die nicht nur schön, sondern auch klug sind; und da sie am Somerville College Englisch studiert hatte, war sie zweifellos klug gewesen.

Warum konnte er sie nicht vergessen?

Er wußte es nicht, und genausowenig wußte er, warum er es nie geschafft hatte, zur Polizei zu gehen und zu sagen, was sie damals, vor zwanzig Jahren, nicht aus ihm herausgebracht hatte.

Manchmal hatte er sich danach gesehnt, aber dann hatte ihn der Gedanke an die Folgen erschreckt. Und so lebte er diese Lüge, diese Lüge, die wie eine erstickende Fassade seine wahre Existenz verkleidete und alles Darunterliegende entstellte.

3

Er durfte es noch erleben, so, wie er es gehofft hatte. Im Radio hatte Driver gehört, daß in Marshfield eine Leiche gefunden worden war. Und ausgerechnet *in einem Kleiderschrank.* Driver kam das widersinnig vor. Man hätte sie in Tausenden Morgen Sumpf begraben können, Sumpf, der vom Wasser des geplanten Stausees überflutet werden würde – warum also hatte er sie in einem Schrank versteckt?

Er ging in die Küche, blickte über ein kleines, gepflegtes Rasenstück zu den Senioren-Bungalows hinüber und sprach mit seiner verstorbenen Frau. »Mary«, sagte er, »man hat sie gefunden.«

Ein Geist stand an der Spüle, der systematisch die Frühstücksteller abwusch, ein Geist, der nicht aufblickte; keine adrette Frisur mehr, keine nette Figur. *Hab ich's dir nicht gesagt?*

»Aber wo, das errätst du nie«, sagte Driver. »All diese Jahre war sie dort unten, hat einfach gewartet. Er hat sie *im Haus* versteckt!«

Er konnte es nicht fassen. Hätte er den Verdacht gehabt, daß Gilmore etwas so Idiotisches tun würde, dann hätte er damals, während der Ermittlungen, Taucher hinuntergeschickt. Aber vor zwanzig Jahren hatte er am Ufer gestanden, ins Wasser gestarrt und sich mit der Tatsache abgefunden, daß die Leiche in einem Sumpf begraben lag, einem Sumpf, der jetzt, genau wie das Haus, vollständig überflutet war. Damals hatte er seine Chancen, sie zu finden, gleich Null eingeschätzt.

Er ging in den Flur, wo er die Polizei von Thames Valley anrief. Die Nummer fiel ihm automatisch ein, und als jemand abhob, sagte er: »Verbinden Sie mich mit der Einsatzzentrale.«

»Worum geht es?«

»Marshfield«, sagte Driver.

Während er auf die Verbindung wartete, erinnerte er sich, daß er Gilmore schon sehr früh im Verdacht gehabt hatte. Gilmore, der immer wieder schaudernd zurückgewichen war, weniger vor den Fragen des Verhörs als vielmehr vor irgendeiner furchtbaren Szene, die ständig über sein Gesichtsfeld flimmerte.

»Sie haben sie getötet.«

»Sie scheinen sich ja sehr sicher zu sein.«

»Allerdings.«

Eine Stimme unterbrach seine Gedanken, eine hektische, gestreßte, barsche Stimme: »Einsatzzentrale!«

»Mit wem spreche ich?« Dalton stand in der Einsatzzentrale der Polizei von Thames Valley, in einer Hand Papiere, in der anderen einen Ordner, den Hörer unters Kinn geklemmt. »Kriminalinspektor Dalton«, sagte er und fügte hinzu: »Und wer sind Sie?«

»Driver, Kriminaloberinspektor a.D.«

Der Name kam Dalton bekannt vor, und in Sekundenschnelle hatte er aus irgendeiner fernen Erinnerung ein Gesicht hervorgerufen. »Bill?« fragte er, und Driver erwiderte vorsichtig: »Kennen wir uns?«

»Sie wurden etwa neunzehnhundertachtzig pensioniert.«

»Stimmt.«

»Ich war damals ganz neu hier.« Da nicht gleich eine Antwort kam, vermutete Dalton, daß Driver jetzt in seinem Gedächtnis kramte. Und so fügte er hinzu: »Sie werden sich nicht an mich erinnern, aber ich erinnere mich an Sie.«

Driver spürte die Wärme in seiner Stimme. »Wenn ich Sie sehen würde, würde ich Sie wahrscheinlich wiedererkennen«, sagte er halb entschuldigend, und Dalton erwiderte: »Macht nichts. Worum geht's?«

»Ich habe im Radio den Aufruf gehört, daß man sich bei Kriminalkommissar Rigby melden soll, wenn man etwas über die Leiche weiß, die in Marshfield gefunden wurde.«

»Er ist nicht da«, sagte Dalton. »Was haben Sie?«

»Wahrscheinlich kann ich die Leiche identifizieren.«

Es folgte eine Pause, dann das unvermeidliche »Ihre Telefonnummer?«

Driver gab sie ihm, und Dalton fügte hinzu: »Sagen Sie mir einen Namen, dann suche ich die Akte heraus.«

»Warner«, sagte Driver, »Helena Warner.«

4

Einer der Vorteile, direkt über einem Zeitungsladen zu wohnen, bestand darin, daß die Tageszeitung garantiert pünktlich kam.

Wie immer hatte man sie oben an der Treppe halb unter der Tür durchgeschoben. Diese Tür hatte früher einmal in ein Hinterzimmer geführt, diente aber jetzt als Eingang zu Joans Wohnung; und nach dem Aufstehen zog sie erst einmal die Zeitung vorsichtig herein, damit sie nicht zerriß.

Sie nahm sie mit in die Küche, die früher das Bad gewesen war. Der schachtelartige, vollgestopfte Raum enthielt jetzt an Stelle der schmiedeeisernen Badewanne einen Baby-Belling-Herd, einen Linoleumboden, der sich mit nackten Füßen wie Eis anfühlte, und eine hoffnungslos verdreckte Nirosta-Spüle.

Die kargen Gipswände blieben halb hinter Geschirrschränken verborgen, die für den Raum zu groß waren, und aus alter Gewohnheit zog sie den Kopf ein, um sich nicht zu stoßen, während sie sich ihren Tee machte, das heißt, sie löffelte eine Pulvermischung aus Tee und Milch in eine Tasse und übergoß sie mit kochendem Wasser. Wenn man sich einmal daran gewöhnt hatte, schmeckte es gar nicht so schlecht – so mußte sie wenigstens keine Milch einkaufen.

Sie nahm den Tee und die Zeitung mit ins größte Zimmer, wo ihr die Couch gleichzeitig als Bett diente, schaltete einen Heizlüfter ein und faltete die Zeitung in ein handliches Format.

Beim Anblick der Schlagzeile wurde sie augenblicklich wach. Nicht weil sie so schrecklich war – in einer Lebensspanne von siebenunddreißig Jahren, von denen sie einige als Reporterin bei den Manchester Evening News verbracht hatte, war sie von den Schrecken des Lebens nicht gerade verschont geblieben. Morde passierten eben, und Leichen wurden ständig gefunden. Sie las davon, hörte davon in den Nachrichten und fand das alles sehr bedauerlich. Aber sie lebte weiter, wie die meisten Leute weiterleben. Das eigene Leben wird nicht davon berührt, das Opfer vergessen, manchmal binnen weniger Minuten. Doch dies war etwas anderes.

Sie blätterte weiter, auf der Suche nach der Fortsetzung des Artikels, und fand sie auf den Mittelseiten, die von einem Foto des Stausees beherrscht wurden.

So hatte sie Marshfield noch nie gesehen. Sie erinnerte sich nur an das stille, flache Land und an die Vögel, die aus dem Schilf aufflogen.

Sie stellte die Teetasse auf den Teppich, balancierte um schmutzige Tassen und Teller herum, die seit Tagen auf dem Boden standen, und zog die Vorhänge auf. Der Himmel draußen war eine graue Decke, eine wolkenlose, geschlossene Masse, aus der kaum wahrnehmbarer Regen fiel. Kondenswasser war am Fenster heruntergelaufen und sammelte sich in Lachen auf dem Sims. Als sie mit dem Handrücken einen Kreis freiwischte, spürte sie, wie naß und kalt die Scheibe war.

Gegenüber war eine Bushaltestelle. Kinder in Schuluniformen alberten herum, flitzten vor langsam fahrenden Autos auf die Straße und sprangen wie Murmeln auf den Gehweg zurück.

Vor dreißig Jahren hatte sie das gleiche Spiel auf einer ganz ähnlichen Straße gespielt, kaum eine Meile entfernt, und schon damals hatte sie dieses Haus gekannt. Zu jener Zeit hatte sich im Erdgeschoß ein Waschsalon befunden, dessen

Besitzer in ihrer jetzigen Wohnung gelebt hatte. Aber sie hatte fest geglaubt, daß sie wegziehen würde, wenn sie erst einmal erwachsen war.

Natürlich hatte sie damals nicht gewußt, was sie jetzt wußte: Daß sie *niemals* wegziehen würde, daß sie nach dem Studium und einer, wie sich herausstellte, erfolglosen Zusammenarbeit mit den Manchester Evening News wieder nach Warrington ziehen würde, einen Katzensprung von ihrem Geburtsort entfernt.

Aber so schicksalsergeben war sie nicht immer gewesen. Damals, in ihrem Zimmer im Studentenwohnheim, hatte sie fest damit gerechnet, daß sich ihr Lebensstil früher oder später ändern würde. Ob nun durch Heirat oder Karriere, war ihr egal. Wichtig war nur, Erfolg zu haben, und der hätte ganz unterschiedlich aussehen können – ein guter Job, ein eigenes Haus, ein Partner, vielleicht auch Kinder. Aber nichts davon hatte sich erfüllt.

Manchmal, wenn sie es an sich heranließ, mußte sie zugeben: Es ging weniger darum, daß nichts davon passiert war, als vielmehr darum, daß *überhaupt nichts* passiert war, nur die Jahre waren dahingegangen, Jahre, in denen sie einfach nur älter geworden war, Jahre, in denen sie den Berg einer Rezession hinabgeschlittert war, die es ihr zunehmend erschwert hatte, ihre Arbeit zu verkaufen.

Sie ging vom Fenster zurück zur Couch und griff nach der Zeitung. Vom professionellen Standpunkt aus fand sie, daß die Story gut gemacht war. Allerdings war sie keine Expertin. Sie hatte zwar ein paar Jahre als Reporterin gearbeitet, aber es lag ihr nicht im Blut. Sie war viel zu langsam, schrieb einen viel zu preziösen Stil und war viel zu introvertiert, um die Chance zu erhalten, einmal einen richtigen Knüller zu landen. Sie hatte zu den Reportern gehört, die über Goldene Hochzeiten und Zwillingsgeburten berichten, und idiotischerweise hatte sie das aufgegeben, um freischaffende Journalistin zu werden.

Bezahlung und Aufträge waren so unregelmäßig gewesen, daß sie seitdem von Sozialhilfe leben mußte, aber hin und wieder füllte sie ein Formular aus, um mitzuteilen, daß sie für einen Artikel Honorar erhalten hatte, und prompt wurde ordnungsgemäß der entsprechende Betrag von ihrem Konto abgebucht. Sie wußte nicht, warum ihr das so wichtig war.

Die Rückkehr nach Warrington hatte ihr das Gefühl gegeben, eine Versagerin zu sein. Es lag nicht an der Stadt. Die Stadt hatte eine Menge zu bieten. Es lag nur daran, daß sie sich mehr erhofft hatte, das war alles. Einfach ein bißchen mehr, jemand, mit dem man zusammenlebte, und eine einigermaßen erfolgreiche Karriere, die genügend Geld brachte für eine Wohnung, die – sie sah sich um – besser war als das hier.

Ihr Leben war praktisch ohne männliche Gesellschaft verlaufen. Sie mußte der Tatsache ins Auge sehen. Sie war dick. Dicke, die sich akzeptierten, fanden meistens einen Partner. Dicke, die wünschten, sie wären tot, meistens nicht. Aber am Ende des Tages bot das Alleinleben doch gewisse Vorteile. Niemand beschwerte sich darüber, daß die Wohnung im Sommer unerträglich heiß und im Winter unerträglich kalt war, daß man die Wochentage nach den Mahlzeiten bestimmen konnte, die sie immer an festgelegten Tagen kochte, und niemand beklagte sich über die Couch, die zu schmal war, um zu zweit auch nur einigermaßen bequem darauf zu schlafen.

Sie tröstete sich mit dem Gedanken, daß Schriftsteller privat oft notorisch unglücklich waren, vor allem jene, die sich darauf beschränken mußten, Artikel für Massenblätter zu schreiben. Und immer, wenn sie der Frust packte, weil sich ihre Features so schlecht verkauften, arbeitete sie an *dem Buch*, jenem geheimnisvollen, ätherischen Ding ohne Papierseiten, das geisterhaft über ihren Bildschirm flimmerte.

Manchmal schien es seinen eigenen Willen zu haben. Sie konnte sich nicht erinnern, es aufgerufen zu haben, aber plötzlich materialisierte es sich, als wolle es ihr den Befehl zur

Arbeit erteilen. Dann arbeitete sie daran, fügte einen Absatz hinzu, löschte ihn wieder, fügte einen weiteren Absatz hinzu und vergaß, ihn abzuspeichern – oder vielmehr vergaß sie es nicht, sondern gestand sich unbewußt ein, daß sie den Text aus allerlei höchst komplexen Gründen lieber löschen sollte.

Anfangs sollte es eine Art Hase-und-Igel-Geschichte werden, in der die schöne, kluge Antagonistin schließlich von der schlichten, hart arbeitenden Protagonistin übertrumpft wird. Und wie bei den meisten Erstlingsromanen waren große Partien weitgehend autobiographisch.

Der Plot gehörte zu der Sorte, die Autoren, die für die breite Masse schreiben, oft verwenden: Ihre Protagonistin hatte jahrelang im Schatten der Antagonistin gestanden, hatte jedoch die schier unüberwindlichen Schwierigkeiten bewältigt, um eine Kette von Boutiquen aufzubauen, die ihr ein Vermögen einbrachten. Der Höhepunkt sollte die Hochzeit der Protagonistin mit dem Geliebten der Antagonistin sein. Wenn Joan es geschafft hätte, beim Hauptthema zu bleiben, hätte es auch funktioniert, doch ihr Hang, ständig abzuschweifen, hatte sie einige Jahre zurückgeworfen.

Das Problem war, daß sich ständig die Wahrheit einschlich. Sie hatte nicht nur ihre Protagonistin *Joan* genannt und die Antagonistin *Helena*, sondern es erschienen auch gewisse Episoden auf dem Bildschirm, die nicht in ihre Geschichte gehörten. Zum Beispiel die, wo Helena vor der Tür gestanden hatte, um Joan mitzuteilen, daß sie in Oxford aufgenommen worden war. Sie hatte ziemlich genau so ausgesehen, wie sich Joan eine biblische Figur vorstellte, der soeben Christus erschienen war. Ihre Augen, ihre Haut, ihre ganze Persönlichkeit schienen zu leuchten, als habe sie sich von innen heraus verändert. »Das errätst du nie«, sagte sie, aber genau da lag das Problem. Joan erriet alles. Sie kannte sie in- und auswendig. »Ich habe ein Stipendium am Somerville College bekommen!«

Joan, die jede Bewegung, jeden Tick Helenas kannte, war

zur Seite getreten, um sie hereinzulassen. Helena folgte ihr in die Küche und wich der Katze aus, die zwischen ihren Beinen hindurch auf die Katzenklappe in der Haustür zuschoß.

»Und?« sagte Helena.

»Was und?«

»Willst du mir nicht gratulieren?«

Joan hatte einen merkwürdigen Schmerz im Hals verspürt, als presse ihr jemand die Daumen gegen die Speiseröhre und versuche sie von innen zu erwürgen. Ihr kam, nicht zum erstenmal, der Gedanke, daß der Umgang mit Helena einer fortwährenden, ganz besonders qualvollen Tortur glich. Dieser Dämon in Freundinnengestalt existierte, um sie für die Sünden der Häßlichkeit, Armut und intellektuellen Trägheit zu bestrafen, und Joan kam zu dem Schluß, daß sie weder die Kraft noch das Wissen besaß, das Ritual zu vollziehen, mit dem man diesen Dämon austreiben konnte.

Aus dem trüb beleuchteten Loch neben der Küche hatte ihre Mutter gerufen: »Wer ist es denn?«, und Joan hatte erwidert: »Helena.«

»Komm rein, Schatz ...«

Helena war an der Tür des einzigen Raums im Erdgeschoß stehengeblieben und hatte wegen der schlechten Luft nur ihre Nase hineingesteckt. »Ich habe Joan gerade erzählt, daß ich ein Stipendium am Somerville College bekommen habe.«

Ihre Mutter sagte: »Hast du das gehört, Len?«

Ohne den Blick vom Fernseher zu wenden, hatte ihr Vater gefragt: »Und wo ist das?«

»In Oxford.«

Joan war in der Küche geblieben, wo es beinahe verlockend nach der Gasflamme roch, die sie soeben mit einem Streichholz angezündet hatte. Sie füllte den Wasserkessel, setzte ihn auf und hörte Helena sagen: »Ich werde dir schreiben. Wir dürfen den Kontakt nicht abreißen lassen.»

Klar wirst du schreiben, dachte Joan, muntere Plauderbriefe, in denen es nur um deine Erfolge geht.

Die Briefe waren gekommen, strotzend vor Glück, und Joan hatte geantwortet: »Liebe Helena, du kannst dir nicht vorstellen, wie sehr ich mich freue, daß du so ein schönes Zimmer hast, daß es dir am College so toll gefällt, daß du alles so mühelos bewältigst und schon ein paar phantastische Männer kennengelernt hast – auch mir geht es prächtig ...«

Prächtig, dachte Joan.

Die Einsamkeit jener drei Jahre würde sie für immer begleiten. Die fürchterlichen Zimmer. Und wie sie zunahm. Unendlich viel zunahm. Es machte ihr noch immer zu schaffen: die Scham, der Druck, die nervtötende Tatsache, so dick zu sein. Essen ist Fett. Das wußte sie jetzt. Eine Wahrheit, die sie mit ins Grab nehmen würde.

Sie hatte erwartet, daß Helena sie vergessen würde. Bald würden die Briefe ausbleiben, da war sie sicher. Aber das Gegenteil trat ein – als ahne Helena, daß Joan jeden ihrer Briefe wütend zerknüllte, schrieb sie einen nach dem anderen und schilderte in ihrer eleganten Handschrift ein Leben, das geringeren Sterblichen ewig versagt bleiben mußte.

Kurz nach dem ersten Semester erwähnte sie einen Liebhaber, den sie durch einen gemeinsamen Freund kennengelernt hatte. Anfangs nahm Joan kaum Notiz davon, doch als Helena ihn schließlich in jedem Brief erwähnte, wuchs ihr Interesse. Dieser Mann schien dem Männertyp, nach dem sie sich selbst sehnte, so sehr zu ähneln, daß sie sich, was ihn betraf, gewissen Phantasien hingab. Man würde sie einander vorstellen, ihre Blicke würden sich treffen, und beide würden wissen, daß sie füreinander bestimmt waren.

Natürlich hegte sie nicht die geringste Hoffnung, daß diese Phantasie jemals Wirklichkeit werden würde, aber als Helena sie zu einer Party nach Oxford einlud, zu der auch er kommen würde, beschloß sie hinzufahren.

Im Buch hatte sie geschrieben, daß Helenas Freund und Joan sich zwar verliebten, dies aber aus einer Vielzahl –

wenig einleuchtender – Gründe verheimlichen mußten. In Wirklichkeit war es etwas komplizierter gewesen.

Joan gab sich keinen Illusionen hin, warum Helena sie eingeladen hatte. Sie hatte ihr einfach nur zeigen wollen, was ihr, Joan, dort in ihrem miefigen Southampton fehlte. Und trotzdem war sie hingegangen. Sie wußte nicht genau, warum. Vielleicht wollte sie sich nur ein letztes Mal geißeln. Sie wußte es nicht. Aus welchem Grund auch immer, sie ging zu der Party.

Zu der Party, auf der Helena starb.

5

Rigby kam am späten Nachmittag aufs Revier zurück. Als er sein Büro betrat, fiel ihm fast sofort die Driver betreffende Notiz auf. Sie klebte auf der Akte, die Dalton herausgesucht hatte, eine mehrere Zentimeter dicke, von einem blauen Band zusammengehaltene Akte. Links oben in der Ecke stand der Name *Helena Warner.*

Rigby las die Notiz mit gemischten Gefühlen. Einerseits war es nützlich, wenn pensionierte Polizisten Informationen lieferten. Andererseits wußte er aus Erfahrung, daß sie unter Umständen sehr lästig werden konnten. Er verließ sein Büro und steckte den Kopf nebenan in die Einsatzzentrale. Jalousien und Fenster waren fest geschlossen, um den grauen, bitterkalten Nachmittag auszusperren.

»John«, sagte er. »Diese Nachricht ...«

Dalton blickte von einem Wust von Papieren auf, die scheinbar völlig chaotisch den Schreibtisch bedeckten, den er sich als Arbeitsplatz erkoren hatte. »Welche?«

»Driver«, sagte Rigby. »Kriminaloberinspektor a. D.«

»Ja?«

»Müßte mir dieser Name etwas sagen?«

»Vor Ihrer Zeit«, erwiderte Dalton, und diese Worte enthielten oft eine Schärfe, die Rigby nicht entging. Für einen Kriminalkommissar war er jung, ein Produkt des Beförderungs-Programms. Männern, die schon so viele Jahre dabei waren wie Dalton, war er ein Dorn im Auge. Doch Daltons Ton war diesmal nicht scharf, und Rigby erwiderte nur:

»Offenbar hat er damals die Ermittlungen im Zusammenhang mit Helena Warners Verschwinden geleitet.«

»Ja, das hat er gesagt. Und in der Akte steht sein Name.«

Rigby stand im Türrahmen und fügte, mehr zu sich selbst als zu Dalton, hinzu: »Und er glaubt also, daß wir sie in Marshfield gefunden haben.«

»Er hält es für ziemlich wahrscheinlich.«

»Haben Sie mal in die Akte reingeschaut?«

»Flüchtig«, erwiderte Dalton. »Er war überzeugt, daß man sie ermordet und in Marshfield vergraben hat, bevor das Haus überflutet wurde.« Dann schob er nach: »Er war auch überzeugt, den Mörder zu kennen.«

»Wie hoch ist die Wahrscheinlichkeit, daß er recht hat?«

Dalton dachte an die wenigen Gelegenheiten zurück, bei denen er Driver begegnet war. Er war kein Mann, der voreilige Schlüsse zog oder Fakten zurechtbog, und Dalton sagte: »Wenn Driver glaubt, er hätte den Mann gehabt, dann stimmt es wahrscheinlich.«

»Und was lief damals schief?«

»Rufen Sie ihn an und finden Sie's raus.«

Rigby kehrte in sein Büro zurück, hob den Hörer ab und wählte Drivers Nummer. Driver nahm sofort ab, und Rigby hatte den unangenehmen Eindruck, als hätte sein Gesprächspartner neben dem Telefon gestanden und auf den Anruf gewartet.

»Kriminalkommissar Rigby, Thames Valley«, sagte Rigby. »Mr. Driver?«

»Am Apparat«, sagte Driver.

»Sie haben angerufen, weil Sie über gewisse Informationen verfügen.«

Driver, der im Hausflur stand, erwiderte: »Die Leiche, die man in Marshfield gefunden hat.«

»Was ist damit?«

»Helena Warner.«

Rigby nahm einen Stift und begann sich Notizen zu machen, während er weitersprach. »Dalton hat die Akte herausgesucht. Sieht ziemlich umfangreich aus.«

»Ich könnte Ihnen Zeit ersparen«, sagte Driver.

»Wann?«

»Wie wär's jetzt gleich?«

Rigby, der seit dem Frühstück nichts mehr gegessen hatte, spürte, wie es ihn nach Hause zog. Er widerstand. »Wäre Ihnen sechs Uhr recht?«

Driver sagte nur: »River Walk 47, Riverview Estate. Wissen Sie, wo das ist?«

»Kein Problem«, sagte Rigby. »Sechs Uhr.«

6

In Riverview Estate kannte sich Rigby nicht aus. In den gepflegten Bungalows wohnten alte Leute, und soweit er wußte, wurden aus dieser Gegend fast niemals Spritztouren mit gestohlenen Autos, Rowdytum oder Vandalismus gemeldet. Auch einen Fluß gab es nicht. Der nächste Fluß war die Themse, und die floß einige Kilometer entfernt.

Er parkte vor einem der Bungalows, der den anderen haargenau glich, bis auf einen Punkt: Driver hatte eindeutig keine gärtnerischen Ambitionen, die Rasenfläche vor dem Haus zeichnete sich durch die fehlenden Blumenrabatten aus.

Neben der Haustür standen mittelgroße Terracotta-Töpfe ohne Erde. Sie waren zweifellos mit der festen Absicht hergebracht worden, daß bald Geranien folgen sollten, aber niemand hatte diese Geranien gepflanzt, und irgendwann war einer der Töpfe bei Frost gesprungen.

Rigby läutete, aber er hatte noch nicht einmal den Finger von der Klingel genommen, da öffnete sich schon die Tür. »Rigby«, sagte er und zeigte seinen Ausweis vor.

Sieht aus wie ein Junge, dachte Driver, aber wenn man selbst auf die Siebzig zuging, sah schließlich jeder unter fünfzig wie ein Junge aus. Gut gekleidet, intelligenter Eindruck: Zweifellos das Produkt eines dieser neumodischen Programme, in dem Hochschulabsolventen die Karriereleiter hinaufkatapultiert wurden, die Driver mühsam hinaufgeklettert war, Sprosse um Sprosse, ein frustrierendes Jahr ums andere.

Nachdem er den Ausweis überprüft hatte und beiseite getreten war, sagte er mit einer Spur Resignation in der Stimme: »Kommen Sie rein.«

Die Stimme, dachte Rigby, hat Spuren eines nördlichen Akzents, durch die vielen Jahre hier im Süden stark gemildert, aber an Driver selbst war nichts Mildes. Dalton hatte erwähnt, daß er schon ziemlich alt war, aber er wirkte rüstiger, als Rigby erwartet hatte.

Er trat über die Schwelle und folgte ihm in einen Raum, wo Driver auf die Couch wies, um sich selbst den Lehnstuhl zu reservieren. »Nehmen Sie Platz.«

Als Rigby saß, bemerkte er über einem Sideboard mehrere Regalbretter. Sie standen voller Bücher, die früher einmal für einen höheren Polizeibeamten wichtig gewesen sein mochten, jetzt aber größtenteils veraltet waren, und er fragte sich, warum Driver sie nicht weggeworfen hatte. Vielleicht sollten sie ihn daran erinnern, daß er in einem Leben, das so gut wie vorbei war, einmal etwas Nützliches getan hatte?

»Schöne Sammlung.«

Driver ließ sich in den Sessel sinken und erwiderte: »War früher mal unser Handwerkszeug«, und Rigby sah sich plötzlich an einem zukünftigen Zeitpunkt in einem Bungalow sitzen, längst pensioniert und wahrscheinlich auch längst vergessen. Eine beunruhigende Vorstellung. »Gut, daß Sie angerufen haben.«

»Das war das mindeste, was ich tun konnte«, antwortete Driver. »Sie hätten genauso gehandelt.«

Stimmt, dachte Rigby, vor allem wenn ich mich in Gedanken nur noch mit der Vergangenheit beschäftigen würde. »Sie haben es in der Zeitung gelesen?«

»Ich habe es im Radio gehört«, antwortete Driver. »Sieht so aus, als hätten die Taucher mehr gefunden, als sie erwartet hatten.«

Rigby dachte an Vaughans Gesichtsausdruck, als er seinen

Fund schilderte, und nickte nur. »Das wird der nicht so schnell vergessen.«

»Warum sind sie überhaupt getaucht?«

»Sie wollten ihr Glück versuchen«, sagte Rigby und erinnerte sich, daß er auch so sofort gewußt hätte, wer von den beiden die Leiche gefunden hatte, selbst wenn ihm nicht schon bekannt gewesen wäre, daß es Vaughan war. Er hatte verfrorener ausgesehen als der andere und furchtbar mitgenommen, so als hätte ihm das Wasser mehr als nur Wärme entzogen.

»Hatten sie eine Genehmigung?«

»Sie arbeiten beim Wasserwirtschaftsamt.«

»War es während der Arbeitszeit?«

»Nein«, sagte Rigby. »An ihrem freien Tag.«

»Die müssen ja verdammt gern tauchen, wenn sie es sogar in ihrer Freizeit tun«, sagte Driver. »Wonach haben sie denn gesucht?«

»Nach allem, was sich verkaufen läßt.«

»Und ein Irrtum ist absolut ausgeschlossen? Das da unten war *wirklich* eine Leiche?«

Rigby erwiderte: »Vaughan war bis vor kurzem bei der Navy. Er hat schon öfters Leichen gesehen. Außerdem ...«

»Außerdem?«

»Wir haben ein paar von *unseren* Tauchern runtergeschickt. Die haben es bestätigt. Wir werden die Überreste bergen.«

»Wann?«

»Morgen.«

Die Auskunft, daß Polizeitaucher die Entdeckung bestätigt hatten, befriedigte Driver. »Ich habe immer geglaubt, die Chancen, daß diese Leiche jemals auftaucht, seien gleich Null. Offenbar habe ich mich geirrt.«

»Was ist damals passiert?« fragte Rigby, und jetzt, wo es soweit war, wußte Driver seltsamerweise nicht, wo er beginnen sollte. Er hatte immer geglaubt, wenn der Fall jemals neu aufgerollt würde, würde er genau wissen, was er dem Leiter der Ermittlungen sagen würde. Aber jetzt, wo dieser Augenblick gekommen war, war er sich nicht mehr so sicher.

Schließlich sagte er: »Neunzehnhundertfünfundsiebzig habe ich im Zusammenhang mit dem Verschwinden einer Studentin des Somerville College ermittelt, Helena Warner.« Rigby antwortete nicht, das wußte er schon. »Im Lauf der Jahre hatte ich schon öfters wegen verschwundener Studenten ermittelt. Sie wissen ja, wie das ist. Kummer mit der Freundin. Kummer mit dem Freund. Angst vor den Prüfungen.« Rigby nickte, das kannte er. »Aber in dem Moment, wo ich anfing, ihre letzten Schritte zu rekonstruieren, wußte ich, daß sie tot war.«

Rigby fragte nicht, woher. Manche Männer konnten instinktiv Ausreißer von Mordopfern unterscheiden. Es war eine Art Gabe, ein sechster Sinn. »Gab es für Sie einen Hauptverdächtigen?«

»Gilmore«, sagte Driver leise. »Er studierte am Worcester College im ersten Semester.«

Driver verstummte, und Rigby half ihm weiter. »Wie kamen Sie auf ihn?«

Driver dachte daran, wie die Ermittlungen Gilmore immer mehr zermürbt hatten, und sagte: »Er hätte fast einen Nervenzusammenbruch bekommen. Viel hat nicht gefehlt. Aber nicht, weil *wir* etwas mit ihm angestellt haben, sondern weil *er* etwas angestellt hat. Großer Unterschied.«

»Wie alt war er damals?«

»Neunzehn.«

Rigby wußte nur zu gut, wie manche Leute reagierten, wenn sie in einem schwerwiegenden Fall immer wieder von der Polizei verhört wurden, vor allem, wenn sie noch jung waren und keine Vorstrafen hatten. »Manche Leute stehen sowas nicht durch«, meinte er.

»Das war es nicht«, erwiderte Driver. »Wenn wir damals Zeit ...«

»Ja …?« sagte Rigby.

»Wir hatten keine mehr. Nichts Konkretes, alle Ermittlungen verliefen im Sand. Wir mußten den Fall abschließen.«

»Frustrierend«, sagte Rigby leise und fügte hinzu. »Wie sicher waren Sie, daß er es getan hat?«

»Hundertprozentig.«

»Warum?«

»Nennen Sie es Instinkt, nennen Sie es, wie Sie wollen. Jedenfalls hat mir dieser Instinkt noch etwas anderes gesagt …« Er beugte sich vor, wobei er den alten Federn des Sessels jeden Zentimeter abtrotzen mußte. »Es war ein brutaler Mord …«

7

Bevor der Zweite Weltkrieg fast das gesamte häusliche Dienstleistungswesen zerstört hatte, hatte es in Chaggfords eine Köchin, drei Hausmädchen, einen Chauffeur, einen Stallburschen, einen Lakaien und einen Butler gegeben. Heute kam Cora Bowerman mit einer bezahlten Gesellschafterin aus, obwohl es ihre finanziellen Mittel ihr immer noch gestattet hätten, das Haus ganz bewirtschaften zu lassen.

Hier war sie 1921 geboren worden, zu einer Zeit, als noch Äcker und Felder an den Küchengarten grenzten, aber ganz allmählich schloß sich die Vorstadt um das Haus, so daß sich Cora Bowerman heute kaum noch daran erinnern konnte, wie es gewesen war, einfach durchs Tor zu gehen und mitten auf einem Feldweg zu stehen. Es kam ihr vor, als hätten gegenüber schon immer Reihenhäuser gestanden und hinter ihnen der Supermarkt. Dahinter kam die A40, und was *dahinter* lag, wußte Cora nicht. Sie fand sich nicht mehr zurecht, seit sich die Vorstadt von Oxford bis zur Unkenntlichkeit verändert hatte.

Nur das Haus schien ihr vertraut und sicher, und auch dies nur, weil große Teile davon seit Jahren verschlossen waren. Nicht, daß es eine bewußte Entscheidung gewesen war, verschiedene Bereiche des Hauses abzusperren. Im Gegenteil, es hatte sich ganz allmählich vollzogen, es war ein Prozeß gewesen, der sich über siebzig Jahre erstreckt hatte, eine natürliche Folge der Feststellung, daß bestimmte Räume seit Wochen und Monaten nicht mehr benutzt worden waren, und der langsam dämmernden Erkenntnis, daß sich dies auch nie mehr ändern würde.

Es war Zeit zu gehen. Weg von hier. Für immer. Vieles, was man über ältere Leute sagte – daß sie sich an das Haus klammerten, in dem sie gelebt, geliebt und Kinder geboren hatten –, war Unsinn. Cora kannte zu viele, die es kaum erwarten konnten, in einen hübschen kleinen Bungalow zu ziehen, den man in einem Bruchteil der Zeit gereinigt hatte. Nicht, daß es ihr so mit Chaggfords gegangen wäre. Sie würde es bedauern, von hier wegzuziehen. Natürlich. Aber es war Zeit. In früheren Zeiten war das Haus hell und voller Leben gewesen. Jetzt war es ein kaltes, hallendes Gebäude voll dunkler Winkel, ächzender Wasserrohre, knarrender Bohlen und zugiger Ecken, die allen Versuchen trotzten, den Durchzug zu stoppen oder umzuleiten. Und da ihre Gefährtin sich dem Pensionsalter näherte, hatte Cora beschlossen, das Handtuch zu werfen und den Rest ihres Lebens in irgendeiner kleinen, warmen Wohnung zu verbringen. Allein.

Das Problem war, was mit Chaggfords geschehen sollte. Sie war ein Einzelkind, das nie geheiratet hatte, und sie hatte es geschafft, bis auf ganz entfernte Verwandte alle zu überleben. Folglich erwies sich die Entscheidung, wem das Chaggfords hinterlassen werden sollte, als ziemlich schwierig.

Sie wußte nicht genau, warum sie sich entschlossen hatte, es Churchill House zu hinterlassen. Vielleicht, weil der Psychiater, Dr. Thurston, ein Freund geworden war, oder vielleicht, weil sie als kleines Mädchen immer mitgegangen war, wenn ihre Eltern die Familie besuchten, der es vor dem Krieg gehört hatte. Was auch immer der Grund war, sie fand es angemessen, und sie hatte die Schenkung an die Bedingung geknüpft, daß in Chaggfords Patienten wohnen sollten, die langsam wieder in die Gesellschaft eingegliedert wurden – eine Art Rehabilitationszentrum.

Natürlich gab es einen Haken bei der Sache, wie sollte es anders sein. Niemand konnte erwarten, einen so wertvollen

Besitz zu erhalten, ohne daß ein Haken dabei war. Mit den zögernden Schritten der Gebrechlichen ging sie vom Wohnzimmer in einen Saal, der so riesig war, daß er das Skelett eines riesigen Dinosauriers hätte beherbergen können. Aber er würde nie einen Dinosaurier beherbergen. Nicht, wenn ihre Wünsche respektiert wurden, denn in der von der Tür am weitesten entfernten Ecke stand ein Steinsockel. Darauf hatte einst die Statue ihres verstorbenen Vaters: Oberst Richard Bowerman, Träger des Kriegsverdienstordens und des Fliegerkreuzes – gestanden. Säule der Gesellschaft. Industriekapitän. *Zerstörer von Träumen.*

Sie holte eine Flasche aus dem Versteck im Rosenholzschränkchen und kehrte damit in ihr Zimmer zurück. Als sie sich setzte, fühlte sich die Rückenlehne des Sessels, den sie nur wenige Augenblicke zuvor verlassen hatte, noch warm an.

Es hatte ihr eine gewisse Befriedigung verschafft, die Statue zu entfernen, doch eine noch größere Befriedigung würde es ihr verschaffen, dort die Statue jenes Mannes aufzustellen, den zu heiraten sie ihr Vater gehindert hatte – eine Statue, die vor ein paar Monaten in Auftrag gegeben worden und jetzt vollendet war.

Einer von Dr. Thurstons Patienten hatte sie geschaffen, und auf bescheidene, manche würden vielleicht sagen, zurückhaltende Art fühlte Cora sich qualifiziert, einen Bildhauer auszuwählen. Aufgrund ihrer Ausbildung und Herkunft war sie nach dem Krieg eine Zeitlang bei einem bekannten Auktionshaus beschäftigt gewesen. Doch nicht nur dies veranlaßte sie, ihm den Auftrag zu erteilen, es lag auch daran, daß Wachmann ihr Herz hätte erobern können, damals, bevor sie es jenem Mann schenkte, dessen Statue er nun schuf.

Sie hatte Wachmann erzählt, was ihren Vater nie beeindruckt hatte: Daß James aus einer ehrbaren Arbeiterfamilie stammte, ein stiller, nachdenklicher Mann, das ziemlich schüchterne Produkt eines hiesigen Gymnasiums. Auf keinen Fall war er ein Mitgiftjäger gewesen, obwohl Coras Vater darauf beharrte. Er war nur das, was auch in seiner Todesanzeige gestanden hatte, ein junger Royal-Airforce-Pilot, der für sein Land sein Leben geopfert hatte.

Als Cora Mitte Zwanzig war, hatte es viele wie ihn gegeben, manche waren erst achtzehn, andere, wie James, waren ein paar Jahre älter und bereits gehänselt worden, jetzt, wo sie langsam alt wurden, ließen wohl die Reflexe nach.

Alt, dachte Cora. Was hatten die denn übers Altwerden gewußt. So wenige hatten die Chance bekommen, es herauszufinden. James gehörte jedenfalls nicht dazu, er hatte sein Leben für sein Land geopfert, was aber vielleicht nicht nötig gewesen wäre, hätte ihr Vater nicht dafür gesorgt, daß er bei jedem Bombenangriff mitflog.

Wenn er wach war, flog er. So hatten James' Freunde es geschildert. Er flog und flog und flog, Nacht für Nacht.

Bis er eines Nachts für immer davonflog.

Sie war zu alt, um sich darum zu kümmern, was die Leute dachten, wenn sie um zehn Uhr vormittags das Haus betraten und ihre Alkoholfahne rochen. Sie prostete dem Geist zu, den sie zwar nie gesehen hatte, dessen tröstliche Gegenwart sie aber in jeder Ecke des Hauses spürte. Und während sie trank, stellte sie sich vor, wie sie die Statue enthüllte.

Zuerst würden die Leute verblüfft reagieren, wie so oft, wenn sie mit einem überlebensgroßen Kunstwerk konfrontiert wurden. Es würde vermutlich ein paar Sekunden dauern, bis sie erkannten, worum es sich handelte. Dann würden die meisten zweifellos vermuten, es sei eine Statue ihres Vaters, der im Cockpit einer Lockheed Hudson saß, und dann würde sie ihnen sagen, daß es die Statue des Mannes sei, den sie wahrscheinlich geheiratet hätte, wenn ihr Vater nicht gewesen wäre.

Sie wußte, es würde die Leute überraschen, möglicherweise amüsieren, einige vielleicht sogar schockieren. Und genau das wollte sie. Natürlich. Aber das waren zweitrangige Gründe dafür, daß sie das Werk in Auftrag gegeben hatte. Ihr Hauptgrund war viel simpler: Sie besaß nur eine einzige Fotografie von James. Das war alles. Eine Schwarzweißfotografie, und bevor sie starb, wollte sie die Gelegenheit haben, mit den Fingern über die Konturen seines Gesichts zu streichen, seine Lippen mit ihren Lippen zu berühren, ihren Kopf an seinem Nacken zu bergen und so zu weinen, wie sie es angesichts eines Fotos nie gekonnt hatte. Dazu brauchte sie sein Ebenbild. Sein perfektes Ebenbild in Stein.

8

Wachmann stand am Fenster in Dr. Thurstons Sprechzimmer. Von hier hatte er einen Blick auf den Wagenschuppen, der in ein ausschließlich ihm vorbehaltenes Atelier umgewandelt worden war. Der Schuppen stand hinter Churchill House, das früher einmal ein stattliches Wohngebäude gewesen war. Seine anmutig-souveräne Architektur stand in vollkommenem Einklang mit den umliegenden Colleges von Oxford. In den Mauern der Remise, selbst vor Dr. Thurstons analytischem Blick verborgen, stand die von Cora in Auftrag gegebene Statue. Inzwischen vollendet, erhaben in ihrer Schönheit, würde sie sein Leben komplett verändern. Er wußte nicht, woher er das wußte. Es war ein Instinkt, ein Wissen, daß die Statue nach ihrer Enthüllung eine Reihe von Ereignissen entfesseln würde, über die er keinerlei Kontrolle mehr hatte. Wahrscheinlich würde er berühmt werden, aber das war nicht sein eigentlicher Antrieb. Statt darüber nachzudenken, sich einen Namen zu machen, kreisten seine Phantasien längst darum, sein ganzes Potential auszuschöpfen. Ob tot oder lebendig, man würde ihn wegen seines Talents in Erinnerung behalten. Vor allem würde man ihn wegen dieser Statue in Erinnerung behalten.

Während der letzten Monate hatte Thurston bei vielen Gelegenheiten gefragt, ob er sie einmal sehen dürfe, doch Wachmann hatte sie ihm bis jetzt nicht gezeigt. »Nicht einmal Cora hat sie bis jetzt gesehen.«

»Wann zeigen Sie sie ihr?«

»Ich habe sie überredet, bis zum Tag der Enthüllung zu warten.«

»Und wann wird das sein?«

»An dem Tag, an dem Chaggfords offiziell für seine zukünftigen Bewohner geöffnet wird.«

Es war ihm gelungen, Thurston hinzuhalten, indem er ihm glaubhaft versicherte, daß der kleinste Blick auf das, was Wachmann inzwischen für sein größtes Werk hielt, unweigerlich zur Folge hätte, daß er dieses Werk aus Prinzip zerstören würde. »Niemand darf es sehen«, sagte Wachmann. »Erst wenn ich fertig bin.«

Die Remise war aus Stein gebaut, so grau wie damals der Himmel über Marshfield, aber der wilde Wein, der sich an den Mauern emporrankte, leuchtete karmesinrot. Ein größerer Kontrast zum Flachland war gar nicht denkbar. Dort hatte es solche vulgären Farborgien nicht gegeben. Die Niederung hatte einem Aquarell geglichen. Der Fluß hatte sich im Einklang mit Jahreszeiten, Gezeiten und Regen gehoben und gesenkt, das Schilf an seinen Ufern hatte an viele durchs Wasser brechende Fingerspitzen erinnert.

Diese Landschaft hatte ihn zu einer Skulptur inspiriert, die zur Zeit in einer recht bekannten Galerie zu besichtigen war – »Hand eines Ertrinkenden«. Es war geschmacklos, das wußte er, aber verkäuflich war es auch, und Thurston, der es interessant fand, hatte gerade davon gesprochen.

»Was hat Sie zu diesem Werk inspiriert?« fragte er.

Wachmann wandte sich vom Fenster ab und sah in einen Raum, der, man konnte es nicht anders beschreiben, von einem goldenen Leuchten erfüllt war. Dieser Effekt war – offensichtlich – künstlich erzeugt, das Resultat eines gewissen künstlerischen Talents. Bei Innenarchitekten, dachte Wachmann, ist es wie mit den meisten modernen Dichtern: Sie neigen dazu, zu lange zu leben.

»Es ist meine Hand«, sagte er.

»Wonach strecken Sie sie aus?« fragte Thurston.

»Nach jemand, der nie kommt.«

Thurston, in seinem teuren Anzug und mit seinem betont harmlosen Verhalten, erwiderte: »Die Hand ertrinkt nicht zufällig in Marshfield?«

»Das wäre mir neu.«

»Sollten wir dieser Möglichkeit nachgehen?«

»Was bringt das? Wir haben Marshfield im Lauf der Jahre *ad infinitum* diskutiert.«

Es war eine ausweichende Antwort, die ihm Thurston auf keinen Fall durchgehen lassen wollte. »Sie haben die Zeitungen gelesen. Sie wußten, daß man die Überreste gefunden hat.«

»Nein, ehrlich nicht. Was für Überreste?«

Thurston fuhr unbeirrt fort. »Überreste von einem Körper. Wahrscheinlich dem einer Frau.«

»Stauseen sind gefährlich. Sie muß reingefallen sein.«

Thurston konnte nicht an sich halten, er lachte. »Ich bezweifle sehr, daß sie in einen Schrank gefallen ist.«

Jetzt war es an Wachmann zu lächeln. »Kaum.«

»Also, was sagen Sie dazu?«

»Ich finde es deprimierend.«

Thurston warf ihm einen Blick zu, den er für ganz besonders verstockte Patienten reservierte. »Sie finden doch alles deprimierend, Richard. Sind Sie nicht deshalb hier?«

»Klären Sie mich auf.«

»Ich wäre imstande, genau das zu tun, wenn Sie mir erzählen, wie Sie sich dabei fühlen.«

»Bei was?«

»Bei dem Gedanken, daß die Leiche in einem Schrank im ehemaligen Wohnhaus Ihrer Eltern versteckt war.«

»Ich weiß nicht.«

»Sie müssen dabei doch irgend etwas fühlen?«

»Na gut«, erwiderte Wachmann. »Ich fühle mich ...« Er suchte nach einem Wort und sprach das erste aus, das ihm in den Sinn kam. »Erstarrt.«

»Welche Art von Erstarrung empfinden Sie?«

»Wie viele Arten von Erstarrung gibt es denn?«

»Nun«, sagte Thurston, der langsam in Fahrt kam, und strich sich mit der Hand durchs makellos frisierte Haar, makellos braun, trotz seiner fünfzig Jahre. »Erstarrung kann von Grauen, Kummer, Schock, Ungläubigkeit, Angst herrühren – was, glauben Sie, ist es bei Ihnen?«

»Vermutlich bin ich geschockt«, räumte Wachmann ein. »Denn das beweist ja, daß sie im Anschluß an die Party nach Marshfield zurückgefahren ist, oder?«

»Tatsächlich?«

In leicht gereiztem Ton erwiderte Wachmann: »Sie hat die Party zusammen mit Ian und Joan verlassen. Ich bin in meinem Wagen hinterhergefahren. Ich habe gesehen, wie Ian die beiden am Somerville College aussteigen ließ.«

»Und Sie bleiben dabei?«

»Es ist die Wahrheit.«

»Obwohl man ihre sterblichen Überreste nie gefunden hat?« Wachmann antwortete abrupt. »Ich glaube, das reicht für heute, Dr. Thurston.«

»Setzen Sie sich, Richard.«

»Nein. Ich möchte jetzt wirklich lieber weiterarbeiten.«

Thurston stand auf, ging zu Richard hinüber und legte ihm väterlich den Arm um die Schulter. »Ich bin kein Polizist, Richard. Ich bin nicht hier, um zu richten oder zu strafen. Ich bin nur hier, um zu helfen, und Sie wissen, daß alles, was zwischen uns gesprochen wird, absolut vertraulich bleibt. Ich könnte gar nicht zur Polizei gehen, selbst wenn ich es wollte.«

Das stimmte nicht, und Wachmann wußte das. Es gab gewisse Dinge, die ein Psychiater der Polizei mitteilen mußte, wenn sie ans Licht kamen, aber er hatte nicht die Absicht, sich in einen Streit über ethische Fragen einzulassen. Er wollte nur raus hier. Thurstons Verhörmethode hatte ihn deutlich daran erinnert, wie es gewesen war, von Driver verhört zu werden, und diese Erinnerung wollte er nicht unbedingt wachrufen.

Typisch Helena, daß man sie gefunden hat. Er hätte es wissen müssen, daß sie keinen von ihnen in Frieden leben lassen würde, nicht auf lange Sicht. Was waren ihre letzten Worte gewesen? Sie fielen ihm in dem Moment ein, wo er sich an die schreckliche Angst erinnerte, die die Drohung in ihm ausgelöst hatte: »Sie werden mich finden ...«

»Setzen Sie sich«, wiederholte Thurston, und so saß Wachmann in dem luxuriös eingerichteten Zimmer, starrte auf die von Steinpfosten unterteilten Fenster und sah den Himmel, der sich mit einer Dunstschicht überzog, die das parkähnliche Grundstück gegen Nachmittag ganz einhüllen würde.

»Die Polizei beabsichtigt, die Leiche zu bergen.«

»Das will ich gar nicht wissen.«

»Möglicherweise haben Sie keine andere Wahl«, sagte Thurston. »Wenn unzweifelhaft feststeht, daß es sich um die sterblichen Überreste von Helena Warner handelt, wird man Sie vielleicht verhören wollen. Ich dachte, ich bereite Sie lieber darauf vor, falls die Polizei plötzlich vor der Tür steht.«

Da ist was dran, dachte Wachmann. Driver würde zwar längst pensioniert sein, aber wenn man den Fall wirklich neu aufrollte, mußte er in nicht allzu ferner Zukunft zweifellos mit einem Besuch seines Nachfolgers rechnen.

»Jetzt sagen Sie mir noch eins«, fuhr Thurston fort. »Wenn sich herausstellt, daß es sich wirklich um Helenas Überreste handelt, wie werden Sie sich dann fühlen?«

Nach einer Pause antwortete Wachmann wahrheitsgemäß. »Na ja, angenommen, daß es wirklich ...«

»Angenommen«, ging Thurston auf ihn ein.

»Ich wäre nicht überrascht.«

Diese Antwort hatte Thurston nicht erwartet. »Warum nicht?«

»Sie war einfach nicht der Typ, der begraben bleibt«,

sagte Wachmann schlicht und ertappte sich dabei, daß er überlegte, wie die Entdeckung von Helenas Überresten wohl auf Gilmore wirkte. Womöglich hatte der sich während der letzten zwanzig Jahre auf die Möglichkeit vorbereitet, daß man die Leiche fand, aber Wachmann persönlich bezweifelte das. Seinem Eindruck nach war Gilmore eher der Typ, der diese Vorstellung nicht ertrug. Wenn sie ihm in den Sinn kam, würde er sie jedesmal verdrängen. Er würde das tun, was er von Anfang an getan hatte. Weglaufen.

Joan würde natürlich die Charakterstärke an den Tag legen, die Wachmann an einer Frau bewundern konnte. Vielleicht deckte sie Gilmore immer noch, vielleicht auch nicht. Das hing vermutlich stark davon ab, ob sie noch etwas für ihn empfand.

Er dachte an das Party-Wochenende zurück und erinnerte sich, daß man ihn vor ihrer Ankunft gewarnt hatte, sie sei ein bißchen schrullig. »Du mußt nett sein zu Joan«, hatte Helena gesagt, und das hatte gereicht, um ihr Schicksal zu besiegeln. Sie hatte Helenas Schilderung hundertprozentig entsprochen – eine Person, der es irgendwie gelungen war, Häßlichkeit in eine Kunstform zu verwandeln, eine plumpe, törichte, unsensible Frau, ohne Gefühl für Farbe oder Stil und mit breitem Akzent.

Doch zu seiner Ehrenrettung muß gesagt werden, daß er zumindest versucht hatte, irgend etwas Anziehendes an ihr zu finden, aber vergeblich. Er kam zu dem Schluß, daß Joan einfach *war.*

Es hatte ihn amüsiert, als er merkte, daß sie sich in Gilmore verknallt hatte. Am Morgen der Party war sie ihm durchs ganze Haus nachgelaufen und hatte ihn fast in den Wahnsinn getrieben. Helena hatte kaum verbergen können, wie sehr sie das belustigte. Irgendwann waren Helena und Gilmore dann geflohen, und als Joan sich des Objekts ihrer Begierde beraubt sah, hatte sie ihr Interesse auf ihn verlagert. »Was studierst du gleich wieder?«

Wachmann hatte gerade einen Karton Schnaps durchs Wohnzimmer geschleppt, der für Marshfield bestimmt war. »Kunst.«

»Malst du?«

Wahrscheinlich war die Frage gar nicht so dumm, wie sie klang. Es gab durchaus Kunststudenten, die noch nie einen Pinsel in die Hand genommen hatten und das auch keineswegs beabsichtigten, aber zu denen gehörte er nicht. »Ja, ich habe es gelegentlich versucht.«

»Was für Zeug?«

Zeug? dachte Wachmann. Wie kann sie das Werk eines Künstlers als Zeug bezeichnen? Er mühte sich mit dem Karton ab und stieß keuchend hervor: »Alles mögliche.«

Jetzt war er an der Tür, öffnete sie mit einer Hand und schaffte es mit der anderen, den Karton festzuhalten. Währenddessen hockte Joan auf der Couch und sah ihm zu, ohne auf die Idee zu kommen, ihm zu helfen. »Was ist dein liebstes?«

»Liebstes was?«

»Bild.«

»Von mir oder jemand anderem?«

Sie überlegte kurz, dann sagte sie: »Von dir.«

Ohne nachzudenken erwiderte er: »Ich habe vor einiger Zeit ein paar Schmetterlinge gemalt. Mit denen bin ich ganz zufrieden.«

Schmetterlinge, dachte er. Die wird denken, ich bin nicht ganz bei Trost. Er hätte fast erklärt, daß es nicht die Art von Schmetterlingen war, die man von Geburtstagskarten kennt, aber dazu hatte er jetzt wirklich keine Zeit. Außerdem würde er ihr das Bild dann zeigen müssen, und das wollte er nicht.

»Zeig's mir«, sagte sie.

»Morgen vielleicht. Ich bin momentan beschäftigt.«

»Komm schon«, bat sie. »Zeig's mir doch. Es dauert keine Minute.«

»Es ist oben in meinem Zimmer. Wahrscheinlich gefällt es dir gar nicht ...«

Bevor er sie aufhalten konnte, war sie schon am Fuß der Treppe und stieg zu seinem Zimmer hinauf. »Warte!« rief er, setzte die Kiste ab und stürzte ihr nach. Sie hatte schon die Tür geöffnet, und er stürmte hinter ihr ins Zimmer, verblüfft über ihre Unverfrorenheit.

»Was für ein ordentliches Zimmer. Ich dachte immer, alle Künstler leben im Chaos.«

»Die meisten Künstler versuchen dem Chaos, in dem sie leben, einen Sinn zu geben.«

»Sollte man gar nicht meinen, wenn man sieht, was die meisten produzieren.«

»Ich bezweifle, daß du viel Ahnung von dem hast, was Künstler so produzieren.«

Entweder entging ihr dieser Kommentar, oder sie ignorierte ihn, er wußte es nicht genau. Es störte ihn, daß sie einfach in sein Zimmer eingedrungen war, und er stand an der Tür und wollte, daß sie ging.

Als sie sich umdrehte, glaubte er einen Moment, sie werde ihm den Gefallen tun, aber sie sagte nur: »Und, wo ist es?«

»Wo ist was?«

»Dieses Bild mit den Schmetterlingen.«

Er wünschte, er hätte es nie erwähnt, und mehr um sie loszuwerden, als um ihre Neugier zu befriedigen, ging er zum Bett, zog ein Gemälde darunter hervor und lehnte es an die Wand.

Sie betrachtete es, legte ihren großen dicken Kopf schief, nach links, nach rechts, wie ein überdimensionaler plumper Vogel. »Sieht aus wie die Innenseiten der Schenkel einer Frau.«

»So soll es auch aussehen«, sagte Wachmann.

»Und du hast gleich neben sie Schmetterlinge hingemalt ...«

Sie ist so grob und plump, dachte Wachmann, so absolut

unfähig, sich auch nur eine Spur charmant zu geben. Er mußte ihre Reaktion unwillkürlich mit Helenas sinnlicher Erwiderung »Mal doch welche auf mich« vergleichen.

Bevor sich Helena aufs Bett setzte, war sie aus ihrem Wickelrock geschlüpft. Ein Seidenslip verdeckte kaum das üppig wuchernde Schamhaar. Er hatte in einer Schublade nach Gläsern mit bunter Tinte gekramt und dann einen feinen Zobelpinsel der Reihe nach in die Gläser getaucht, um genau solche Schmetterlinge zu malen wie auf dem Bild. Als er fertig war, hatte er Helena einen Spiegel vor die Schenkel gehalten, und sie hatte die Schmetterlinge darin betrachtet.

»Zufrieden?« sagte er, und sie schob ihren Slip beiseite. »Das ist der schönste Schmetterling von allen«, erwiderte sie, und ihre weichgefältelten Schamlippen waren feucht, einladend, glitzernd wie die Flügel einer exotischen Spezies.

»Was für welche sind es?« fragte Joan.

»Rote Admirale«, sagte Wachmann, und dann tat sie etwas, das ihn völlig überrumpelte, etwas, das ihn mehr überraschte und durcheinanderbrachte als alles, was Helena hätte tun können: Sie sah zu ihm auf, die Augen übergroß hinter den dicken Brillengläsern, und sagte sehr sanft: »Sie sind schön.«

Vielleicht war es nur diese Bemerkung, die ihn veranlaßte, sie in den Monaten nach der Party aus dem Gedächtnis zu zeichnen. Vielleicht war es nicht seine realistischste Arbeit, aber schließlich hatte er sie auch nicht so gezeichnet, wie man sie von außen sah, sondern wie er sie seit jenem Tag sah, als sensible, feminine Seele, durch eine grausame Tücke des Schicksals in einen Körper gesperrt, der sie selbst anwiderte. Er spürte ihre Qual und bildete sie ab.

Eigentlich hatte er vorgehabt, ihr die Skizze als Geschenk zu schicken, aber ihre Besessenheit in bezug auf Gilmore hatte ihn erschreckt, und er hatte befürchtet, wenn er ihr das Bild schickte, könnte sich ihre Aufmerksamkeit ihm selbst zuwenden. Wenn dies passiert wäre, hätte er sie zumindest abgewiesen, und er wollte ihr nicht weh tun. Das hatte sie nicht verdient.

Sie sah sich im Zimmer um, dessen Wände mit seinen Arbeiten übersät waren, teilweise nur Blätter, die mit Tesa an die Wand geklebt waren, dann wieder gerahmte, bewußt plazierte Bilder. »Wie ist das, wenn man so ist wie du, wenn man die Dinge sieht wie du und sie so malen kann wie du, damit andere sie ebenfalls sehen?«

Er deckte das Bild zu, schob es wieder unters Bett und zog hinter dem Kopfende eine Mappe hervor, legte sie auf den Boden, löste die Schnur und forderte Joan auf, sich seine Skizzen anzuschauen.

Joan blätterte sie durch, und als sie zu einer Skizze von Gilmore kam, hielt sie inne. Er hatte nicht gewußt, wie sie reagieren würde. Erschrocken vielleicht. Helena hätte vielleicht gelacht. Helena hätte vielleicht jene *ménage à trois* vorgeschlagen, die Driver damals zwischen ihnen vermutet hatte, doch Joan sagte nur: »Weiß er das?«

»Nein, und du auch nicht. Das heißt nicht, daß ich schwul bin. Nur daß ich einen schönen Körper zu schätzen weiß, männlich oder weiblich.«

»Ich würde es furchtbar gerne haben.«

»Das geht nicht.«

»Er wird es nie zu Gesicht bekommen, ich schwör's dir.«

»Das ist nicht der Grund. Ich würde dich nur ermutigen, dich weiterhin nach etwas zu sehnen, das du nie kriegen wirst.«

Er hatte den Nagel auf den Kopf getroffen, und sie war verlegen. »Ich wußte nicht, daß man es so deutlich merkt.«

»Glaub mir, man merkt es.«

Mehr sagte er nicht. Vielleicht war es besser, wenn sie sich an den Gedanken gewöhnte, daß sie sich zum Gespött machte. Kurz darauf sagte sie: »Ich weiß, ich bin nicht attraktiv.«

Er hatte nicht vor, sie vom Gegenteil zu überzeugen. Es wäre eine Lüge gewesen, die sie auf jeden Fall durchschaut hätte. Er klappte die Mappe wieder zu, verschnürte sie und stellte sie wieder hinter das Kopfende, als sie hinzufügte: »Und ich weiß, daß er Helena meinetwegen nie verlassen wird.«

»Er wird Helena wahrscheinlich nie verlassen, Punkt.«

»Welcher Mann, der bei Verstand ist, würde das auch tun?«

Wachmann dachte an Helena, die gefältelten Lippen ihrer Vagina, das grobe, fast vulgäre Lächeln in diesen wundervollen Augen und den groben, fast vulgären Geschlechtsakt, den er vollzogen hatte, fast wie man ein Verbrechen begeht. Denn er war von einem Gefühl der Gefahr begleitet, vermischt mit Scham, Selbstekel und dem Wunsch, diese Befriedigung wieder zu erleben, sofern sich noch einmal die Gelegenheit dazu bot.

»Komm schon«, sagte er, »wir laden jetzt besser mal die Sachen in den Wagen.« Als sie das Zimmer verlassen hatte, schloß er hinter ihr ab und folgte ihr die Treppen hinunter.

9

Am Morgen nach Rigbys Besuch trat Driver aus dem zentralbeheizten Bungalow und sog die mit winzigen Eispartikeln geschwängerte Luft ein. Zwanzig Jahre früher hatte er am Rand des Stausees gestanden und trotz der Tatsache, daß das ganze Land unter einem Sommer litt, der in der Presse als heißester Sommer aller Zeiten bezeichnet wurde, war es in Marshfield kalt gewesen.

Es gab keinen Grund, der hinreichend erklärt hätte, warum die Luft so kalt war, warum das Wasser die Hitze des Tages aufzusaugen schien, und wenn es schon im Sommer kalt gewesen war, stand für Driver fest: Jetzt würde es schweinekalt sein. Deshalb hatte er sich warm angezogen, obwohl er bezweifelte, daß das viel nutzen würde, wenn er einen Vormittag lang am Ufer herumstand, um die Bergung der Leiche zu beobachten.

Bei so etwas mußte man viel herumstehen, aber er konnte von Glück sagen, daß er kein Taucher, sondern bloß Zuschauer war. Er hätte nicht nur alles andere lieber getan, als bei schlechter Sicht in eiskaltem Wasser zu tauchen, er hätte auch keine große Lust gehabt, Leichenteile anzufassen, die wer weiß wie lange unter Wasser gelegen hatten. Allerdings war es nicht das erstemal, daß er eine im Wasser verweste Leiche sah, und er wußte, was ihn erwartete. Mit etwas Glück waren die Überreste skelettiert, aber wenn man sich einigermaßen auf Vaughans Schilderung verlassen konnte, würden sie wahrscheinlich eher dem schlimmsten Alptraum eines Kindes ähneln.

So wollte er nicht an Helena denken. Den Fotografien nach, die ihre Eltern zur Verfügung gestellt hatten, war sie eine überaus attraktive Frau gewesen, und er fand es nicht gerecht, daß ein Körper, der im Leben so verführerisch gewesen war, im Tod abstoßend sein sollte.

Als er zum Wagen ging, fielen ihm die Worte ein, mit denen Rigby Vaughans Fund beschrieben hatte: »Plötzlich hielt er den Unterkiefer in der Hand. Das wird er so schnell nicht vergessen.«

Driver zweifelte nicht daran.

Eine Meile, nachdem er die A40 verlassen hatte, bog Gilmore auf eine einspurige Straße ein. Sie schlängelte sich um das, was früher einmal das Hinterland von Marshfield gewesen war, und er folgte ihr, bis das Gehölz in Sicht kam, das die Schwemmebene von Norden her geschützt hatte. Jetzt schützte es das Wasser, eine riesige Fläche, die sich wie Eisenblech von einem Ufer zum anderen erstreckte. Stumpf. Grau. Still.

Von seinem Aussichtspunkt sah er eine Menschenmenge, die von einem Polizeikordon zurückgehalten wurde. Die Leute standen trübsinnig im Regen, der feiner war als Staub, ein kaum spürbarer und doch erbarmungsloser Regen. Sie standen fast reglos, beobachteten Polizisten, Gerichtsmediziner, Journalisten, und Gilmore dachte, die stehen nicht wegen der Kälte so da, sondern wegen der bedrohlichen Atmosphäre, die von Marshfield ausgeht.

Es war die bedrohliche Atmosphäre, auf die sich die Medien gestürzt hatten, die sich verkaufen ließ und ihnen einen Haufen Geld einbringen würde. In den Zeitungen waren bereits Fotos erschienen, dic das Haus so zeigten, wie es früher ausgesehen hatte. Das überraschte ihn nicht. Jeder fähige Reporter hätte sich schnurstracks in die lokalen Archive begeben. Da dort kein Material zu finden war, wie das Haus jetzt aussah, mit seinen flechtenbewachsenen Wänden und schlickbedeckten Böden, hatten die Leser ihre Phantasie anstrengen müssen, um sich anhand der mit Vaughan geführten Interviews genau vorzustellen, was er gesehen hatte.

Ein Flimmern im Wasser fesselte seine Aufmerksamkeit und ermöglichte ihm, die ungefähre Position der Taucher zu bestimmen, aber im Gegensatz zu den Leuten, die sich auszumalen versuchten, wie sich die Taucher durch ein Haus bewegten, das sie sich nur vorstellen konnten, stand Gilmore ziemlich genau vor Augen, was die Taucher gerade sahen. Er hatte dieses Haus eingerichtet, hatte die Wochenenden dort mit Helena verbracht.

Plötzlich spürte er einen Schmerz hinterm Brustbein und führte ihn auf die Erinnerung zurück, wie Helena manchmal zu ihm aufgesehen hatte. Er hatte geglaubt, ihr Gesicht vergessen zu haben. Jetzt wußte er, daß er es nie vergessen würde. Nicht ganz. Vielleicht entfiel es ihm einmal für einige Jahre, aber es war da, bereit aufzutauchen, zu lächeln, zu sterben.

Er verließ den Pfad und schlängelte sich zwischen den Bäumen hindurch, bis sie spärlicher wurden und sich das Wasser vor ihm ausbreitete, lichtundurchlässig und ohne Schattierungen. Es war so absolut starr, so vollkommen undurchsichtig, als hätte man von Hügel zu Hügel Beton gegossen. Das Grau wurde nur von der Barkasse durchbrochen, die rasch durchs Wasser glitt.

Gleich würden die Taucher die Leiche an die Oberfläche bringen und außen an der Barkasse festbinden, nachdem sie sie in eine Art weiße Plastikplane gehüllt hatten. Er kannte das alles bereits. Andere Gewässer, andere Leichen, wobei ihn seine Neugier verlockte dazubleiben, zu beobachten und sich zu fragen, ob je der Tag kommen würde, an dem er das gleiche in Marshfield miterleben würde.

Er bahnte sich einen Weg am Polizeikordon entlang nach vorn und erinnerte sich, wie es hier ausgesehen hatte, als er das letztemal an dieser Stelle stand. Damals hatte es noch keinen Stausee gegeben, nur den breiten, seichten Fluß, der sich wie ein verschütteter Drink über die Landschaft ergoß. Der Fluß machte es unmöglich, das Land auf Dauer zu bewirtschaften, aber gerade durch die Feuchtigkeit wurde es zu einem Schutzgebiet für seltene Vögel und Pflanzen. Sie waren, wie ihr Habitat, verschwunden. Unwiderruflich.

Einige Meter weiter links stand auf der anderen Seite des Polizeikordons ein Mann, an dessen Zeitungsfoto er sich erinnerte: Rigby. Seine hohe, hagere Gestalt hatte erstaunliche Ähnlichkeit mit der Drivers – das heißt: Driver vor zwanzig Jahren. Dann zog es seinen Blick zum Wasser zurück, wo die Männer auftauchten. Gilmore kam es vor, als seien sie eine Ewigkeit dort unten gewesen, aber in Wirklichkeit hatte das ganze Unternehmen knapp zwanzig Minuten gedauert. Nachdem sie der Barkasse ein Zeichen gegeben hatten, beobachtete er aus der Entfernung, wie die Leichenteile seitlich festgebunden wurden.

Er stand wie angewurzelt da, als die Barkasse zum Ufer tuckerte. Es war, als habe der Mann am Ruder beschlossen, zum Vergnügen der Menge so nah wie möglich beim Polizeikordon anzulegen, aber dann hielt er doch einige Meter vom Ufer entfernt, aus Angst, die Barkasse auf Grund zu setzen. Es blieb den Tauchern überlassen, ins Wasser zu gleiten, die Leichenteile loszubinden und sie ans Ufer zu bringen.

Die Taucher legten sie ans Ufer, und Uniformierte hielten die vorwärtsdrängende Menge, so gut es ging, zurück.

Gilmore blieb, wo er war, weil er wußte, beim Anblick der durcheinanderliegenden Knochen würde er kaum glauben, daß sie zu einem Gesicht gehörten, dessen Haut er einst mit staunenden Fingern berührt hatte. Er kam zu dem Schluß, daß sie zerbrechlich wirken würden, zerbrechlich wie der Flügel eines Vogels, und in Gedanken umkleidete er die Gesichtsknochen mit Fleisch, so wie ein Gerichtsmediziner einen Schädel mit genau der richtigen Menge Modelliermasse umkleidet, um jemanden zu identifizieren.

Als er sich zum Gehen wandte, den Kopf gegen den Regen gesenkt, merkte er, daß jemand vor ihm stand, jemand, der ihm mit der gleichen Hartnäckigkeit den Weg verstellte, mit der er selbst jeden Gedanken an die Vergangenheit verdrängte. Als er aufsah, verwandelte sich sein ursprünglicher Ärger in einen heftigen Schock.

»Die Welt ist klein, Ian.«

Er fragte sich, warum er nicht daran gedacht hatte, daß Driver hier sein könnte. Das Medieninteresse war so groß, daß er mit dieser Möglichkeit hätte rechnen müssen. Ihre Blicke trafen sich, verkeilten sich einen Moment ineinander, dann sah Gilmore weg.

Er kämpfte gegen den Drang loszurennen, zu entkommen, und wußte selbst in diesem Moment der Panik, daß es kein Entkommen gab. Kein echtes Entkommen. Egal, wie weit er laufen würde, Driver würde ihn finden, um eine Prophezeiung zu erfüllen, die er damals im Verhörraum von St. Aldate's gemacht hatte: »Ich mache Sie fertig, Ian. Vielleicht nicht heute. Vielleicht erst in vielen Jahren. Aber eines Tages ... mache ich Sie fertig.«

10

Gilmore war gegangen, und die Menge hatte sich hinter ihm wieder geschlossen. Driver jedoch ging zum Kordon hinunter und rief Rigby und Dalton etwas zu. Sie wandten sich von den Überresten ab, näherten sich dem Kordon, hinter dem Driver wie alle anderen Schaulustigen stehen mußte, und Rigby sagte: »Ich wußte nicht, daß Sie hier sind.«

»Ich wollte Sie nicht behelligen«, sagte Driver.

Er wollte wohl eher vermeiden, daß ich sage, er soll zu Hause bleiben, dachte sich Rigby. »Was gibt's?« fragte er.

»Ich habe gerade Gilmore gesehen.«

»Wann?«

»Vor etwa zwei Sekunden.«

»Sind Sie sicher, daß er es war?«

»Hundertprozentig.«

»Ganz schön dreist«, sagte Dalton. »Wo ist er jetzt?«

»Weg«, sagte Driver. »Kaum hat er mich gesehen, ist er abgehauen.«

Kann ich ihm nicht verübeln, dachte Rigby. Driver war vermutlich der letzte, mit dem Gilmore in Marshfield gerechnet hatte, aber wahrscheinlich hätte Driver das gleiche sagen können.

»Unverhofft kommt oft, was?«

»Er wirkte etwas überrascht«, gab Driver zu. »Wahrscheinlich hat er geglaubt, ich sei längst tot.«

Rigby sagte nichts dazu. Da er auch nicht handelte, fragte Driver: »Wollen Sie ihm nicht nach?«

Als Rigby und Dalton ihn durch den Kordon zu den Leichenteilen führte, erwiderte Rigby: »Wir müssen sie erst eindeutig identifizieren, bevor wir uns wegen Gilmore aufregen. Außerdem hat es keinen Zweck, ihm Fragen zu stellen, mit denen man ihn schon vor zwanzig Jahren nicht festnageln konnte. Ich würde ihn lieber in Ruhe lassen, bis wir etwas Neues haben.«

»Wir haben eine Leiche«, sagte Driver. »Das ist etwas Neues, und ich an Ihrer Stelle hätte ihn gestern verhaftet.«

»Sie sind aber nicht ich«, sagte Rigby. Driver ließ es dabei bewenden, es hatte keinen Sinn, sich Rigby zum Gegner zu machen, er mußte akzeptieren, daß er pensioniert, daß Marshfield nicht mehr sein Fall war.

»Keine Sorge, Bill«, sagte Rigby. »Wir wissen, wo er steckt. Wenn es soweit ist, schnappen wir ihn uns, kein Problem.«

»Ach ja?« sagte Driver.

»Er ist nie aus Oxford weggezogen.«

Als Rigby schwieg, fragte Driver aufgeregt: »Ist das ein Staatsgeheimnis, oder können Sie mir sagen, wo er wohnt?«

»Milton«, sagte Rigby. »In einer Wohnsiedlung, wurde erst kürzlich gebaut.«

»Hat er Arbeit?«

»Bei einer Software-Firma in Abingdon.«

Driver war überrascht. Irgendwie hatte er von Gilmore mehr erwartet.

»Aber das ist Ihnen doch klar«, fügte Rigby hinzu. »Selbst wenn der Zahnvergleich beweist, daß es sich um Helena Warner handelt, wird das nicht reichen, um seine Geschichte zu erschüttern, jedenfalls nicht, solange Joan Poole und Wachmann bei ihrer Geschichte bleiben.«

»Poole und wer?« fragte Dalton.

»Wachmann«, sagte Driver.

»Wo haben die hingehört?«

»Joan Poole war eine Freundin von Helena, falls man das so nennen kann ...«

»Und Wachmann?«

»Wachmann studierte ebenfalls im ersten Semester am Worcester College. Gilmore studierte Altphilologie, Richard Wachmann Kunst. Sie wohnten zusammen in einem Haus im Norden Oxfords.«

Das hatte damals für Driver keinen Sinn ergeben. Warum sollte jemand den relativen Luxus eines Studentenwohnheims gegen ein kaltes, unkomfortables Haus im Norden Oxfords aufgeben?

Er und ein jüngerer Polizist namens Slater waren damals hingefahren, um mit Wachmann zu reden, während Gilmore noch verhört wurde. »Hübsches Haus«, hatte Driver gesagt. »Wie lang wohnen Sie hier schon?«

»Seit Beginn der Osterferien«, sagte Wachmann. »Wo ist Ian?«

»Auf dem Revier.«

»Schon wieder?«

»Schon wieder.«

»Warum laßt ihr ihn nicht endlich in Ruhe?«

Driver hätte am liebsten erwidert: »Weil er ein Mörder ist.« Aber er besann sich eines Besseren. »Was für ein Typ ist denn dieser Gilmore?«

»Was ist denn das für eine Frage?«

»Sie kennen ihn, wohnen mit ihm zusammen, Sie müssen doch irgendeine Meinung haben.«

»Sie haben mich falsch verstanden«, sagte Wachmann. »Was wollen Sie denn über ihn wissen?«

Driver machte eine kleine Pause. »Fangen wir mit dem Trinken an«, sagte er. »Trinkt er?«

»Manchmal. Nicht oft.«

»Zuviel?«

»Manchmal. Nicht oft.«

»Und wenn er trinkt, wie wirkt das bei ihm?«

Wachmann erwiderte resigniert, fast gelangweilt: »Es macht ihn betrunken.«

Driver ging darüber hinweg und sagte: »Und dann?«

»Meistens schläft er ein.«

»Haben Sie je erlebt, daß er handgreiflich, aggressiv wurde?«

»Jetzt wo Sie's erwähnen«, sagte Wachmann, »er hat die Angewohnheit, nach dem zweiten Glas Wein Leute umzubringen, aber ansonsten ist er ein reizender Mensch.« Seiner Meinung nach hatte Driver diese Antwort regelrecht provoziert. Der ließ es dabei bewenden und schlenderte in die Küche, gefolgt von Wachmann, der nicht wollte, daß Driver sich in irgendeinem Teil des Hauses unbeobachtet aufhielt, und der sich zweifellos fragte, was Slater in den oberen Räumen tat.

Von dort überblickte man einen langen schmalen Garten, der bis zum Kanal reichte. Ein modernder Anlegesteg ragte ins Wasser. Dies sah Gilmore jedesmal, wenn er aus dem Zimmer blickte, das über der Küche lag. Slater hatte dieses Zimmer durchsucht, und was er hinter einer Wandverkleidung – grob gezimmert, als doppelte Rückwand eines Schranks – gefunden hatte, gehörte zu den härtesten Pornomagazinen, die Driver je gesehen hatte.

Er hatte sie Wachmann gezeigt. »Schauen Sie sich das mal an. Na los. Die haben Sie doch sicher schon mal gesehen?«

Wachmann hatte kurz in den Magazinen geblättert, und sein Gesichtsausdruck sagte Driver alles. Und doch hatte er sich, aus Gründen, die Driver nicht erkennen konnte, immer noch vor Gilmore gestellt. »Wir wohnen hier zur Miete. Sie können Ian nicht für Pornomagazine verantwortlich machen, die irgendein Vormieter hinter dem Schrank versteckt hat.«

»Ach ja?« sagte Driver. »Man sollte meinen, daß der Besitzer so teurer Magazine sorgfältiger damit umgeht.«

Wachmann hatte nichts dazu gesagt. »Na los«, drängte Driver. »Sie gehören Gilmore, stimmt's?«

Keine Antwort, doch Driver hatte gesehen, wie in Wachmanns Augen Angst aufflackerte. »Was hat er gegen Sie in der Hand?«

»Nichts.«

»Sie decken ihn, Sie und Joan. Warum?«

Jetzt hatte sich Wachmann von ihm abgewandt. »Ich muß gleich ins Seminar.«

»Das kann warten.«

»Ich habe Ende des Semesters Prüfungen.«

»Gut möglich, daß Sie die gar nicht mehr ablegen dürfen.«

Keine Antwort.

»Na los, Richard. Ich kriege langsam Geschmack an der Geschichte. Erzählen Sie es mir noch einmal. Was passierte, nachdem die Party vorbei war?«

Es freute ihn, daß er Wachmann aus der Fassung gebracht hatte. »Ich habe es Ihnen doch schon gesagt. Ich bin heimgefahren.«

»War jemand bei Ihnen?«

»Nein.«

»Sie hatten kein Glück auf der Party?«

»Nein.«

»Ein attraktiver Typ wie Sie – nicht schwul, nehme ich an?«

»Nein.«

»Hab ich auch nicht vermutet«, sagte Driver. »Sie sind also heimgefahren. Und was war mit Gilmore?«

»Er hat Joan und Helena am Somerville College rausgelassen. Dann kam er heim.«

»Helena kam also nicht mit ihm zurück?«

»Nein.«

»Bißchen komisch, oder?«

»Ich wüßte nicht, warum«, sagte Wachmann.

»Schließlich waren sie ein Liebespaar«, meinte Driver. »Ich bin kein gebildeter Mensch, Richard, deshalb müssen Sie meine grobe Art entschuldigen, aber meiner Ansicht nach hätte es ihm doch lieber sein müssen, Helena mit hierherzubringen, mit der Aussicht, zum Ziel zu kommen, statt sie am College abzusetzen.«

»Es war spät, und außerdem mußten sie auf Joan Rücksicht nehmen.«

»Sie hätte ja hier übernachten und ...« Driver wollte sagen: »... und mit Ihnen schlafen können«, besann sich aber eines Besseren. Außerdem hatte er Joan gesehen. Aller Wahrscheinlichkeit nach wäre Richard nicht auf ihr Angebot eingegangen, selbst wenn sie ihm eins gemacht hätte. »... und auf der Couch schlafen können«, schloß er. Wachmann, der ahnte, was Driver eigentlich hatte sagen wollen, ignorierte die Bemerkung mit einem an Verachtung grenzenden Gesichtsausdruck.

»Attraktive Frau, diese Helena«, sagte Driver. »Ich wette, da hätten Sie auch gern was davon abgehabt.«

»Sie widern mich an.«

»Ihr Äußeres hat Sie also völlig kaltgelassen?«

»Das habe ich nicht gesagt.«

»Dann hat sie Ihnen gefallen?«

»Das habe ich auch nicht gesagt.«

Jetzt nahm ihn Driver beiseite, als solle das Folgende strikt unter ihnen bleiben, und sagte: »Doch nicht etwa eine *ménage à trois*?«

»Sie haben mich schon wieder falsch verstanden«, sagte Wachmann. »Ich studiere Kunst, nicht Französisch.«

Driver lachte und ließ es dabei bewenden. »Gilmore hat an jenem Abend also nichts getrunken?«

»Mein Gott«, sagte Wachmann, »wie oft denn noch?«

»So oft wie nötig ... Wo gehen Sie jetzt hin?«

»Wie ich schon sagte, ich muß ins Seminar.«

Wachmann hatte sich sein Jackett geschnappt und war zur Tür gestürmt.

»Ich bin noch nicht fertig.«

»Dann nehmen Sie mich doch fest. Oder hauen Sie ab!«

Driver hatte sich für die zweite Möglichkeit entschieden,

wobei ihm die Erfahrung sagte, daß der Zeitpunkt kommen würde, wo sich Wachmann aus eigenem Antrieb etwas respektvoller verhalten würde. Das mochte in einem Verhörraum sein oder in einem Gerichtssaal, aber irgendwann wäre es soweit, da war sich Driver damals ganz sicher gewesen.

Driver verabschiedete sich von Rigby und ging zwischen den Bäumen hindurch zu seinem Wagen. Als er die Schotterstraße hinauffuhr, spürte er mehr, als daß er es sah, wie der Stausee hinter ihm zurückblieb.

Diese Magazine. Irgendwie hatte er sich nicht vorstellen können, daß Gilmore an so etwas Spaß hatte. Er war nicht der Typ dafür. Aber schließlich war er auch nicht der Typ, dem man einen Mord zugetraut hätte, und wenn Driver von irgend etwas überzeugt war, dann davon, daß es sich bei Gilmore *wirklich* um einen Mörder handelte.

11

Die Sonntagszeitung, die Joan immer las, brachte einen langen Bericht mit einem Foto des Stausees. Obwohl sie sich jetzt zwei Tage mit dem Fund in Marshfield beschäftigt hatte, war ihr immer noch nicht klar, was sie eigentlich empfand. Sie hatte immer damit gerechnet, daß man die Leiche eines Tages entdecken würde, aber sie hatte auch damit gerechnet, daß dieser Fund sie kaltlassen würde.

Deshalb überraschte es sie, daß sie schockiert war, und noch mehr überraschte es sie, daß sie weinen mußte. Plötzlich waren ihr die Tränen über die Wangen gelaufen.

Sie sah sich um und fragte sich, wie Helena wohl auf diese Wohnung reagiert hätte. Sie hörte sich sogar sagen: »Das ist nur eine Übergangslösung, Helena, bis ich finanziell auf die Füße gekommen bin und mir etwas Besseres leisten kann.« Denn selbst jetzt würde sie sich noch dafür entschuldigen, daß sie ärmer, dümmer und häßlicher war als Helena. Wäre sie noch am Leben, hätte Helena heute bestimmt eine wunderbare Wohnung, einen wunderbaren Job und einen wunderbaren Ehemann.

Aber sie lebte nicht mehr. Sie war tot. Da stand es schwarz auf weiß, und obwohl Joan das schon seit Jahren wußte, war es ihr durch den Zeitungsbericht erst so richtig klargeworden.

Sie stand auf und ging zum Fenster. Ihr Wohnzimmer hatte früher wohl als Schlafzimmer gedient und ging auf die gegenüberliegenden Sozialwohnungen hinaus. Sie waren der Beginn einer kilometerlangen Siedlung. Während der letzten

Jahre hatte sich Joan mit dem Gedanken abgefunden, daß sie, genau wie ihre Eltern, wahrscheinlich irgendwann in einer dieser Wohnungen landen würde. Es war vom Schicksal vorherbestimmt, genau wie ihre Hautfarbe und die unerklärlichen Depressionen, die sie manchmal monatelang quälten.

Sie ging vom Fenster weg, setzte sich und griff wieder nach der Zeitung. In dem Artikel stand, daß es der Polizei noch nicht gelungen war, die Leiche zu identifizieren. Wenn sie angerufen und Helenas Namen genannt hätte, wäre der Polizei viel Ärger erspart geblieben. Aber dann wäre sie gefragt worden, woher sie das wisse, und hätte alles mögliche erklären müssen. Sie konnte ja schlecht sagen, daß sie mitgeholfen hatte, die Leiche zu verstecken. Sie hörte schon die dann folgende Frage: »Warum haben Sie das niemandem erzählt? Ihren Eltern oder der Polizei? Warum haben Sie geschwiegen?« Warum, dachte sie, schweigt unter solchen Umständen *jeder*? Warum meldet sich ein Mann, der mit einer später tot aufgefundenen Prostituierten verkehrt hat, nicht bei der Polizei, damit man ihn von der Liste der Verdächtigen streichen kann? Warum sträubt sich jeder, der sich bei einem verbotenen Treffen amüsiert hat, zuzugeben, daß er Zeuge eines Unfalls, Einbruchs oder einer anderen Tat war, die ihn zu genauen Angaben zwingen würde, wo er sich zur fraglichen Zeit aufgehalten hat?

Sie konnte sich nicht melden. Wenn sie das tat, würde früher oder später herauskommen, daß sie in der Nacht, als Helena starb, mit Gilmore im Bett gewesen war, obwohl sie ihn erst am Vortag kennengelernt hatte.

Sie konnte sich gut vorstellen, was Driver davon gehalten hätte.

Er war ein anständiger Mann gewesen, ein Mann mit Wertmaßstäben, ein Mann, der die Wahrheit herausfinden und den Konsequenzen dieser Wahrheit nachgehen wollte und der sie mehrfach im Haus ihrer Eltern besucht hatte.

Daß sie in etwas verwahrlosten Verhältnissen lebte, hatte sie damals nicht gestört: Auf dem Bett waren Kleider verstreut, die wie ein Leichnam auf den Boden herunterhingen, ein schottengemustertes Bein biß sich farblich mit einem türkisch gemusterten Ärmel, ein schäbiger Hut erinnerte an einen zerprügelten Kopf. Es roch nach schal gewordenem Leben.

Joan war der schale Geruch gar nicht aufgefallen, bis ihre Mutter Driver nach oben in das Zimmer geführt hatte, das sie sich mit Cathy teilte. Doch als sie seinen Gesichtsausdruck sah, hatte sie sich geschämt und das Fenster einen Spaltbreit geöffnet, durch das der Verkehrslärm hereindrang, das klatschende Geräusch von Autoreifen auf regennasser Straße.

Er mußte schon viele solche Zimmer gesehen haben, Zimmer, die er vielleicht mit Entbehrung oder krimineller Unterschicht gleichsetzte, Zimmer, die sie mit einer für ihre Familie ganz normalen Kindheit verband. Helena hatte diese Lebensweise schockiert und doch so fasziniert, als habe sie eine neue Spezies entdeckt.

Natürlich wußte Joan, daß es dreckig war, und hatte sich damals, genau wie heute, vorgenommen, etwas dagegen zu unternehmen, aber wenn sie sich jetzt umschaute, wurde ihr klar, daß sie nie etwas dagegen unternehmen würde.

Es hatte Driver geekelt. Aber er war nicht da, um zu moralisieren oder zu verzweifeln, er war da, um ihr seinen Verdacht mitzuteilen, daß sie über Helenas Verschwinden mehr wisse, als sie zugeben wollte.

Sie hatte ihm etwas vorgespielt, eine Empörung vorgetäuscht, die sie nicht fühlte, eine Wut, die sie nicht empfand. Und sie hatte sich gefragt, ob er wußte, daß sie das Wissen um Helenas Todesumstände als eine Art Macht empfand, etwas, das sie in der geschlossenen Hand hielt wie eine Kraft, die jederzeit Gestalt annehmen könnte. »Sie wohnen schon lange hier, Joan?«

»Mein ganzes Leben.«

»Und wie haben Sie dann Helena kennengelernt?«

Die Frage war nur recht und billig, und Joan hörte genau heraus, was darin mitschwang. Driver fragte sich, was sie zusammengeführt hatte, wo sie doch aus so unterschiedlichen Verhältnissen stammten.

»Wir haben uns beide im Gymnasium kennengelernt.«

»Und seitdem waren Sie befreundet.«

»Dick befreundet.«

»Aber Sie sind in Southampton und studieren welches Fach ...?«

»Journalismus.«

Driver dachte über diese Auskunft nach und kam nach einigem Abwägen zu dem Schluß, daß sie nicht genug mitbrachte, um in diesem Beruf Erfolg zu haben.

»Beabsichtigen Sie, nach Abschluß Ihres Studiums in Warrington zu leben?«

»Nein.«

»Warum nicht?«

Von unten hörte man laute Stimmen, die den Fernseher zu übertönen versuchten. »Ich will hier weg«, sagte sie ruhig.

»Das kann ich verstehen«, erwiderte Driver, und Joan dachte, vielleicht versteht er es tatsächlich.

Sie hatte instinktiv gespürt, daß er aus ähnlichen Verhältnissen stammte wie sie. Vielleicht aus einer Stadt im Norden, aber wahrscheinlich aus der gleichen sozialen Schicht. Sie konnte den Akzent nicht genau lokalisieren, aber manche umgangssprachlichen Ausdrücke klangen vertraut, vielleicht ein Vorort von Manchester, den sie nicht kannte, aber einer, wo ähnliche Werte galten, bei Leuten, die aus einem ähnlichen Umfeld kamen wie sie. Das jagte ihr Angst ein, und sie äußerte sich sehr vorsichtig, falls sich herausstellen sollte, daß er zwischen den Zeilen lesen und so die Wahrheit erraten konnte.

»Helena entschwebte also mit Glanz und Gloria nach Oxford, und Sie sind nach Southampton abgezockelt.« Er überlegte einen Moment, sah auf, lächelte sie plötzlich strahlend an und fragte: »Was haben Sie dabei empfunden?«

Clever, dachte Joan. Scharfsinnig. »Ich habe mich sehr für sie gefreut.«

Es folgte eine Stille, die Driver zweifellos alles sagte. »Sie haben sich gefreut.« Das starre Lächeln wich nicht von seinem Gesicht. »Das ist schön. Ich nehme an, sie hat sich auch für Sie gefreut.«

»Natürlich«, sagte Joan, vielleicht ein bißchen kälter als ratsam, aber jetzt war es heraus, sie konnte es nicht mehr zurücknehmen, und Driver, dem das nicht entgangen war, fügte hinzu: »Und nach dem Abschluß werden Sie sich nach einem Job umsehen.«

»Ja.« Es klang lahm.

»Glauben Sie, es wird leicht sein, einen zu finden?«

»Nein.«

»Das ist realistisch«, sagte Driver. »Jobs sind schwer zu kriegen. Zum Glück kann ich sagen, daß ich nicht aus Erfahrung spreche. Ich bin gleich nach der Schule zur Polizei.« Er beugte sich ein bißchen vor, als verrate er ihr ein Geheimnis. »Zwanzig Jahre Berufserfahrung.«

Diese Bemerkung verfehlte ihre Wirkung nicht. Sie war als Warnung gedacht, und so faßte Joan sie auch auf.

»Ich habe schon in vielen Vermißtenfällen ermittelt.« Immer noch das starre Lächeln. »Und bin stolz darauf, jedesmal zu wissen – man könnte es Instinkt nennen –, ob wir nach einem Ausreißer suchen oder ... nach einem Mordopfer.«

»Wie praktisch«, sagte Joan.

»Allerdings«, erwiderte Driver. »Es ist sogar unverzichtbar.«

»Kapier ich nicht.«

»Nein?«

»Nein.«

»Na ja«, sagte Driver, »dann erkläre ich's Ihnen. Wenn ich der Meinung bin, wir suchen nach einem Ausreißer, dann sage ich meinen Vorgesetzten, daß es keinen Zweck hat, Geld rauszuwerfen, vor allem, wenn der Gesuchte über achtzehn ist. Alt genug, um selber Entscheidungen zu treffen, verstehen Sie?«

Joan nickte, und Driver fuhr fort: »Wenn ich jedoch der Ansicht bin, wir suchen nach einem Mordopfer, dann ziehe ich alle Register.«

»Und welcher Meinung sind Sie in Helenas Fall?«

»Das will ich von Ihnen wissen«, sagte Driver. Joan schwieg, und er fügte hinzu: »Wann haben Sie Helena zuletzt gesehen?«

»Das habe ich Ihnen doch gesagt. Sie hat mich letztes Wochenende zu einer Party eingeladen.«

»Wie sind Sie dort hingekommen?«

»Mit der Bahn.«

»Wann sind Sie angekommen?«

»Am Freitag.«

»Wann fand die Party statt?«

»Samstagabend.«

Als wisse er das nicht längst, fragte Driver: »Wessen Party war das?«

»Richards.«

»Warum hat sie stattgefunden?«

»Aus keinem besonderen Grund.«

»Er hat sie also einfach so veranstaltet?«

»Genau.«

»Wie viele Leute waren da?«

»Ungefähr zwanzig.«

»Kannten Sie irgend jemanden außer Helena?«

»Nein.«

»Gar niemand?«

»Nein.«

»Wann war Schluß?«

»Gegen zwei Uhr morgens.«

»Ist das nicht ungewöhnlich?«

»Ich wüßte nicht, warum?«

»Studentenfeten«, sagte Driver, »dauern doch meistens die ganze Nacht.«

»Nicht immer. Außerdem waren überall Warnschilder aufgestellt, daß das Wasser steigt. Wir haben befürchtet, daß es vielleicht schneller steigen würde als erwartet und wir dann nicht mehr rechtzeitig aus dem Haus kämen.«

»Wozu dann überhaupt die Party?«

»Es war Richards Party. Fragen Sie ihn«, sagte Joan. Sie wußte, was Richard antworten würde. Er würde darlegen, daß er dort zur Welt gekommen und aufgewachsen war und daß er ein Recht darauf hatte, von diesem Haus Abschied zu nehmen, auf seine Art, zu einem von ihm gewählten Zeitpunkt. Wenn dieser Zeitpunkt gefährlich dicht bei dem Moment lag, an dem sein Elternhaus überschwemmt werden sollte, dann war das seine Sache.

»Die Party war also um zwei Uhr morgens vorbei, und dann fuhren Sie alle vier nach Oxford zurück.«

»Genau.«

»Wo haben Sie und Helena den Rest der Nacht verbracht?«

»Im Somerville.«

»Warum nicht bei Richard und Ian?«

»Es war kein Platz, zumindest ...«

Driver schien zu wissen, was sie sagen wollte, daß Helena Gilmore wahrscheinlich mehr als willkommen gewesen wäre, daß aber Richard, selbst wenn sie sich bereit erklärt hätte, mit ihm ins Bett zu gehen, von dieser Aussicht kaum begeistert gewesen wäre.

»Sie hätten ja auf der Couch schlafen können.«

»Das wollte ich dann doch nicht.«

»Na gut«, sagte Driver. »Was taten Sie also, als Sie am folgenden Morgen aufgewacht sind?«

»Wir ließen das Frühstück ausfallen, standen spät auf und fuhren dann zum Haus, um Mittag zu essen.«

»Und nach dem Mittagessen?«

»Ist Ian nach Surrey gefahren. Hören Sie, das wissen Sie doch alles ...«

»Warum fuhr er nach Hause?«

»Um Karten für ein Konzert in der Free Trade Hall zu holen.«

Driver überlegte kurz, so wie jedesmal, wenn Joan auf die Karten zu sprechen gekommen war. Es war fast schon ein Ritual, die kurze Pause, die leicht verdutzte Miene, der ungläubige Tonfall, als er schließlich sagte: »Warum hat er denn nicht seine Eltern gebeten, sie ihm zu schicken?«

»Keine Ahnung.«

»Es dürfte ihn fast zwei Stunden gekostet haben, nach Surrey zu fahren.«

»Wahrscheinlich, ja.«

»Ein bißchen übertrieben, oder? Ich meine, warum hat er nicht einfach neue Karten gekauft? Das wäre doch sicher billiger gewesen, als ein Vermögen für Benzin auszugeben.«

»Keine Ahnung«, sagte Joan. »Fragen Sie ihn doch selber.« Sie wußte, wenn Driver herausbekam, daß die Karten über dreißig Pfund gekostet hatten, würde er verstehen, daß sich ein bankrotter Student sehr wohl dazu entschließen konnte, nach Hause zu fahren, statt neue Karten zu kaufen, und deshalb war dies gar kein schlechtes Alibi.

»Wie haben Sie den restlichen Nachmittag verbracht?«

»Im Haus mit Helena und Richard.«

»Und am Abend sind Sie dann mit dem Zug zurück nach Southampton gefahren.«

»Helena hat mir noch nachgewinkt.«

»Und da haben Sie sie zum letztenmal gesehen.«

Joan seufzte und sagte in gefährlich scherzhaftem Ton: »Das steht wohl leider zu befürchten.«

»Vorsicht, Joan«, erwiderte Driver sanft, und sein Tonfall machte ihr Angst.

»Ich wollte nur sagen, es war das letztemal, daß ich sie gesehen habe, sonst nichts.«

Mit ausdrucksloser Miene fragte Driver jetzt: »Irgendeine Ahnung, wo sie vom Bahnhof aus hingegangen sein könnte?«

»Nein.«

»Sie hatte keine Pläne für den Abend?«

»Nein.«

»Sie glauben also nicht, daß sie sich mit Gilmore getroffen hat?«

Er traf einen Nerv. »Er war in Surrey. Das *wissen* Sie doch, warum fasziniert er Sie so?«

»Warum er mich so fasziniert? Gute Frage. Ich glaube, man kann durchaus sagen, daß er ein faszinierender Mann ist.«

»Freut mich, daß Sie das finden.«

»Ja, das finde ich«, sagte Driver. »Und Sie finden es auch.« Das war so scharf beobachtet, daß ihr einen Moment lang die Luft wegblieb. »Erzählen Sie mir von Gilmore.«

»Ich weiß nicht viel über ihn.«

»Tatsächlich?«

»Tatsächlich«, sagte Joan.

»Fanden Sie ihn attraktiv?«

»Wir haben uns erst am Abend vor der Party kennengelernt.«

»Das beantwortet nicht meine Frage.«

»Ehrlich gesagt, er ist mir nicht besonders aufgefallen.«

»Das glaube ich aber schon.«

»Da irren Sie sich.«

Als hätte er ihr gar nicht zugehört, sagte Driver nur: »Hätten Sie gern mit ihm geschlafen?«

Sie antwortete vorsichtig. Geziemend verlegen. »Ich bin noch Jungfrau, Mr. Driver.« Und bevor er noch weiter insistieren konnte, fügte sie hinzu: »Und außerdem, machen wir uns nichts vor, ich kann es kaum mit Helena aufnehmen.«

»Wie meinen Sie das?«

»Er hätte mich keines Blickes gewürdigt.«

»Vielleicht doch, wenn Helena nicht im Weg gewesen wäre.«

»Männer wie Ian schauen Mädchen wie mich nicht an.«

»Sie halten wohl nicht viel von sich?«

»Das ist nur eine ehrliche Selbsteinschätzung. Sind Sie deswegen nicht hergekommen? Wegen ehrlichen Auskünften?«

Driver antwortete nicht, sondern wechselte die Taktik. »Wenn Sie also nicht glauben, daß sie vom Bahnhof aus zu Gilmore gegangen ist, wo könnte sie dann hingegangen sein? Was meinen Sie?«

Joan war versucht anzudeuten, daß Helena überall hingegangen sein konnte, mit jedem, aber sie widerstand dieser Versuchung. »Wahrscheinlich zurück zum College. Ob sie je dort angekommen ist, kann ich allerdings nicht sagen.«

»Was hätte sie dort wohl gemacht? Irgendeine Idee?«

»Gearbeitet, aller Wahrscheinlichkeit nach.«

»Warum sagen Sie das?«

»Sie wußte, daß sie ihr Niveau halten mußte, um eine gute Note zu kriegen.«

»Sie sprechen von Helena dauernd in der Vergangenheitsform.«

»Sie ja auch.«

Er hatte gelächelt. Es war ein nachdenkliches Lächeln gewesen. »Gilmore war also in Surrey.«

»Das hatten wir doch schon.«

»Und er wollte erst am nächsten Morgen nach Oxford zurückfahren, das war ein ...?«

»Montag.«

»Ja, richtig. Montag.«

Das war sein spezieller Trick: die immer gleichen Fragen, die immer gleiche Reihenfolge, bis zu dem Moment, wo er so tat, als verliere er plötzlich die Geduld, und seine Stimme schärfer wurde.

»Also noch mal von vorn. Was geschah in Marshfield?«

»Das habe ich Ihnen doch schon erzählt.«

»Erzählen Sie mir's noch einmal. Von Anfang an.«

»Mein Gott«, sagte Joan. »Wie oft denn noch?«

»So oft wie nötig.«

Sie wiederholte Wort für Wort, was sie ihm schon erzählt hatte, und als sie fertig war, schwieg Driver.

Sie saß ebenfalls schweigend da. Driver sah sie an und sagte lächelnd: »Ich glaube Ihnen nicht.«

»Das ist Ihr gutes Recht.«

»Nein, nicht mein gutes Recht – mein Instinkt.«

Joan hatte sich verschwörerisch vorgebeugt und gefragt: »Und was sagt Ihnen Ihr Instinkt bezüglich Helena?«

Driver beugte sich ebenfalls vor und erwiderte mit dem gleichen verschwörerischen Lächeln: »Er sagt mir, daß Helena in Marshfield ermordet wurde.«

»Und wo ist dann die Leiche?«

»Leiche«, sagte Driver. »Komisches Wort für eine Freundin. Sie waren doch Ihre Freundin?«

»Ihre treue Freundin«, sagte Joan. »Also, wo ist sie?«

»Im Sumpf vergraben.«

»Warum suchen Sie nicht dort nach ihr?«

»Sie wissen, warum.«

Er hatte recht. Sie wußte es. Das Wasser war gestiegen, das Haus überflutet. Driver war überzeugt, daß man sie nie finden würde. Er wäre nie darauf gekommen, daß sie sie in einem Schrank versteckt hatten. Niemand, der bei Verstand war, würde so etwas tun, wenn ihm jede Menge Sumpfland zur Verfügung stand, aber wenn nun die Polizei das Haus durchsuchen würde?

Sie konnte sich die Frage nicht verkneifen: »Warum schicken Sie nicht einfach Taucher runter, um das Haus zu durchsuchen? Vielleicht findet man sie ja.«

»Zwecklos«, sagte Driver.

Ausgezeichnet, dachte Joan. »Wenn Sie es sagen ...«

»Ja ...«

»... dann würde ich an Ihrer Stelle aufgeben.«

Das hätte sie zu einem Mann wie Driver nicht sagen sollen. Jetzt ließ er die Maske der Höflichkeit fallen, und seine leise gesprochenen Worte jagten ihr einen Schauer über den Rücken. »O nein, Joan. Ich werde nie aufgeben.«

Die Drohung hatte wuchtig zwischen ihnen gestanden, dann hatte sich Driver mit einer letzten Warnung erhoben: »Ich komme wieder.«

12

Driver hielt Wort und kam wieder. Joan wiederholte jedesmal, was sie ihm bereits erzählt hatte. Seine einzige Antwort lautete: »Sie lügen.«

Woher hatte er gewußt, daß sie log?

Aber er hatte recht gehabt. Natürlich hatte sie gelogen, und während einer jener Pausen, die diesem Satz meistens folgten, hatte er mit der Tradition gebrochen und sie gefragt, woran sie gerade denke. Es hatte fast väterlich geklungen, und Joan, die in ihrem Leben herzlich wenig Zuwendung und Fürsorge erlebt hatte, war überrumpelt worden.

»An Ian«, gab sie zu und bereute fast im gleichen Augenblick die vorübergehende Schwäche, die sie zu dem Geständnis veranlaßt hatte.

»Denken Sie viel an ihn?«

»Nein. Ich habe nur überlegt, wie er wohl Helenas Verschwinden verkraftet hat.«

Deutlicher konnte sie nicht ohne Gefahr fragen, wie es ihm ging, wie er damit fertig wurde, ob ihn der Druck allmählich zermürbte.

Driver erwiderte nur: »Er fragt nie nach Ihnen. Ich wage zu behaupten, daß ihn in bezug auf Sie kaum ein anderer Gedanke beschäftigt als der, ob Sie seine Geschichte bestätigen.«

Diese Bemerkung kam überraschend, und ihre Brutalität, ihre Wahrheit verletzten sie. Sie bezweifelte, ob es ihr gelungen war, den Stich zu verbergen, den ihr dieser Satz versetzt hatte, vor allem als Driver nachschob: »Er hat Sie nicht mal *gern*, Joan. Warum decken Sie ihn?« Sie schwieg, und er fügte hinzu: »Was ist in jener Nacht zwischen Ihnen vorgefallen?«

»Nichts«, sagte Joan, und in *diesem* Punkt zu lügen fiel ihr erstaunlich schwer. Ein Teil von ihr hätte sogar Ians bloße Existenz bestritten, um ihn zu schützen, aber ein anderer Teil hätte am liebsten aller Welt erzählt, daß sie miteinander geschlafen hatten.

Sie schämte sich nicht dafür. Im Gegenteil, es war zärtlich und brutal und sehr, sehr sinnlich gewesen. Manchmal hatte sie das Gefühl, es sei die einzige wahre sexuelle Erfahrung gewesen, die sie je gehabt hatte. Sie befürchtete nur, daß die Polizei, wenn sie ihr Verhalten als promiskuitiv betrachtete, durchaus zu der Annahme gelangen konnte, daß sie mehr mit Helenas Tod zu tun hatte, als sie zugab.

Sie hatte keine genauen Vorstellungen von Sex gehabt. Ganz sicher war sie nicht darauf gefaßt gewesen, daß es weh tun würde, obwohl sie das irgendwo gelesen hatte, und als Ian merkte, daß es ihr um Sex ging, hatte er sich wie ein Rasender gebärdet und ihr ziemlich weh getan. Und bei seiner Frage: »Was würdest du tun, wenn sie uns jetzt ertappen würde?« war ihr klargeworden, daß er immer noch an Helena dachte, obwohl er mit ihr schlief. Doch seltsamerweise war ihr das nicht absurd vorgekommen. Natürlich machte es ihr etwas aus, aber sie war so sehr daran gewöhnt, daß Helena immer den Vorrang hatte, daß es sie nicht sonderlich überraschte.

Sie fragte sich, ob er gemerkt hatte, daß es für sie das erstemal war. Wahrscheinlich nicht. Männer haben ganz bestimmte Vorstellungen davon, warum Frauen sich so oder so verhalten, dachte sie, und er hatte sich vermutlich gesagt, daß sich so keine Jungfrau benimmt. Sie schmeißt ihre Jungfräulichkeit nicht an einen x-beliebigen Fremden weg.

Aber er war kein Fremder. Nicht für sie. Im Lauf der Monate war er ihr durch Helenas Briefe sehr vertraut geworden.

Die Behauptung, daß sie sich durch Helenas Augen in ihn verliebt hatte, wäre absurd gewesen, aber sie wußte, was er mochte, was er tat, was er wollte. Sie hätte ihm Dinge erzählen können, die nicht einmal seine eigene Mutter wußte, und rückblickend dachte sie, daß er wahrscheinlich entsetzt gewesen wäre, wenn er geahnt hätte, daß Helena einer ehemaligen Schulfreundin die intimsten Details ihres Sexlebens anvertraute.

Das heißt, diese intimen Details hatten nur einen Teil der Briefe ausgemacht. Im Rest beschrieb sie Oxford, und das klang so – so völlig anders als Warrington, das war alles.

Das Klima war wärmer, die Winter waren kürzer, die Leute waren größer, schlanker, klüger. Es war alles himmelweit entfernt von ihrer eigenen Situation: dem feuchten, trüben Wetter, dem fehlenden Job und ihrem trübseligen Leben.

Inzwischen war ihr natürlich klar, daß Helenas Briefe für sie den gleichen Zweck erfüllt hatten, wie die Groschenromane, die eine Frau in eine Phantasiewelt entführen, in der sie die Heldin spielt und den großen, dunkelhaarigen Fremden kennenlernt, nach dem sie sich jede Nacht ihres Lebens gesehnt hat. Natürlich konnte Joan sich vorstellen, wie es wäre, mit Gilmore zu schlafen. Als sie ihm ihre Jungfräulichkeit nachwarf, hatte sie nur eine Beziehung vollzogen, die in ihrer Einbildung längst existierte.

Das war natürlich ein Fehler gewesen, aber schließlich ist es meistens ein Fehler, wenn eine Frau ihre Jungfräulichkeit außerhalb der Ehe verliert. Das war ihr klargeworden, als er sie weggeschoben, sich angezogen und abrupt das Zimmer verlassen hatte.

Joan fragte sich, was er wohl denken würde, wenn sie sich nach so langer Zeit wieder begegneten. Zwanzig Jahre waren vergangen, und sie hatte auch noch das bißchen Anziehungskraft verloren, das sie mit neunzehn vielleicht besessen hatte. Aber umwerfend hatte sie schließlich noch nie ausgesehen. Es war eben so. Und sie hatte sich damit abgefunden.

Sie überlegte auch, wie er wohl auf die Entdeckung der Leiche reagieren würde, schlug die letzte Seite der Zeitung auf und stieß dort auf eine Fortsetzung des Artikels. Das Foto über dem Artikel, ein Gesicht in der von einem Polizeikordon zurückgedrängten Menge, beantwortete ihre Frage. Sie hatte ihn schon fast zwanzig Jahre nicht mehr gesehen, aber er war es. Daß er die Unverfrorenheit besessen hatte, die Bergung der Leiche zu beobachten, kam ihr bizarr vor. Dann fand sie es auf einmal komisch und fing an zu lachen. Aber eigentlich war es nicht komisch. Es gab nichts zu lachen.

In den Monaten nach Helenas Verschwinden hatte sie versucht, Kontakt mit ihm aufzunehmen, doch ohne Erfolg. Eigentlich hätte er im darauffolgenden Oktober sein zweites Jahr am Worcester College beginnen sollen, aber es stellte sich heraus, daß er nicht zurückgekommen war, und das College weigerte sich, seine Adresse preiszugeben.

Daraufhin hatte sie ihm unter der Anschrift des Colleges geschrieben, aber ihre Briefe waren ungeöffnet zurückgekommen, und letzten Endes war sie dankbar, daß die Briefe ihn nicht erreicht hatten. Joan hatte sich zwar angestrengt um einen beiläufigen Ton bemüht, aber man konnte leicht zwischen den Zeilen lesen. Ihr war jetzt klar, daß er sofort gemerkt hätte, wie verliebt sie in ihn war. Aber zumindest hätte er dann auch gewußt, daß sie etwas für ihn empfand, obwohl sie sich innerhalb von nur zwei Tagen kennengelernt, miteinander geschlafen und wieder getrennt hatten. Diese Empfindungen Liebe zu nennen wäre absurd gewesen. Das wußte sie. Aber damals hatte sie es für Liebe gehalten. Deshalb konnte sie sich nur schwer damit abfinden, daß der kurze sexuelle Akt, der ihr alles bedeutet hatte, ihm nichts bedeutet hatte. *Sie* hatte ihm nichts bedeutet.

Das war ihr erst Jahre später klargeworden.

13

Das Bauernhaus war halbzerfallen, unbewohnt. Die umliegenden Gebäude, mit Efeu bedeckt, hinter Bäumen versteckt, verschmolzen mit der Landschaft, als fordere die Erde sie zurück.

Ein Lieferwagen bog in die ehemalige Einfahrt ein, seine abgefahrenen Reifen drückten das Gras platt. Der Wagen, dessen Karosserie in Blau, Rot und Gold Abbildungen der Tierkreiszeichen trug, war ein einziges Farbenmeer.

Als die Seitentür aufging, stieg eine Frau aus. Sie trug einen kleinen Jungen auf der Hüfte, der strampelte und herunterwollte.

Er entwand sich ihrem Griff, krallte sich an ihrem weiten, silberdurchwirkten Baumwollrock fest und sprang auf den Boden, um zu seinem bärtigen, bezopften Vater zu laufen, dessen elfenbeingepiercte Ohren für die kleinen Handflächen des Vierjährigen faszinierend anzufassen waren.

»Ist es das, Dad?«

»Das ist es.«

Er nahm den Jungen auf den Arm und setzte ihn auf das Dach des Lieferwagens, wo Sonne und Mond in Leuchtfarbe zum Himmel aufschienen. »Ein Zuhause«, fügte er hinzu. »Für eine Weile jedenfalls.«

Die Frau fröstelte in ihrem Synthetik-Schultertuch. »Wo sind wir?«

»Burford.«

»Wo ist das?«

»Gehört noch zu Oxford.«

Sie schaute auf die Landschaft, die sich hügelig in die Ferne erstreckte. »Bißchen abgelegen.«

»Das ist gut. Dann stört uns niemand.«

Sie gingen zum Haus mit dem gesprungenen Kamin. Die Wände waren so dick wie die Steinmauern der Scheunen, die den Garten hinter dem Haus begrenzten.

»Wir werden einbrechen müssen«, sagte er. »Dürfte kein Problem sein.«

Sie hörte nicht zu. Sie war vor dem Haus stehengeblieben, als überlege sie, ob ihr Vorhaben vernünftig war. »Ich weiß nicht«, sagte sie. »Ich hab so ein komisches Gefühl.«

Sie erhielt keine Antwort. Er kannte ihre Gefühle. Das einzig Gute an diesen Gefühlen war, daß sie wenigstens im Lauf der Zeit verschwanden.

Er machte Feuer, und Rauchschwaden zogen durchs Zimmer, das Resultat von verstopften Kaminen und feuchtem Holz. Es schlug auf die Lungen, löste Hustenreiz aus und strahlte kaum Wärme ab.

»Mir ist kalt«, sagte sie.

Er zog etwas über den Boden, das eine Matratze sein sollte. »Für heute Nacht wird's schon gehen.«

Der Junge klammerte sich an ihren Rock. »Wohnen wir jetzt hier, Mum?«

»Eine Zeitlang.«

»Ich hab Hunger.«

Sie hörte nicht zu. Efeu rankte sich über die Fenster. Die Scheiben, an denen er haftete, wurden von Kitt im Rahmen gehalten, der bei jeder Berührung bröckelte. Hie und da erhaschte man durch die Efeuranken einen Blick auf die Scheunen hinterm Haus. Sie wirkten bedrohlich. Verlassen. Wachsam. »Ich werde das Gefühl einfach nicht los.«

Er wies auf die Matratze. »Setz dich. Vielleicht geht es dann vorbei.«

»Darf ich raus, Mum?«

»Na gut, aber bleib hinterm Haus.«

Die Tür, auf die der Junge zulief, führte in die Küche mit einer Spüle aus Porzellan und gefliestem Boden. Als er weg war, setzte sich seine Mutter im Schneidersitz auf die Matratze. »Ich finde es schrecklich hier ...«

Die kritischen Tage. Monatszyklus. Da benahmen sich Frauen eben verdammt komisch, das war alles. »Ich mach uns Tee«, sagte er.

Aus einem Behälter, den er vom Lieferwagen hereingetragen hatte, füllte er Wasser in einen Topf, brachte es auf dem Feuer zum Kochen und goß es in Tassen, in denen jeweils ein Teebeutel lag. Sie sieht müde aus, dachte er, viel älter als vierundzwanzig. Wenn das Kind nicht wäre ... Aber das war es eben. Wegen des Kindes konnte er sich nicht von ihr trennen. Dieses ganze Gerede vom eigenen Fleisch und Blut, letzten Endes war doch mehr dran, als man dachte.

Er setzte sich neben sie auf die Matratze, streckte die Hand aus und versuchte, einen leichten Ärger zu unterdrücken, als sie zurückwich.

Sie legte sich hin, und er legte sich neben sie. Die Matratze fühlte sich klamm an, aber von dem Körper, der vorübergehend tabu war, ging eine leichte Wärme aus. Er trank den Rest ihres Tees aus, legte sich wieder neben sie und schloß, wie er dachte, nur ganz kurz, die Augen.

Als sie aufwachte und sich bewegte, wachte auch er auf und mußte erst zu sich kommen. Dann sah er auf seine kaputte Armbanduhr, um die Zeit abzulesen, die nicht mehr existierte.

»Wo ist Bo?« sagte sie.

Sie hörten kein Geräusch, hörten ihn nicht trappeln, schreien oder nach ihnen rufen, doch als sie sich aufsetzten, sahen sie ihn in der Tür stehen, mit ernstem Gesicht, die haselnußbraunen Augen starr und leer.

»Was ist los?«

Er rannte zu seiner Mutter, krabbelte auf den silberdurchwirkten Rock und vergrub den Kopf zwischen ihren Brüsten. Sie streichelte ihm übers Haar und tupfte ihm mit der Fingerspitze ins Gesicht. »Was ist passiert?«

Keine Antwort, nur der Wunsch, so nah wie möglich bei seiner Mutter zu sein.

Sein Vater stand auf, ging mit langen Schritten zur Tür und rannte durch die Küche in den Garten.

Die Scheunen bildeten hier einen viereckigen Hof, dessen einziger Ausgang auf die dahinterliegenden Felder führte. Das ganze Karree war kniehoch mit verdorrtem Gras bedeckt, der frühere Pfad zugewachsen.

Bo hatte sich durchs Gras einen Weg gebahnt, der zu einer kleinen Holztür in der Scheune führte. Sie stand etwas auf, gerade weit genug, daß ein Kind hindurchschlüpfen konnte. Als sein Vater sie aufzog, gab das oberste Scharnier nach, die Tür fiel heraus und gab einen schmalen Durchgang frei.

In der Scheune lag altes Melkzubehör herum. Vor ein paar gußeisernen Boxen stand ein Trog. Er war mit stinkendem Wasser gefüllt, und man konnte durch den Schleimfilm, der es wie eine Ölschicht bedeckte, nichts erkennen, aber die Tropfen an der Seite verrieten, daß sein Sohn die Finger hineingetaucht und sie rasch wieder herausgezogen hatte. Er tat das gleiche. Etwas lag in dem Trog, etwas, das sich wie Seife anfühlte.

Nein, dachte er, nicht Seife, etwas Weiches, das vom Wasser in Bewegung gesetzt worden war und seine Finger gestreichelt hatte. Einen Moment konnte er sich keinen Reim darauf machen, dann erkannte er es. Er bekam einen furchtbaren Schreck und wußte, daß sein Sohn, so klein er auch war, es ebenfalls erkannt haben mußte.

Haar, dachte er. Mein Gott. *Es war Haar.*

14

Dalton, der gerade die Einsatzzentrale verlassen wollte, griff zum Telefonhörer und verachtete sich ein bißchen für den kurzen Moment der Versuchung, es einfach läuten zu lassen. »Dalton«, sagte er.

Der Schreibtisch, den er sich ausgewählt hatte, war ordentlich aufgeräumt, die Schreibarbeiten, die ihn den größten Teil des Tages an diesen Tisch gefesselt hatten, waren erledigt. Er zog einen Notizblock her, als er fragte: »Wo?«

Er schrieb schnell mit, sein Füller flog, wie von einer übernatürlichen Macht gelenkt, übers Papier. »Sind Sie sicher, daß Sie sich nicht irren?« fragte er, und eine Stimme erwiderte: »Eine Funkstreife hat es überprüft.«

Dalton beendete das Gespräch, legte auf und wählte Rigbys Privatnummer, der früher als üblich nach Hause gefahren war, weil seine Frau Geburtstag hatte und er sie mit den Schwiegereltern zum Essen ausführen wollte. Lieber er als ich, dachte Dalton.

Der Anrufbeantworter war eingeschaltet, womit er fast gerechnet hatte, und nach dem Piepston sagte er: »Frank, hier ist John.«

Fast im gleichen Moment nahm Rigbys Frau ab und sagte: »Hallo?«

»Sheila, ich muß Frank sprechen. Es ist dringend.«

Eine Pause trat ein, eine Stille, die Bände sprach, dann sagte sie resigniert: »Ich hole ihn.«

Der Abend war so gut wie gelaufen, das wußte sie. »Tut mir leid«, sagte Dalton.

Es kam keine Antwort, nur das Geräusch des Hörers, der neben das Telefon gelegt wurde, und dann das Klacken von Absätzen auf einem glänzenden, versiegelten, warmen Holzboden. Er stellte sich vor, wie sie ins Wohnzimmer ging, mit kurzem Rock, langen Beinen und weichem, offenem, mittelbraunem Haar. Rigby war ein Glückspilz, das ließ sich nicht leugnen.

Er hörte Stimmen, dann nahm Rigby den Hörer und sagte barsch: »Es gibt hoffentlich einen triftigen Grund für Ihren Anruf!«

»Wir haben eine Leiche«, sagte Dalton.

Es folgte eine Pause, dann: »Wo?«

»In einer Scheune in Burford.«

Er beschrieb den Weg und wartete, während Rigby sich Notizen machte. »Rufen Sie McPherson an«, sagte Rigby. »Er soll hinkommen.«

Nach dem Telefonat stand Rigby einen Moment im Flur.

Es gab selten Morde in Thames Valley, und wenn, dann hingen sie meist mit Drogen oder Gewalt in der Familie zusammen. Mit dem Leichenfund in Marshfield und jetzt dem hier war er mehr als bedient, und seine erste Reaktion war Unsicherheit.

Er mußte plötzlich an Driver denken. Der hatte seinerzeit zwar keine Gelegenheit gehabt, eine akademische Leuchtspur durch die Prüfungsanforderungen eines Beförderungs-Programms zu ziehen, aber jetzt beneidete ihn Rigby um seine Erfahrung.

15

Es war 21 Uhr 30, die Dunkelheit war einer fast undurchdringlichen Finsternis gewichen. Der Regen peitschte so heftig gegen die Windschutzscheibe, daß die Scheibenwischer fast nichts bewirkten. Rigbys Wagen holperte die Straße entlang und kroch, je ausgefahrener die Straße wurde, immer langsamer dahin.

Der Regen störte ihn kaum. Er war ihm lieber als das Glatteis, das dem Regen und der sinkenden Temperatur folgte, und er hoffte, daß seine Frau sicher im Restaurant angekommen war. Er stellte sich vor, wie munter und fröhlich sie sich geben würde, um ihre Eltern zu beschwichtigen, und überlegte, ob er seinen Beruf aufgeben und einen Routinejob annehmen sollte. *Ich liebe dich.* Das waren die letzten Worte, die er zu ihr gesagt hatte, bevor er in den Wagen gestiegen und nach Burford gefahren war. Es waren immer die letzten Worte, die er ihr sagte, bevor er irgendwohin fuhr, teils weil es stimmte, teils weil er wußte, daß sein Beruf immer gefährlicher wurde. Heutzutage wußte man nie, was einen erwartete.

»Machmal habe ich Angst, daß du nicht mehr nach Hause kommst,« sagte sie von Zeit zu Zeit, »daß eines Tages jemand an die Tür klopft und sagt, du bist tot.«

Dieser Gedanke ging Rigby selbst öfter durch den Kopf, als er zugeben wollte, aber er zog sie nur an sich, sagte ihr, daß er sie liebte, und fügte hinzu, er werde wohlbehalten zurückkommen, sie solle sich keine Sorgen machen.

Er schob diese Gedanken beiseite und konzentrierte sich

auf die Straße. Die Gegend von Burford kannte er nicht gut, und die schmalen Landstraßen sahen alle gleich aus, besonders dann, wenn die Sicht durch Dunkelheit und peitschenden Regen auf ein Minimum reduziert war.

Vor sich bemerkte er einen Lichtschein, und als er um eine Kurve bog, bestätigte sich seine Vermutung, daß es sich um Autoscheinwerfer handelte. Dalton und ein Team der Spurensicherung waren bereits vor Ort.

Er hielt vor einer Reihe Autos und parkte dicht neben der Hecke. Dalton rannte durch den Regen auf ihn zu, als er aus dem Wagen stieg.

»Wer hat sie gefunden?«

»Hausbesetzer.«

»Wo sind sie jetzt?«

»Auf dem Revier. Wissen nicht, wo sie hin sollen.«

Das war Sache des Sozialamts, Rigby hielt sich jetzt nicht damit auf, auch nicht mit den Fragen, die er den Leuten später stellen würde. Als hinter ihm ein Wagen anhielt, drehte er sich um und sah, daß er McPherson gehörte. Wenigstens der Pathologe war für das Wetter gerüstet, wie Rigby feststellte, als McPherson aus dem Wagen stieg und die Kapuze seines gewachsten Baumwollmantels überstülpte. Rigby und Dalton gingen ihm entgegen, und Rigby sagte: »Das ging ja schnell.«

»Nur eine Frage der Geographie«, sagte McPherson. »Also, dann wollen wir mal.«

Sie näherten sich auf einem überwucherten Pfad der Scheune. Während Gras und Unkraut naß gegen ihre Beine schlugen, berichtete Dalton, wie es zu dem Leichenfund gekommen war.

Rigby machte sich im Kopf Notizen und inspizierte gleichzeitig die Scheune. Solche Scheunen fand man überall in den Cotswolds, Steinwände von einem halben Meter Dicke, die Holztüren längst verrottet. Die Ziegel des Schieferdachs hatten schartige Kanten und wirkten ziemlich lose.

Ansonsten war alles stabil, und sie betraten die Scheune durch den Durchgang, so wie es das Kind getan hatte.

Die Leute von der Spurensicherung hatten bereits Scheinwerfer aufgebaut, und als Rigby und Dalton hinter McPherson eintraten, sahen sie gußeiserne, in den Boden eingelassene Boxen und vor den Boxen einen Steintrog. Ein Futtertrog, dachte Rigby und stellte sich Vieh in den Boxen vor, das während des Melkens die Köpfe durch die senkrechten Stäbe hindurch zum Futter hinunterreckte. Er spähte in den Trog und sah stinkendes, mit Schaum bedecktes Wasser. Er trat einen Schritt zurück, um zu beobachten, wie McPherson Proben entnahm und es dann schaffte, den Trog auszukippen.

Das Wasser lief in eine Rinne und schwappte in den Abfluß, zäh, eine stinkende, faulige Masse, und während sie träge aus dem Trog floß, schien es Rigby, als tauche langsam die Leiche auf.

»Mein Gott«, sagte Dalton.

Als die Leiche ganz zu sehen war, entnahm McPherson auch ihr Proben. Mit Handschuhen und Maske sah er aus wie ein Chirurg, die stechenden, schabenden, zupfenden Instrumente wirkten barbarisch. Rigby sah ihm zu und konnte sich des Gefühls nicht erwehren, daß das, was in dem Trog lag, niemals, in keinem Stadium, ein Mensch gewesen sein konnte, als sei es ein Monster, nicht von dieser Welt. Es war nicht die Verwesung, die ihn entsetzte, es war eher die Aura des absoluten Todes, der er so noch nie zuvor begegnet war. »Männlich oder weiblich?« fragte er.

»Weiblich«, erwiderte McPherson.

»Ich habe momentan noch keine Ahnung, aber die Leiche ist interessanter als die meisten anderen.«

»In welcher Hinsicht?«

»Sie befindet sich im Anfangsstadium der Saponifikation.«

Saponifikation. Das klang nach den Baßtönen einer Mundharmonika.

»Saponi-was?« sagte Dalton.

»Das passiert manchmal, wenn eine Leiche im Wasser liegenbleibt.«

»Wodurch wird das verursacht?«

»Das Körperfett wird fest und bildet eine wachsartige Substanz, die bewirkt, daß die Form des Körpers erhalten bleibt. Oft enthalten die Extremitäten, wie auch in diesem Fall, nicht genug Fett und verwesen deshalb ganz normal.«

Fast gegen seinen Willen blickte Rigby auf die langen weißen Arme, die sich zu Skelettfingern verjüngten, als habe jemand ein Messer genommen und das Fleisch abgeschabt. »Wie lange dauert das?«

»Mindestens drei Monate.«

»Und wie lange bleibt eine Leiche unter diesen Umständen intakt?«

»Wenn sich das Leichenwachs erst einmal gebildet hat ... Jahre, sogar Jahrzehnte.«

»Können Sie mir schon sagen, wie lange die Leiche hier bereits liegt?«

»Ich muß erst noch einige Tests durchführen, würde aber sagen, es handelt sich um mehrere Jahre. Das Fleisch hat eine gewisse Ähnlichkeit mit Seife. Wenn Sie es berühren, werden Sie sehen, was ich meine.«

Rigby hatte durchaus nicht die Absicht, die Leiche zu berühren, weder mit bloßen Händen noch mit Handschuhen, nicht einmal mit einem Stock.

McPherson fügte hinzu: »In den späteren Stadien hat das Fleisch dann mehr Ähnlichkeit mit Kreide.«

»Diese Tests«, sagte Rigby. »Wie lange dauern die?«

»Ein paar Stunden. Morgen früh werden Sie es wissen.«

»Halten Sie mich auf dem laufenden.«

Rigby und Dalton verließen die Scheune und gingen zum Haus hinüber, das sie durch die Küche betraten. Dort nahmen die weißgekleideten Männer von der Spurensicherung das ganze Haus auseinander, mit so unendlicher Sorgfalt, als hätten sie die Absicht, das Haus allein mit Hilfe von Pinzetten bis auf die Grundmauern abzutragen. Wahrscheinlich würde sich nichts Brauchbares ergeben, aber man konnte nie wissen und mußte auf Nummer Sicher gehen.

Auf dem Fensterbrett stand ein Spielzeug. Ein Power Ranger.

»Wie verkraftet es der Junge?«

»Schwer zu sagen«, meinte Dalton. »Er weiß, was er da gefunden hat. Soviel steht fest.«

Rigby stellte sich vor, wie die Finger des Vierjährigen in das Wasser tauchten und etwas abtasteten, das nicht dorthin gehörte. Er stellte sich den Jungen in den kommenden Jahren vor, wie er aus einem immer wiederkehrenden Alptraum auffuhr, der keinen Sinn ergab, der *nie* einen Sinn ergeben würde.

»Irgend jemand wird das schon in Ordnung bringen«, meinte Dalton, doch Rigby hatte da seine Zweifel.

Auf einem der Fenster waren Abdrücke, die Fingerabdrücke eines Kindes. Es hatte hier gestanden, das Gesicht gegen die Scheibe gepreßt, und zur Scheune hinübergestarrt. »Armes Kerlchen«, sagte Rigby.

16

Cora, die sich vorstellen konnte, wie die Halle aus der Zeit Jakobs I. noch vor zweihundert Jahren ausgesehen haben mochte, überlegte, was wohl heute ihre Vorfahren dazu gesagt hätten. Die Wandtäfelung war noch intakt, aber wenn Cora von der Galerie hinunterblickte, sah sie den oberen Teil einer auf den Grundmauern ruhenden Betonstütze. Ihre flache graue Oberfläche befand sich auf gleicher Höhe mit dem Hallenboden, ein Betonquadrat, das vom Sockel der Statue verdeckt werden würde, der sie tragen sollte.

Ihr kam es vor, als entwickle das Haus eine neue Identität, ein neues Leben, und sie war jetzt froh, daß sie das Angebot ihrer früheren Gesellschafterin nicht angenommen hatte, während der Umbauarbeiten bei ihr zu wohnen. Sie hatte bis zum bitteren Ende bleiben wollen, nicht nur, weil sie die Durchführung des Umbaus interessierte, sondern auch weil sie es für ihre Pflicht hielt – vor allem, da das Haus neuerdings von Leuten wimmelte, die sie nicht kannte.

Größtenteils waren es Handwerker, und es ging weniger darum, daß sie ihnen mißtraute, im Gegenteil, sie genoß ihre Gesellschaft und amüsierte sich über den Respekt, den sie ihr entgegenbrachten, und zwar, weil sie sie für eine verrückte Alte hielten. Und das war sie ja auch, aber was spielte das für eine Rolle? Was spielte jetzt überhaupt noch eine Rolle?

Sie verließ die Galerie und ging eine Treppe hinunter, die früher nur von Bediensteten benutzt worden war. Sie führte in den Keller. Dort sah sie Wachmann in einem Raum herumstöbern, der einst als Vorratskammer benutzt worden war. Sie beobachtete einen Moment, wie er einzelne Gegenstände interessiert in die Hand nahm und zurückstellte, mit Bewegungen, die für einen Mann ungewöhnlich sanft waren. Diese Sanftheit hatte auch James besessen, und das war ein weiterer Grund, warum sie im Haus geblieben war. Die physische Gegenwart Wachmanns erinnerte sie oft an James, an Dinge, die sie fast vergessen hatte.

Sie bahnte sich einen Weg zu ihm, und als er sie hörte, drehte er sich um. »Vorsicht, stolpern Sie nicht«, warnte er, und Cora umging den viktorianischen Feuerbock, dessen Pendant fehlte. Er lag zwischen verschiedenen anderen Gegenständen, an die sie sich aus ihrer Kindheit erinnerte: eine Dose schwarzer Schuhcreme, ein Blasebalg, ein Seifenblock, groß und schwer wie ein Backstein. Wie oft hatte sie zugesehen, wenn Alice mit einem Schrubber über solche Blöcke fuhr, Alice, die in alle Ewigkeit gebückt am Fuß der Treppe zu stehen schien, Alice, die ganz bleiche Arme hatte, weil sie so wenig an die Sonne kam, deren Hände einer viel älteren Frau zu gehören schienen, mit den geschwollenen Fingern, den aufgesprungenen Knöcheln. »Wenn ich stolpere, dann stolpere ich eben«, sagte sie.

Der Betonträger vor ihr sah aus wie ein Monolith. Glatt, riesig und leichengrau erinnerte er sie an eine Gruft, die auf eine Inschrift wartete. »Gräßliches Ding«, sagte sie.

»Von der Halle aus wird ihn niemand sehen.«

»Ich verstehe immer noch nicht, wozu das nötig war«, sagte Cora.

»Eine Statue mit einem Sockel von der Größe eines Lieferwagens hätten die Dielenbretter nicht ausgehalten.«

»Die Statue meines Vaters brauchte aber keine Stütze.«

»Sie war kleiner«, sagte Wachmann, »und der Sockel stand auf einem von denen hier.« Er zeigte hinauf, wo über ihren Köpfen ein Fenstersturz verlief, und bemerkte kleine Eisenhaken, die im Balken daneben festgeschraubt waren. Einen Moment lang konnte er sich keinen Reim darauf machen, dann wurde ihm klar, daß sich hier einmal der Kühlraum befunden und man hier Wild an Haken abgehangen hatte. »Der Fenstersturz war stabil genug, um die Statue Ihres Vaters zu tragen, aber die Statue von James hätte er nicht ausgehalten.«

Cora wandte sich ab, und mit einer Beobachtungsgabe, die sie überraschte, fügte Wachmann hinzu: »Sie mögen diesen Raum nicht.«

»Es ist ein ganz normaler Raum«, sagte Cora. »Ein Keller wie jeder andere.«

»Für mich vielleicht, aber nicht für Sie. Was sehen Sie darin, Cora?«

Regale voller Einmachgläser und Konservendosen, Vögel, die mit glasigen Augen von den Haken starrten, die ungläubige Miene meiner Mutter. »Nichts«, erwiderte sie, aber ihr Blick ruhte auf einer zinkverkleideten Kiste, die neben einem Blasebalg stand, und Wachmann, der in solchen Dingen ebenso sensibel war wie James, berührte sie. Die Kiste erinnert an einen Sarg, dachte er und hob den Deckel, fast in der Erwartung, die Leiche eines Kindes, ein totgeborenes, neugeborenes Wesen zu erblicken. »Was wurde da früher aufbewahrt?«

»Eis«, erwiderte Cora, und es war, als strecke die Kiste eiskalte Luftfinger aus, die sich um ihren Leib schlingen wollten. Sie hörte ihre Mutter sagen: »Was ist in dieser Kiste, Cora?« Und sich selbst: »Nicht aufmachen! Bitte, Mutter, nicht aufmachen!«, aber sie hatte den Deckel doch gehoben und das Kind gefunden.

Cora hatte auf die dicken Mauern vertraut, doch ihre schwachen Hilfeschreie – an einen Gott gerichtet, an den sie nicht glaubte – waren durch einen Hohlziegel in den darüberliegenden Garten gedrungen. In diesem Garten war ihre Mutter herumgeschlendert, eine Mutter, die unterscheiden konnte zwischen den Schreien eines gefangenen Tiers und den Schreien einer Gebärenden. Diese Qualen, dachte Cora, diese Qualen – sie erinnerte sich, wie schrecklich primitiv alles gewesen war, wie grausam, als liege man in einer Höhle, frierend, nackt, hungrig und nage an einem Knochen. Vielleicht, dachte Cora, wird so der Tod sein.

Eine Feder, verfärbt, aber eindeutig eine Fasanenfeder, lag unterhalb des Fenstersturzes. Cora ließ ihre Gedanken zu der Zeit zurückschweifen, als Chaggfords noch genug Land für die Jagd besessen hatte, und ihr wurde bewußt, daß diese Feder seit mindestens fünfzig Jahren hier unten lag. Sie hob sie auf und sagte: »Für mein Album: Leben im großen alten Haus ...« Dann verließ sie den Keller. Wachmann folgte ihr die Treppe hinauf in einen Raum, in dem sich früher das Küchenpersonal aufgehalten hatte.

Cora erinnerte sich, wie der Raum damals mit dem großen rechteckigen Tisch ausgesehen hatte, an dem die Mahlzeiten eingenommen wurden. Jetzt stand hier statt des früheren Mobiliars ein Bett, das Rosenholzschränkchen und zwei bequeme Sessel. »Treten Sie ein«, sagte sie und spürte Wachmann mehr hinter sich, als daß sie ihn sah.

Er betrat das Zimmer. »Hier haben Sie also die letzten Monate gewohnt?«

»Ja.«

»Warum denn hier unten?«

Darauf konnte sie ihm keine Antwort geben. Sie kannte ihn nicht gut genug, um ihm anzuvertrauen, was sie Dr. Thurston offenbart hatte: daß sie nämlich als Kind oft in die Dienstbotenzimmer geflohen war, um ihrem Vater aus dem Weg zu gehen. »Ich weiß nicht recht. Ich fühle mich hier unten einfach wohl.«

Sie öffnete eine verglaste Tür, die zu einem Küchengarten führte. Er war verwildert, Gras und Brennesseln standen höher denn je. Bald schon würde der Garten gerodet, sein Duft von stechendem Asphaltgeruch überdeckt werden. Man würde einen Schuttcontainer aufstellen, und eines der ersten Dinge, die man wegschaffen würde, würde die entweihte Statue ihres Vaters sein, die auf die Seite gekippt im

Gestrüpp lag. Ein Metallstab ragte aus ihrem Nacken, der Kopf lag einen Meter weiter, das Gesicht hatte keine Nase mehr.

Wachmann berührte den Stein, der sich weich und zerbrechlich anfühlte. »Ein starkes Gesicht.«

»Er war ein starker Mann.«

Er brach ein Stück Wachs vom Sockel, unter dem ein Buchstabe zum Vorschein kam. Er sah auf, ihre Blicke trafen sich, doch Cora bestätigte seine Vermutung nicht: daß sie seit dem Tag, an dem James' Flugzeug abgeschossen worden war, jedes Jahr eine Gedenkfeier abgehalten hatte. Er sah es vor sich, wie sie die Kerzen anzündete, mit Wachs auf den Sockel klebte und beobachtete, wie im Lauf der Jahre das Wachs niedertropfte und die Inschrift auslöschte.

Sie gingen zum Haus zurück. Wachmann zerrieb das Wachsstück zwischen den Fingern. Staub zu Staub. Es würde in der Sonne schmelzen, aber erst im Frühling.

Er betrat Coras Zimmer und schloß die Glastür, die auf einen völlig zugewachsenen Innenhof ging. Daß es ein Hof war, merkte man nur an dem harten Boden unter der Erdschicht, die der Wind aufs Pflaster geweht hatte. Überall wucherte Unkraut bis zu den Fenstern hinauf, preßte die farnwedelartigen Finger gegen das Glas. Sich selbst überlassen, hätte es eines Tages die Scheiben eingedrückt und wäre ins Zimmer eingedrungen. Das Unkraut weiß nicht, daß seine Herrschaft bald zu Ende ist, dachte Wachmann, daß es morgen oder übermorgen von Maschinen und Räderwerk aus dem Erdreich gerissen wird. Vielleicht würde ja nach der Enthüllung der Statue ein ganz anderes Räderwerk mit ihm dasselbe tun.

Cora deutete auf die wenigen Besitztümer, die sie mitzunehmen gedachte: die letzten ihrer wirklich guten Kleider, das Rosenholzschränkchen, einen Sessel, den sie sehr mochte, das Klavier, auf dem sie nie spielte. Und dann natürlich Fotografien, hauptsächlich von der Familie, aber auch eine oder zwei von den Pferden, die ihre Mutter gezüchtet hatte, und ein Ölgemälde von Slipper, dem King-Charles-Spaniel, der in seinem vierzehnjährigen Leben fast jede Nacht am Fußende ihres Bettes geschlafen hatte. »Das ist alles«, sagte sie. »Das ist die Summe meines Lebens, die Summe der Dinge, die mir irgend etwas bedeuten. Mehr nehme ich nicht mit.«

»Was ist mit der Statue von James?«

»Die bleibt hier.«

»Wieso denn?«

Sie antwortete nicht, aus Angst, er würde nicht verstehen, warum sie etwas so Kostspieliges in Auftrag gab, um es dann wenige Tage nach der Enthüllung zurückzulassen. Die Statue mußte im Haus bleiben, damit sie vor möglichem Vandalismus geschützt war. Sie wollte nur noch dabeisein dürfen, wenn sie enthüllt wurde. Dann würde sie, wie James, auf und davonfliegen. Für immer.

17

Gilmore saß an seinem mit Papieren übersäten Schreibtisch. Der Inhalt seiner Arbeit interessierte ihn auch nicht mehr als die Leute, mit denen er zusammenarbeitete, oder die Firma, bei der er angestellt war.

Sein Büro befand sich acht Kilometer vom Zentrum Oxfords entfernt. Wenn er aus dem Fenster schaute, sah er die von der A40 zerschnittene Landschaft. Aber er schaute nicht hinaus. Jedenfalls nicht oft. Weite Landschaften wirkten zur Zeit eher negativ auf ihn. Sie erinnerten ihn an Marshfield, das tiefliegende Land um Abingdon, das zu bestimmten Jahreszeiten leicht überschwemmt wurde, was ihn ebenfalls an etwas erinnerte, das er lieber vergessen hätte.

Normalerweise blieb er an seinem Schreibtisch und konzentrierte sich auf seine Arbeit. Er kannte sich aus mit der Software, die er lieferte, wußte, was die User brauchten, und konnte ihre Probleme lösen, ohne daß er das benutzen mußte, was einer seiner Tutoren einmal als scharfen Verstand bezeichnet hatte. Doch der scharfe Verstand hatte einem neunzehnjährigen Burschen gehört. Gilmore war jetzt achtunddreißig und hatte das Gefühl, als sei sein Verstand abgestumpft, weil er sein Leben lang in Jobs gearbeitet hatte, die ihn nicht interessierten, in Umgebungen, die ihn kaltließen.

Mike Foley steckte den Kopf in die Tür und sagte: »Cross Keys, gegen acht?«

»Klar«, sagte Gilmore, und Foley verschwand.

Er machte einen Versuch, den Papierkram zu erledigen, der sich im Lauf des Morgens angesammelt hatte, was sich aber als unmöglich erwies. Immer wieder brach die Panik in seine Gedanken ein, wirbelte sie durcheinander und ließ sie rotieren, wie die Trockenmilchflocken, die in der weißen Plastiktasse auf seinem Tee trieben.

Er stieß mit einem Plastiklöffel nach den Flocken, während er Berichte, Unterlagen und Zusammenfassungen las, aber die ganze Zeit mußte er an den Schock denken, den es ihm versetzt hatte, als er sich vom Polizeikordon abwandte und Driver direkt hinter sich stehen sah.

Komisch, daß er Helena einst geliebt hatte und sich doch manchmal kaum noch ihr Gesicht ins Gedächtnis rufen konnte, wogegen ihm bei Drivers Namen sofort eine exakte Erinnerung vor Augen stand. Er hatte sich verändert, war zusammengeschrumpft, aber es war der alte Driver. Und die bloße Tatsache, daß er da war, hatte Gilmore daran erinnert, daß Driver sein ganzes Leben lang eine Gefahr für ihn darstellen würde.

Das Telefon läutete, er sah es an. Soll es doch läuten. Doch dann nahm er ab, mit zitternder Hand, und seine Stimme zitterte auch. »Gilmore.«

»Ian?«

»Sue«, sagte er, und die Erleichterung war überwältigend.

»Du klingst gestreßt.«

»Du hast mich verlassen«, sagte er nur. »Der Zettel am Kühlschrank. Schon vergessen?«

Jetzt klang *sie* komisch. »Ich hab ein paar Sachen vergessen«, erwiderte sie.

Falls das stimmte, war es ihm nicht aufgefallen. Oder vielmehr, ihm war nicht aufgefallen, daß es sich nicht um die Sachen ihrer Vorgängerinnen handelte. Lag es daran, daß er sich immer für den gleichen Frauentyp entschied, oder daran, daß es in der Natur der Frauen lag, immer die gleichen Dinge zu sammeln – Haarbürsten mit Naturborsten, Hafermehl-Gesichtsmasken, farblosen Lipgloss und jene seltsamen, äußerst weiblichen Accessoires, die bei seinem Rasierer lagen?

»Sag mir, was es ist, dann schicke ich's dir.«

Stille.

Und dann: »Um Himmels willen, Ian. Habe ich dir denn *gar nichts* bedeutet? Du hast mich nicht angerufen. Du hast nicht mal gefragt, *warum*!«

Er stellte sich ihr Gesicht vor, und die gekränkt-verhärmte Miene, die er so gut an ihr kannte. Er hatte sie nicht kränken wollen, und zu jedem anderen Zeitpunkt hätte er vielleicht gesagt, er bedauere, daß es aus sei, aber er hätte auch hinzugefügt, daß es *wirklich* aus sei.

Sie sagte etwas, das er nicht richtig mitbekam, aber er fragte nicht nach, weil er die ganze Zeit nur daran dachte, daß jeden Moment die Polizei auftauchen konnte, um ihn zum Verhör zu bringen.

Als er nicht antwortete, wiederholte sie ihre letzten Worte. »Ich habe gesagt, ich finde, wir sollten miteinander reden.«

Plötzlich riß ihm der Geduldsfaden. »Hör mal«, sagte er, »ich bin beschäftigt, Sue. Also, was willst du?«

»Ich dachte ...«, begann sie, aber er wußte schon, was sie dachte. Sie dachte, wenn sie ihn verließ, gab er sich vielleicht einen Ruck und legte sich endlich fest. Aber das hatte schon bei ihren Vorgängerinnen nicht geklappt und würde auch jetzt nicht funktionieren. »Das wär's«, sagte er und legte auf.

Einen Moment lang verspürte er echte Gewissensbisse. Seine Reaktion war unbegründet, Sue hatte das nicht verdient. Er überlegte, ob er sie zurückrufen und sich entschuldigen sollte, aber wenn er das tat, würde er sich schließlich doch zu dem Gespräch bereit erklären, auf das er keine Lust hatte, über eine Beziehung, die vorbei war. Also rief er nicht an, und das Schuldgefühl wurde allmählich von Sorge abgelöst.

Daß es Driver damals nicht gelungen war, ihn zum Reden zu bringen, hatte Gilmores Respekt für den Mann nicht geschmälert. Auch nicht seine Furcht vor ihm. Während der

Ermittlungen war kein Tag vergangen, an dem Driver ihn nicht in Surrey abgeholt und zum Verhör nach Oxford gebracht hatte. Dort hatte er ihn in jenen kargen, quadratischen Raum gesetzt und gesagt: »Also. Fangen wir noch mal von vorne an, ja?« Und dann kamen die Fragen. Fragen, die er schon tausendmal beantwortet hatte: Wann haben Sie Helena zuletzt gesehen? Was hat sie angehabt? Wo sind Sie hingegangen? Hatten Sie Sex mit ihr? Hat ein Kampf stattgefunden?

Haben Sie sie getötet?

Er hatte einfach darauf beharrt, daß er nichts getan hatte. Daß er nichts wisse, daß er keine Ahnung habe, was mit Helena passiert sei. Absolut keine.

Dank Joan war er mit heiler Haut davongekommen. Unattraktiv, bebrillt und bedächtig blieb sie bei ihrer Geschichte. Sie überzeugte Driver, daß sie der letzte Mensch gewesen war, der Helena lebend gesehen hatte, und verschaffte ihm ein felsenfestes Alibi.

Driver konnte sich keinen plausiblen Grund vorstellen, warum Joan wegen Gilmore lügen sollte, es sei denn, sie und Gilmore hatten eine Beziehung. Aber sie waren nie zusammen gesehen worden. Ihre Eltern und Kommilitonen hatten nie von ihm gehört, und *seine* nicht von ihr. Es gab auch keine Hinweise darauf, daß sie sonst irgendwann einmal Kontakt miteinander gehabt hatten.

Beim Versuch, das Ganze von Drivers Standpunkt aus zu betrachten, war Gilmore zu folgendem Schluß gelangt: Nachdem Driver auf den Fotos gesehen hatte, was für eine tolle Frau Helena war, mußte er vermutlich widerstrebend zugeben, daß die Wahrscheinlichkeit einer heimlichen Beziehung zu einem unattraktiven, ziemlich langweiligen Mädchen aus Warrington ziemlich gering war. Aus welchem Grund auch immer, Driver hatte schließlich aufgegeben. Und zwar nicht im Lauf der Zeit, sondern ganz plötzlich.

Welche Ironie, dachte Gilmore. Wenn man ihn damals

noch einmal, *nur noch ein einziges Mal* verhört hätte, ihn, der kurz vor dem Zusammenbruch stand, hätte er ausgepackt. Er erinnerte sich noch an jedes Wort seines Briefes: »Dad, ich schreibe dies, bevor ich es der Polizei sage, weil Du es als erster wissen sollst ...«

Er hatte den Brief mit sich herumgetragen, um ihn seinem Vater zu geben – wenn Driver ihn holen kam, wie jeden Morgen, seit Helena vermißt wurde. Aber an jenem Morgen kam er nicht, und Gilmore war so erleichtert, daß er etwas tat, was er seit dem Abend der Party nicht mehr getan hatte: Er weinte. Er saß auf der Couch, hielt den Kopf in den Händen und schnappte keuchend nach Luft. Und das Gesicht seines Vaters. Er würde diesen Ausdruck nie vergessen, oder wie er ihn im Arm gewiegt hatte, als sei er noch ein kleines Kind. »Ist ja gut«, hatte er gesagt. »Ich lasse nicht zu, daß sie dir weh tun. Das schwöre ich dir ...«

Später hatte er dann den Brief vernichtet. Der Augenblick für die Beichte war verstrichen. Er bezweifelte, daß es einen solchen Augenblick noch einmal geben würde.

Damals hatte er nicht verstanden, warum Driver plötzlich aufgehört hatte, Druck auf ihn auszuüben, aber im Lauf der Jahre war ihm klargeworden, daß ihm ohne Leiche und ohne handfesten Beweis nichts anderes übriggeblieben war. Und daß er die Sache so abrupt beendet hatte, deutete auf den Befehl eines Vorgesetzten hin, der ihn für dringendere Fälle brauchte – Fälle, in denen es wenigstens ein Schnipselchen Beweismaterial gab, das ihm ein Resultat in Aussicht stellte. Im Fall Helena Warners aber gab es nichts. Und da es praktisch noch nie vorgekommen war, daß eine Oxforder Studentin, die anscheinend keinerlei Probleme gehabt hatte, spurlos verschwand, ohne jeden Beweis, daß ihr etwas zugestoßen war – was war Driver da anderes übriggeblieben?

Gilmore sah auf. Draußen fiel aus einem trüben, erbärmlichen Himmel Nieselregen auf die untenliegenden Häuser. Drinnen saß Gilmore an seinem Schreibtisch und erkannte, daß das einzige Fünkchen Trost in der Tatsache lag, daß seine Eltern nicht mehr am Leben waren.

Für ihn schien es nur noch eine einzige Hoffnung zu geben: Er mußte verhindern, daß jetzt noch jemand gegen ihn aussagte. Das war zwar kaum vorstellbar, aber die jüngsten Ereignisse hatten ihn verunsichert, und er wollte Klarheit. Das Problem war nur, daß er keine Ahnung hatte, wo die beiden steckten. Joan lebte vermutlich in Warrington, weil sie dort Familie hatte. In diesem Fall würde ihm Foley bestimmt per Computer ihre aktuelle Adresse beschaffen. Das gleiche galt für Wachmann.

Es war natürlich möglich, daß Wachmann irgendwo in Warwickshire lebte, doch das bezweifelte Gilmore.

Durch den Zwangsverkauf, der seine Eltern von Marshfield vertrieben hatte, waren sie in der Lage gewesen, ein Bauernhaus in Thornley Heath zu kaufen. Dort hatte Gilmore kurz vor Helenas Verschwinden ein Wochenende verbracht. Während seines Besuchs war Wachmanns Mutter freundlich gewesen, doch nach Helenas Verschwinden hatte sie am Telefon immer ganz vorsichtig mit ihm gesprochen, fast furchtsam. Er war sich nicht sicher, was sie wußte. Aber *etwas* wußte sie, und er beschloß nach Thornley zu fahren, nicht nur, um herauszufinden, was es war, sondern auch, um sicherzustellen, daß sie es nie offenbaren würde.

18

Merle Wachmann hatte noch nicht ausgepackt. Ihre Koffer standen immer noch neben dem Bett, und zwar seit gestern nachmittag, weil sie nach dem Vierzehn-Stunden-Flug von Johannesburg zu müde gewesen war, um auszupacken.

Vor einem Monat hatte sie das Bauernhaus in der Obhut eines tüchtigen Verwalters zurückgelassen – etwas, das ihr Mann zu seinen Lebzeiten nie erlaubt hätte. Aber er lebte ja nicht mehr. Sie hatte ihn vor acht Wochen beerdigt, und sein Tod hatte sie in die Lage versetzt, endlich den dringend benötigten Urlaub anzutreten.

Sie hatte Gewissensbisse verspürt, fast, als verrate sie sein Andenken, aber sie besaß Verwandte in Afrika, Verwandte, die sie seit fast zwanzig Jahren nicht mehr gesehen hatte.

An dem Tag, als sie den Bauernhof verließ, hatte ein eisiger Wind die Tiere in kleine zitternde Grüppchen zusammengetrieben. Das Gras war ganz verblichen und lag verdorrt am Boden. Nicht mehr abzuweiden. Erfroren. Tot.

Sie bezweifelte, ob Ernst es als kalt empfunden hätte, aber es hätte ihn sowieso nicht gestört. Im Lauf der Jahre hatte sie ihre Versuche aufgegeben, ihn fortzulocken.

Er wollte die Farm nicht verlassen. Nicht für eine Woche. Nicht einmal für einen Tag. Und damit basta.

Manchmal war sie weggefahren, nach Cheltenham, London, Oxford, in eine zivilisierte Gegend, die man an einem Tag erreichen konnte. Aber immer allein – und immer voll Bitterkeit, weil er sich wieder nicht die Mühe gemacht hatte mitzukommen, und sei es nur, um ihr die Plackerei zu vergelten, die sie Tag für Tag ihres Ehelebens auf sich nahm.

Zweimal hatte sie sich in einem Anfall von Verzweiflung von ihm trennen wollen, war dann aber jedesmal aus Scham zurückgekehrt, aus jener Scham, die den Werten ihrer Generation entsprang. Und jedesmal hatte sie aufgrund dieser Scham beschlossen, es in Zukunft besser zu machen, eine bessere Ehefrau, ein besserer Mensch zu sein, verständnisvoller, loyaler, und nicht bloß nach außen hin, sondern auch in ihrem Herzen, weil sie bei ihrer Heirat ja gewußt hatte, daß er ein Bauer war, und weil sie auch gewußt hatte, daß ihm Thornley, nach der mühsamen Landwirtschaft in Marshfield, wie die Erfüllung eines Traums erschienen sein mußte.

Sie dachte ganz anders darüber, aber schließlich kam sie auch aus keiner Bauernfamilie, und das Landleben sagte weder ihrem Naturell noch ihrer Haut zu. Im Sommer brannten Sonne und Wind, im Winter Kälte und Wind. Aber unabhängig von der Jahreszeit war er immer da, jener Sturm, der durch ihre Kleider, ihre Knochen, ihr Leben pfiff. Manchmal war ihr, als hätte sie ihre ganze Ehe hindurch versucht, sich davor zu verstecken. Aber der Sturm war allmächtig, allwissend und rachsüchtig, und wann immer er sie fand, zusammengekauert wie das Vieh oder verdorrend wie das Gras, tobte er besonders wütend, nur um ihr eine Lektion zu erteilen.

Vor zwei Monaten, während der Beerdigung ihres Mannes, hatte der Sturm dem Pfarrer die Worte vom Mund gerissen, und obwohl sie nicht daran zweifelte, daß der Pfarrer angemessene Worte sprach – daß Ernst Wachmann ein fleißiger, tüchtiger Bauer und ein guter Ehemann gewesen sei –, hatten sie und die anderen das einfach glauben müssen, weil man nichts verstand. Sie hatte gesehen, wie die Lippen des Pfarrers Worte formten, hatte den seltsamen Klang seiner Stimme aufgeschnappt, die gegen den Wind kämpfte und verlor. Sie kannte dieses Gefühl.

Aus der Ferne wirkte das Dorf mit den um die Kirche gruppierten Häusern sehr malerisch. In Wirklichkeit hatte es kaum etwas zu bieten: einen schlecht sortierten Laden, ein Postamt, das anscheinend immer geschlossen hatte, und das Grab ihres Mannes. Gesellschaftliche Ereignisse spielten sich bei Tee und Keksen im Gemeindesaal ab, die Gespräche drehten sich meist um Rinderwahnsinn, aufgegebenes Land und Jagdsaboteure. Ihr kam es vor, als sei sie die einzige Frau in Warwickshire, die keine grünen Gummistiefel besaß, als würde sie nie mehr von hier wegkommen, wenn sie sich welche kaufte. Ihr kam es vor, als würde das Land sie ihr ganzes Leben lang festhalten, und als werde man sie irgendwann tief darin begraben, so wie jetzt ihren Ehemann. Sie war einundsechzig und wünschte sich noch neun schöne Jahre. Das schien eigentlich nicht zuviel verlangt.

An seinem Grab erinnerte sie sich an eine Zeit, als ihr die Freiheit, die sein Tod jetzt in greifbare Nähe rückte, ganz fern, ganz unvorstellbar erschienen war, was ihr damals solchen Kummer bereitete, daß Ernst den Hausarzt rief. Der kam am nächsten Tag und wollte wissen, was sie denn so bedrückte. Sie starrte an ihm vorbei durchs Fenster, hinaus aufs Flachland, und erwiderte: »Ich dachte, das sei klar.«

»Ihnen vielleicht, aber mir nicht. Also, was ist es?«

Sie versuchte, ihm den Traum zu erklären, den Traum, in dem sie sich an der Tapete festkrallte und sie in Streifen abriß. Die Streifen waren wenige Zentimeter breit, und wenn sie sie von der Wand zog, fielen ihr tote Vögel vor die Füße, Vögel, die es hier im Moor gab und die lebendig begraben worden waren.

»Wie fängt der Traum an?«

»Ich betrete ein Zimmer«, sagte sie, »und die Wand ist mit verschiedenen Tapeten bedeckt. Ich verstehe nicht, warum die Tapete nicht einheitlich ist, und ich verstehe nicht, warum sich darunter kleine Hügel abzeichnen, deshalb reiße ich sie ab.«

Der Arzt erhob sich. »Ich werde Ihnen etwas verschreiben.«

Sie riß ihren Blick vom Fenster los, vom Flachland, vom Fluß, vom Schilf. »Was wollen Sie mir denn verschreiben?«

»Ein leichtes Beruhigungsmittel. Damit sie zurechtkommen.«

Er stellte das Rezept aus, blieb dann an der Tür stehen und fügte hinzu: »Ich bin kein Psychologe, Mrs. Wachmann, aber ich frage mich doch, ob *Sie* sich nicht vielleicht manchmal wie ein kleiner, gefangener Vogel fühlen, der sich nach Befreiung sehnt. Da könnte was dran sein, meinen Sie nicht?«

Sie lachte, und er ließ es dabei bewenden und überließ sie ihren Träumen, in denen sie auf Tieren herumtrampelte, die aus dem Sumpf gestiegen waren und versuchten, sie hinabzuziehen.

Alles Vergangenheit, dachte Merle. Die Freiheit, die ihr so lange versagt geblieben war, war Wirklichkeit geworden. Der eine Monat in Südafrika hatte ihre Gedanken geklärt, und sie hatte beschlossen, das Bauernhaus zu verkaufen und auszuwandern. Südafrika mochte problematische Seiten haben, aber wenigstens war es weit entfernt von dieser flachen, grünen, kalten Landschaft und dem Gefühl, daß es absolut sinnlos war hierzubleiben.

Aus dem elegant eingerichteten Wohnzimmer ging sie in die Küche, die keine solchen Ambitionen hatte. Im Lauf der Jahre waren hier Landarbeiter, Futterhändler, Tierärzte, landwirtschaftliche Berater und Bankdirektoren aus und ein gegangen, und alle hatten ihren Schmutz in die Steinfliesen getreten. Jetzt war die Küchentür geschlossen. Merle Wachmann hatte alle gebeten, nur noch schriftlich mit ihr zu verkehren. Da man dies acht Wochen nach dem Tod Ernsts als Zeichen der Trauer deutete, hatte man sich daran gehalten und die inzwischen blitzblanken Steinfliesen nicht mehr betreten.

Sie schnappte sich eine Zeitung und nahm sie mit ins

Wohnzimmer. Das Klacken ihrer Absätze auf den Fliesen wurde vom Teppichboden geschluckt. Sie strich die Zeitung glatt, um zu lesen, was sie in den Ferien verpaßt hatte, und sank in einen komfortabel gepolsterten Sessel, der für Ernst tabu gewesen war.

Während sie die Schlagzeilen überflog, kam ihr der Gedanke, daß mit etwas Glück bald eine andere Frau in diesem Zimmer sitzen würde. Eine andere Frau, die den ganzen Tag lang auf die modernen, aber völlig reizlosen Häuser hinausblicken würde, eine andere Frau voller Sehnsucht nach gesellschaftlichem Leben, das es in diesem Teil des Landes, wo Leamington Spa als Mittelpunkt des Universums galt, nicht gab, eine andere Frau, die am liebsten alles hinwerfen würde, dann aber trotzdem blieb, aus Liebe zu ihrem Mann.

Die Farm hatte ihn umgebracht. Die Arbeit. Der Wind. Die Kälte. Aber vor allem die Arbeit. Die gnadenlose Schinderei, um den Jahreszeiten, dem Wetter und der Bank immer einen Schritt voraus zu sein. Und Richard. Auch Richard hatte ihn umgebracht. Aber sie gestattete sich nicht, an Richard zu denken. Seit dem Tag, an dem Richard keine Rolle mehr in ihrem Leben gespielt hatte, hatte Ernst so getan, als existiere er nicht mehr: Sein Name wurde nicht erwähnt. Und wenn man sie fragte, ob sie Kinder hätten, sagte sie in einem Ton, der nahelegte, daß weitere Nachforschungen unerwünscht wären, ihr einziger Sohn sei Farmer im Transvaal.

Sie blätterte zur zweiten Seite um und stieß auf einen Artikel. Der Name Marshfield zog ihren Blick auf sich, und sie las den Artikel zweimal.

Zuerst versuchte sie den Bericht abzutun. Sie blätterte sogar weiter. Aber dann blätterte sie zurück und las den Artikel noch einmal. Vor wenigen Tagen war in einem vom Stausee überfluteten Haus eine Frauenleiche gefunden worden, die nach der Bergung als Helena Warner identifiziert wurde. Die Polizei bat um sachdienliche Hinweise.

In Marshfield hatte es nur ein einziges Haus gegeben. Und in dem hatten sie früher gewohnt. Sie brauchte gar nicht erst in ihrem Gedächtnis zu kramen. Gott wußte, sie hatte jahrelang aus dem Fenster geschaut, in der Hoffnung, daß über Nacht wie durch Zauberei eine Stadt mit Einkaufszentren, Cafés und Menschen aus dem Boden geschossen wäre. Aber da gab es nur das Schilf, den Sumpf und die Vögel. Keine anderen Zeichen von Leben, von dem, was *sie* Leben nannte.

Minuten später ließ sie ihren Tee stehen und ging zur Tür. Ihr war kaum bewußt, was sie tat. Irgendwo unterwegs hatte sie ihre Schuhe von den Füßen geschleudert und ging jetzt auf Strümpfen auf dem kalten Steinboden weiter. Es war egal.

Draußen in der Diele, wo Kipper immer noch auf sein Herrchen wartete, das nie mehr nach Hause kommen würde, standen ein Paar Lederstiefel, die noch nie mit Matsch in Berührung gekommen waren. Jedenfalls nicht mit dem zwischen der Farm und der Kirche. Sie zog sie an und trat ins Freie. Dieses eine Mal war sie sich nicht bewußt, daß der Wind wehte oder daß es vielleicht regnen würde, bevor sie wieder zu Hause war. Sie hatte keinen Mantel mitgenommen und fror schon jetzt bitterlich. Sie lief vom Haus weg – eigentlich von der Zeitung, deren verschmierte Lettern ihr vor Augen standen, als seien sie in ihre Netzhaut eingebrannt.

Der Hund sprang um sie herum, verschmutzte ihren Rock mit seinem fettstarrenden Fell, das ihn vor jeder Witterung schützte, und suchte nach Bestätigung. Die Schafe stoben wie Billardkugeln in alle Richtungen, als er auf sie zuschoß, nach ihren Läufen schnappte, Befehle bellte, und selbst wenn Merle ihn gern zurückgerufen hätte, sie hätte nicht gewußt, wie. Ernst hätte einen so schrillen Pfiff ausgestoßen, daß selbst der Wind ihm Durchlaß gewährt hätte, aber Merle kümmerte sich nicht um den Hund, die Schafe oder den in tiefen, harten Furchen gefrorenen Boden. Sie merkte nicht, daß sie stolperte, hinfiel, weinte, und sie kümmerte sich nicht darum, daß der Hund in die Koppel gesprungen war, wo Ernsts alte Stute unter einem Baum Zuflucht gesucht hatte. Die Stute wieherte, aber Merle Wachmann nahm es nicht wahr, sie hatte nur noch einen Gedanken: Sie mußte unbedingt mit ihrem Sohn sprechen.

19

Es war der Geruch, der Rigby in die Nase stieg, der antiseptische Geruch, dem es nicht gelang, den mausartigen Geruch des Todes zu überdecken.

In einem grünen Overall und Überschuhen, die sich wie riesige Plastiktüten anfühlten, tappte er unsicher über den gekachelten Boden des Labors. Dies war der Ort, den er sich für ein Rendezvous vor dem Mittagessen am wenigsten gewünscht hatte.

McPherson hatte vorn am Kittel ein Mikrofon festgeklemmt und begann: »Weiblich. Einsfünfundsechzig groß. Dunkelbraunes Haar ...«

Rigby blickte an ihm vorbei auf mehrere Ausgußbecken, an einen der Wasserhähne konnte man einen Schlauch anschließen. In den Boden war eine Abflußrinne eingelassen, die durch den ganzen Raum führte. Rigby atmete durch den Mund wegen des zu erwartenden Gestanks, wenn McPherson die Leiche aufschnitt.

»Klemme«, hörte er ihn sagen. Als er seine Aufmerksamkeit wieder der Prozedur zuwandte, sah er McPherson auf einen dünnen Striemen deuten, der von Ohr zu Ohr lief. »Sie wurde von hinten erdrosselt.«

»Womit?«

Mit einem mehrere Zentimeter langen Stück Tesafilm nahm McPherson einen Abdruck des Striemens und sagte: »Ich werde das auf Fasern untersuchen, aber auf den ersten Blick würde ich sagen, es war Draht, kein Tuch oder Seil.«

Er machte sich an die Voruntersuchung, begann mit Kopf und Hals, untersuchte dann Brust und Unterleib, schließlich Ober- und Unterschenkel. Seine Finger berührten, strichen, tasteten, sein Blick tat das gleiche.

Jemand half ihm, die Leiche umzudrehen, und er wiederholte das Ganze, wobei er abermals am Kopf begann und alle ungewöhnlichen Spuren auf Band festhielt. Besondere Aufmerksamkeit widmete er einer am ganzen Rückgrat entlang verlaufenden Prellung, die er darauf zurückführte, daß der Körper nach Eintritt des Todes in den Trog gezerrt worden war.

Als McPherson die Voruntersuchung abgeschlossen hatte, machte er einen Einschnitt hinter dem rechten Ohr, durchtrennte sauber Haut und Muskeln, zog einen Bogen hinunter zu Brustbein und Leiste und wieder hinauf zum anderen Ohr. Nachdem Brust und Hals freigelegt waren, untersuchte er den Hals genauer, durchtrennte Gewebeschichten, ertastete, wonach er suchte.

Rigby versuchte sich vorzustellen, wie wohl ihr Gesicht ausgesehen hatte, bevor es sich in einen verwesenden Fleischklumpen verwandelte. Er erinnerte sich daran, wie die Leiche aufzutauchen schien, als das Wasser ablief. Es war eine Phantasie, aber sie erinnerte ihn an eine Angst seiner Kinderzeit: die Angst, in einem Fluß oder See zu schwimmen, etwas an seinen Beinen zu spüren, es wegzustoßen und dann zu sehen, wie langsam – ganz langsam – eine Leiche aus dem Wasser auftaucht.

McPherson durchtrennte das Brustbein und öffnete mit Hilfe einer Zange den Brustkorb, worauf der Leiche ein solcher Gestank entströmte, daß alle, selbst McPherson, einen Schritt zurückwichen.

Rigby beobachtete erleichtert, wie rasch McPherson arbeitete. Er schien nur dann zu sprechen, wenn es unbedingt nötig war. Rigby fand es erstaunlich, daß McPherson das überhaupt fertigbrachte. Zum Sprechen brauchte man Luft, und die hielt Rigby an, um sie wie ein Taucher langsam entweichen zu lassen.

McPherson machte einen weiteren Einschnitt und trennte die Kopfhaut vom Knochen, dann sägte er den Schädel auf und löste ihn sauber vom Gehirn. Er sprach jetzt schnell, atmete flach und hastig. »Das Innere des Schädels kann Verletzungen aufweisen, die einen Hinweis auf das Leben des Opfers geben können. Falls stumpfe Instrumente benutzt wurden, müßten analog zu den Schädelfrakturen Verletzungen der Hirnhaut und der Hirnoberfläche bestehen. In diesem Fall ...«

Rigby hatte genug. Er unterbrach McPherson. »Steht die Todesursache hundertprozentig fest?«

»Ja.«

»Dann gehen wir jetzt.«

McPherson lächelte. »Hat doch der Hunger die Oberhand gewonnen?«

Rigby erwiderte das Lächeln matt. »Könnte man so sagen.«

20

Gilmore ignorierte die Rechnungen und die Lokalzeitung, die auf der Türmatte lagen, und bückte sich nach einem Brief. Es war ein hellblauer, prall gefüllter Umschlag, und ohne ihn zu öffnen wußte er, daß er von Sue stammte.

Er nahm den Brief mit ins Wohnzimmer, öffnete ihn aber nicht, sondern legte ihn auf die Armlehne des Sofas und betrachtete ihn, während er in dem stillen Zimmer seinen Kaffee trank.

Seit Sue weg war, hatte er sich daran gewöhnt, allein zu frühstücken. Normalerweise hätte man jetzt im Hintergrund die Stimme eines Fernsehsprechers gehört. Aber es ging immer noch um Marshfield, und Gilmore konnte den Gedanken nicht ertragen, daß es plötzlich auf dem Bildschirm erschien. Deshalb schaltete er den Fernseher erst gar nicht an, und es blieb still im Zimmer. Gilmore ertappte sich dabei, daß er sich die Wohnung vorzustellen versuchte, in die Sue geflüchtet war.

Er wußte nur, daß sie einer Freundin gehörte, daß sie mitten in Oxford lag und daß Sue dort, dem Inhalt ihres Zettels zufolge, nur vorübergehend wohnen konnte. Zwischen den Zeilen hatte er gelesen, daß sie irgendwann dort wieder ausziehen würde, aber nicht wußte, wohin. Vermutlich wartete sie nun ab, ob die dramatische Trennung ihn aufrütteln und er ihr endlich zuhören würde. Aber man mußte ihn gar nicht dazu bringen zuzuhören. Er hatte sie genau verstanden, nur war ihm jede ihrer Andeutungen schon von den Frauen bekannt, die vor ihr dagewesen und vor ihr gegangen waren, nachdem sie entdeckt hatten – was auch Sue entdecken würde –, daß man von einem Mann, der in der Vergangenheit lebte, kaum erwarten konnte, sich für die Zukunft festzulegen. Und so schlich sie jetzt in einer Wohnung umher, in der sie sich nicht heimisch fühlte, und hoffte auf Worte, die er weder am Telefon noch in einem Brief oder gar in Form einer Entschuldigung äußern würde.

Gilmore überlegte, ob er Sue vermißte, kam aber zu keinem Ergebnis. Er vermißte es, ihren Körper zu spüren, er vermißte, daß sie sich wie ein kleines Kind zusammenrollte und mit dem Kopf auf seiner Schulter schlief, und er vermißte die Weichheit, die sie irgendwie in sein Leben gebracht hatte. Was er aber nicht vermißte, war dieser vorwurfsvolle Blick oder die gelegentliche kluge Kritik, die ihm klargemacht hatte, daß er sich resigniert mit einer Zukunft abfand, die manche als trostlos betrachtet hätten.

Trostlos war ein Wort, das er mit der Vergangenheit verband. Er konnte sich nicht vorstellen, daß es einen Platz in der Zukunft hatte. Er konnte sich nicht vorstellen, daß er überhaupt eine Zukunft besaß, und hörte sie sagen: »Red keinen Quatsch, Ian. Jeder hat eine Zukunft.«

Nein, dachte Gilmore. Nicht jeder. Manche Leute verbauen sich das Recht auf eine Zukunft, indem sie etwas tun, das selbst die liebevollste Partnerin nicht verzeihen kann.

Er nahm den Brief und überlegte, ob er ihn ungeöffnet zurückschicken sollte. Trotz des Gewichts und der Tatsache, daß sich das Kuvert nach mehreren Blättern anfühlte, konnte sich Gilmore nicht vorstellen, daß Sue redselig war. Sie war auch zu den besten Zeiten nie sehr gesprächig gewesen. Das hatte zu den Dingen gehört, die er an ihr sympathisch fand. Manche Frauen, mit denen er zusammengelebt hatte, hatten ihn mit ihrem Geschwätz aus dem Haus getrieben. Wenn es ihm zuviel geworden war, hatte er sich ins Nebenzimmer vom Cross Keys zurückgezogen, und Mike Foley war ihm gegenüber gesessen. Jetzt stellte er sich vor, wie Mike im Büro in einer Kabine aus Rigipsplatten hockte, als habe man ihn, genau wie seinen Computer, in einer riesigen Kiste untergebracht und in einer leeren Ecke des Büroblocks fallen lassen. Das kam der Wahrheit sogar ziemlich nahe.

Er hielt den Brief immer noch in der Hand, drückte eine Taste seines Mobiltelefons, wartete die automatische Wahl ab, und hatte ihn am Apparat.

»Mike, ich kann nicht kommen.«

»Was ist denn los, Kumpel?«

»Ich bin krank«, sagte er. »Irgend so ein Virus.«

»Ja, da geht gerade was rum.«

Er geht immer um, dachte Gilmore, dieser unspezifische Lieferant praktischer Ausreden. »Hör mal«, sagte er. »Könntest du mir einen Gefallen tun?«

»Und was?«

»Du kennst dich doch mit Computern aus ...«

»Das ist mein Job.«

Sich als Hacker zu betätigen, gehört wohl kaum dazu, dachte Gilmore, aber er sprach es nicht aus. »Wie leicht wäre es für dich, eine Adresse für mich rauszukriegen?«

»Das kostet was.«

»Wieviel?«

»Eine Halbe.«

Zu jedem anderen Zeitpunkt hätte sich Gilmore ein Lächeln gestattet. »Ich bin auf der Suche nach ein paar Freunden. Leute, die ich vor zwanzig Jahren gekannt habe.«

»Wieso das denn?«

Gilmore ging nicht darauf ein und fuhr fort: »Die erste ist eine Frau. Joan Poole.« Als er innehielt, damit Foley sich den Namen notieren konnte, fand er es plötzlich paradox, daß er lange Zeit alles unternommen hatte, um ihr aus dem Weg zu gehen, und jetzt alles unternahm, um den Kontakt zu ihr herzustellen, bevor es die Polizei tat.

»Geburtsdatum?«

»Neunzehnhundertsechsundfünfzig. Genaueres weiß ich nicht.«

»Letzte bekannte Adresse?« fragte Foley, und Gilmore erinnerte sich fast schmerzhaft daran, wie er sich jedesmal gefühlt hatte, wenn ein Brief von Joan gekommen war. Er war vor diesen cremefarbenen Kuverts regelrecht zurückgewichen, deren milchweiße Rücken von einer Adresse in großen Druckbuchstaben entweiht wurden.

Die meisten Briefe hatte sie aus Southampton geschrieben, aber die beiden letzten aus Warrington, wo ihre Eltern wohnten. Schon damals hatte er sich den Schmutz und die Verwahrlosung vorstellen können, nach allem, was Joan ihm in der Nacht, als Helena starb, erzählt hatte. Er hatte damals mit dem Rücken zu ihr gestanden und in die Dunkelheit hinausgestarrt. Joan hatte auf der Matratze gesessen und von einer Lebensweise erzählt, die ihm völlig fremd war. Einmal hatte er vor Ärger fast die Geduld verloren, weil sie fest davon überzeugt war, daß es ihr vom Schicksal bestimmt sei, in die Siedlung zurückzukehren, egal wie sehr sie sich anstrengte, ihr zu entkommen. *Das muß doch nicht sein. Du kannst dein Schicksal selbst bestimmen, du hast es in der Hand.*

»Rosamund Street«, sagte Gilmore. »Blackwater Estate, Warrington.«

»Wann hat sie dort zuletzt gewohnt?«

»Neunzehnhundertfünfundsiebzig.«

»Ist das alles?« fragte Foley.

»Ja.«

»Nicht gerade viel.«

»Nein«, sagte Gilmore. »Ich weiß.«

Er wartete, während Foley seine Hacker-Künste unter Beweis stellte, Joans Namen und ihre frühere Adresse mit ihrer Sozialversicherungsnummer verglich, dabei entdeckte, daß sie Arbeitslosenunterstützung erhielt, und ihre aktuelle Anschrift herausfand. Er gab sie Gilmore und fügte trocken hinzu: »Tut mir leid, daß es so lang gedauert hat.«

»Schon in Ordnung, bist ein kluges Kerlchen.«

Die Adresse löste einen Moment lang Mitleid in ihm aus. Sie hatte es nicht einmal aus der Straße herausgeschafft, geschweige denn aus der Siedlung. »Ich mag gar nicht daran denken, was du alles über deine Kollegen weißt.«

»Falls du meinst, ich versuche rauszukriegen, wieviel jemand verdient, wo er lebt und welchen Wagen er fährt, kann ich dir zu deiner Beruhigung versichern, daß ich was Besseres zu tun habe.«

Gilmore dachte daran, wie Foley Abend für Abend in seiner Junggesellenbude hockte. Keine Frau in seinem Leben, seine einzigen Hobbys waren Kricket, Filme, Computer und ein, wie Gilmore fand, fast krankhaftes Interesse für Kim Basingers Privatleben. »Du bist ein Genie«, sagte er.

»Das kannst du ruhig öfters sagen. Wer ist der Nächste?«

»Das könnte schwieriger werden. Kann sein, daß er vor circa zwanzig Jahren nach Afrika gezogen ist.«

»Name?« sagte Foley.

»Richard Wachmann«, sagte Gilmore.

»Geburtsdatum?«

»Sechsundfünfzig.«

»Geht's vielleicht etwas genauer?«

Gilmore stöberte in seinem Gedächtnis nach irgendeiner Erinnerung an einen Geburtstag von Wachmann während der Zeit, in der sie im Norden Oxfords zusammengewohnt hatten. Aber ihm fiel nichts ein. »Weiß ich nicht mehr«, sagte er.

»Letzte bekannte Adresse?«

»Thornley Heath, Warwickshire.«

»Wann hat er dort zuletzt gewohnt?«

»Weiß ich auch nicht«, gab Gilmore zu.

Diesmal mußte er länger warten. Während Foley im Hintergrund leise vor sich hinschimpfte, langweilte sich Gilmore und verlor zusehends die Hoffnung. »Irgendwas gefunden?«

»Nichts seit sechsundsiebzig«, sagte Foley. »Du mußt dich noch gedulden.«

»Wie stehen die Chancen?«

»Schlecht, falls er in Afrika lebt, aber ruf mich später noch mal an.«

»Wann später?«

»Probier's mal heute nachmittag. Ich starte in der Mittagspause noch einen Versuch.« Und dann fügte er hinzu: »Wann kann ich dich erreichen?«

Das wußte Gilmore nicht genau. Er wollte morgen nach Thornley zu Merle Wachmann fahren, und seine Pläne für die nächsten Tage hingen stark davon ab, wie er dort empfangen wurde. »Vielleicht morgen. Ich ruf dich an.«

»Gut«, sagte Mike.

Gilmore legte auf und öffnete den Brief. Die Briefbögen sind sicher aus teurem Papier, dachte er, eine Nuance dunkler oder heller als der Umschlag, mit leicht geriffelter Oberfläche, wahrscheinlich sogar mit Wasserzeichen.

Er zog die Bögen heraus, die denselben Farbton wie der Umschlag hatten. Keine Riffelung, kein Wasserzeichen. Nur endlos viele Seiten mit dieser sanften, ansteigenden Handschrift.

Ob alle Frauen Briefe schreiben? überlegte er. Oder liegt es daran, daß ich sie irgendwie daran hindere, sich zu äußern, solange sie mit mir zusammen sind? Vielleicht haben sie erst, wenn alles vorbei ist, das Bedürfnis zu reden, und sei es nur, damit sie ihr eigenes Leben weiterführen können? Doch Sue, die ihrem Brief einen Auszug aus irgendeinem theologischen Text einverleibt hatte, wollte anscheinend nicht ihr eigenes Leben weiterführen.

Sie hatte diesen Text benutzt, um ihm zu sagen, was sie für ihn empfand. Gilmore fand es merkwürdig, daß sie etwas so Abwegiges in einen Liebesbrief einbaute. Während ihres ganzen Zusammenlebens hatten sie nie über Gott geredet. Sie schien zu wissen, daß er vor diesem Thema zurückscheute, unmöglich dabei bleiben konnte, daß er es sogar regelrecht fürchtete, aber jetzt schrieb sie, daß diese Worte besser als alles andere ausdrückten, was sie für ihn empfand, und er las sie noch einmal:

Ich lasse dich nicht los. Ich nehme dich an wie du bist. Du findest Vergebung. Ich kenne deine Kümmernisse. Ich habe sie schon immer gekannt. Weit über deine Vorstellungskraft hinaus leide ich, wenn du leidest. Ich kenne auch die kleinen Tricks, mit denen du dein häßliches Leben vor dir und anderen zu verbergen versuchst. Aber du bist schön ...

Gilmore fühlte sich stark an Joan erinnert. Das war genau die Art von Text, die vielleicht auch sie in einen ihrer Briefe eingebaut hätte. Das unschöne Gesicht, der plumpe Körperbau hatten ihm nicht den Blick auf ihre Sensibilität verstellt. Da ihr so etwas nicht selbst eingefallen wäre, hätte sie sich eben daran erinnert, es irgendwo gelesen zu haben. Und sie hätte ihm diesen Text, genau wie Sue, in der Hoffnung geschickt, daß er auf irgendeine Art und Weise seine Gefühle für sie ändern könnte.

Aber so war es nicht.

Auf einer intellektuellen Ebene war er für die Schönheit dieser Worte empfänglich. Auf der emotionalen Ebene jedoch sagten sie ihm nichts, sie berührten ihn nicht, und jetzt bedauerte er, daß er den Brief nicht zurückgeschickt hatte. So wie Joans Briefe. Ungeöffnet.

Er zerknüllte den Brief zu einem kleinen blauen Ball, warf ihn in eine Ecke und beobachtete, wie er sich wieder ausdehnte.

21

Problemlos fand er die Seitenstraße, die ihn aus dem Dorf hinausführte, und folgte ihr, bis sie sich gabelte und in einem langgewundenen Pfad zum Farmhaus führte.

Er fuhr langsamer, um es sich genau anzusehen. Vor zwanzig Jahren hatte es hinter einer grün-goldenen Decke aus Hecken versteckt gelegen. Jetzt waren die Grenzen zwischen den einzelnen Feldern beseitigt, das Haus stand exponiert in einer Landschaft, die so riesig und flach war wie Marshfield.

Ob dies mit den heutigen Trends in der Landwirtschaft zusammenhing, konnte er nicht sagen. Er wußte, daß es viele solcher Farmen gab, aber er wußte auch, daß Wachmanns Vater Marshfield geliebt, daß ihn gerade die Trostlosigkeit der Landschaft angezogen und daß er womöglich versucht hatte, diese Trostlosigkeit hier neu zu erschaffen. Falls ja, war es ihm gelungen.

Der Himmel hing düster, schwer und grau wie ein Putzlappen über dem Land, Wolkenfetzen klebten darauf wie Schaum auf lauwarmer Dreckbrühe. Ihm kam er wie ein typischer Thames-Valley-Himmel vor, als sei es Ernst Wachmann gelungen, den Himmel zusammen mit dem Vieh, den landwirtschaftlichen Geräten und Fahrzeugen hierher zu transportieren. Doch eines hatte sich verändert: Wenn ihn seine Erinnerung nicht trog, hatte er bei seinem ersten Aufenthalt hier das Gefühl gehabt, von wildlebenden Tieren umgeben zu sein, unsichtbar, aber gegenwärtig – tröstlich gegenwärtig. Dieses Gefühl existierte jetzt nicht mehr, nur die kalte, gepflügte Erde, das Haus und die Fertigbauten links und rechts und dahinter. Das hohe dünne Gras, der seichte Fluß und die langsam flatternden Vögel, die im Schilf nisteten, rundeten das Bild ab.

Er fuhr noch langsamer, weil der Pfad immer zerfurchter wurde, und parkte schließlich hinter dem Haus. Gerade als er ausstieg, erschien Merle Wachmann. Ihre Schuhe starrten vor Schmutz, der elegante Wollrock war am Saum verkrustet. Ein Hund folgte ihr auf den Fersen.

Sie blieb abrupt stehen, unsicher, nervös, aber in dem Moment, in dem er sie ansprach, erkannte sie ihn.

»Ian«, sagte sie, lächelte aber nicht. Sie ging auf die Küchentür zu, schloß auf und drehte sich zu ihm.

Sie hat geweint, dachte er. Ihre Augen waren gerötet, die Haut etwas fleckig. »Ich muß Sie sprechen«, sagte er.

Sie zögerte. »Ich erwarte Besuch.«

»Ich bleibe nicht lang.«

Als sie immer noch stehenblieb, fügte er hinzu: »Es ist kalt, Merle. Darf ich nicht hereinkommen?«

Widerstrebend öffnete sie die Tür, schleuderte ihre Stiefel von den Füßen und ging voraus in die Küche. Er folgte ihr und konnte auf einen Blick sagen, was anders aussah als vor zwanzig Jahren.

Als er das erstemal hier gewesen war, hatte an der Rückseite der Tür ein tropfender Mantel aus gewachster Baumwolle gehangen; ein Hundefreßnapf, halb mit Fleisch gefüllt, stand auf einer Zeitung neben dem gußeisernen Herd. Landwirtschaftliche Zeitschriften waren über den Tisch verstreut, schmutziges Steingutgeschirr, von einer kürzlich hastig verschlungenen Mahlzeit, machte sich mit Rechnungen, Papierkram und einem Teller Kekse den Platz streitig.

Jetzt war von dem chaotischen Durcheinander, das entsteht, wenn man von Leuten umgeben ist, die ihr Leben draußen im Freien verbringen, nichts mehr zu sehen. Alles war sauber, und selbst die Bodenfliesen hatten einen Glanz, der an die Patina von altem Holz erinnerte.

Merle ist immer noch eine attraktive Frau, dachte er. Aber das Alter hatte Spuren hinterlassen, man merkte es an ihrem schlaff gewordenen Hals und dem Netz von Falten um ihre Augenwinkel. Abgesehen davon, daß sie keine Schuhe zu den Strümpfen trug, war sie so gekleidet, als erwarte sie jeden Augenblick, zum Lunch abgeholt zu werden. Und als spüre sie seinen prüfenden Blick, sah sie sich in der Küche um und räumte ein Paar Schuhe weg, die sie dort sichtlich in aller Eile abgestreift hatte.

»Ich nehme an, Sie haben es in der Zeitung gelesen«, sagte Gilmore.

»Ja.« Es war eine schlichte Feststellung.

»Ich muß mit Ihnen reden«, sagte er, ebenso schlicht. »Mit Ihnen und Ernst.«

Er hatte Ernst dort vermutet, wo er immer war: draußen, ohne einen Gedanken an Zeit und Wetter und das einsame Leben seiner Frau, und als sie sagte: »Er ist tot. Er ist vor acht Wochen gestorben«, war Gilmore so verblüfft, daß er nur fragte: »Woran denn?«

»An einem Herzinfarkt.«

Es dauerte ein paar Sekunden, bis er sich an den Gedanken gewöhnt hatte. »Und Richard?« fragte er. »Wo ist er?«

Statt ihm zu antworten, sagte sie: »Ich glaube, ich brauche was zu trinken.«

Er folgte ihr unaufgefordert ins Wohnzimmer, das noch ziemlich genau seiner Erinnerung entsprach. Es war sehr gemütlich, die Sitzgarnitur und einige geschmackvoll ausgewählte Einrichtungsgegenstände harmonierten miteinander. Auf dem Tisch stand ein Tablett, darauf ein erlesenes weißgoldenes Tee-Service aus Porzellan. Sie hatte sich Tee eingeschenkt, ihn aber nicht angerührt, und die Milch hatte sich an der Oberfläche schaumig abgesetzt.

Gilmore erinnerte sich an die weggeschleuderten Schuhe und dachte: Warum hat sie das Haus überstürzt verlassen?

»Setzen Sie sich, wenn Sie wollen«, sagte sie.

Er setzte sich in einen Sessel, und sie ging zum Schrank, schenkte zwei Whiskys ein und reichte ihm ein Glas.

»Marshfield«, sagte sie. »Warum kann das nicht ... ein für allemal vorbei sein?« Sie sah auf. Lächelte. »Manchmal träume ich, daß wir immer noch dort leben. Hat wohl mit dem Blick aus dem Fenster zu tun. Hier sieht es fast genauso aus wie in Marshfield. Finden Sie nicht?«

Er lächelte zurück. »Ja, wirklich.« Und er setzte hinzu: »Warum sind Sie bei ihm geblieben?«

Die Hand, die das Glas hielt, verkrampfte sich einen Moment. »Damals war alles anders. Damals sind Frauen nicht einfach weggelaufen.«

Nein, dachte Gilmore, sie sind statt dessen gestorben, manchmal physisch; meistens seelisch.

»Merle, ich muß mit Richard sprechen. Es ist sehr wichtig.«

»Sind Sie deshalb hergekommen?« sagte sie. »Um meinen Sohn zu treffen?«

Ihre Stimme klang scharf, und Gilmore sagte vorsichtig: »Wir haben uns aus den Augen verloren, seit Helena verschwunden ist.«

»Ich weiß.«

»Also, wo ist er?«

Langsam, bedächtig nippte sie an ihrem Glas, das im Vergleich zu ihrem kleinen, feinen Mund klobig wirkte. Gilmore wartete, während sie nachdachte. Als sie das Glas absetzte, sagte sie: »In all den Jahren, die wir in Marshfield gewohnt haben, hat er nicht das geringste Interesse für die Landwirtschaft gezeigt. Wollte seinem Vater nicht zur Hand gehen. Es hat ihm dort überhaupt nicht gefallen. Und eines Tages merkte er, daß es ihm auch in Oxford nicht gefiel, daß er eigentlich am liebsten als Bauer im Transvaal leben wollte.« Sie versuchte abzuschätzen, ob Gilmore ihr die Geschichte glaubte, dann fuhr sie fort: »Wir haben dort Land geerbt. Es war wohl einfach eine günstige Gelegenheit. Man mußte kein Kapital aufnehmen. Das Land war einfach da und wartete darauf, daß jemand kam und es bewirtschaftete.«

Gilmore erschien diese Version nicht sehr glaubhaft, um nicht zu sagen ausgeschlossen. Genau wie seine Mutter hatte auch Richard stets eine Vorliebe für die schönen Dinge des Lebens gehabt. Elegante Kleidung. Gutes Essen. Komfort. »Merle«, sagte er, »die sterblichen Überreste, die man in Marshfield gefunden hat, stammen von Helena. Ich denke, das wissen Sie.«

In dem Moment, in dem er das sagte, merkte er, daß sie es wirklich wußte. »Wir haben an den Wochenenden in dem Haus gewohnt«, fügte er hinzu. »Aber auch das haben Sie gewußt, nicht wahr?«

»Es ging uns nichts an«, sagte sie. »Nachdem wir das Haus verkauft hatten, konnten wir nicht mehr kontrollieren, was dort passierte, obwohl Ernst ...« Sie hielt inne.

Gilmore war beeindruckt von ihrer Sanftheit, von ihrem Widerstreben, irgend etwas Kränkendes zu sagen, von ihrer Fraulichkeit. Sie erinnerte ihn an eine zarte Porzellanpuppe. Ihr Gesicht verwitterte, sah aus wie rissiges Porzellan. Sie gehörte nicht hierher, wo sie von Trostlosigkeit und Dreck umgeben war.

»Ernst ...?« sagte er, und zögernd fuhr sie fort: »Als er herausfand, daß ihr das Haus benutzt, war er wütend. Wenn ich ihn nicht davon abgehalten hätte, wäre er hingefahren und hätte euch weggejagt.«

Das überraschte ihn nicht. Bei seiner ersten und einzigen Begegnung mit Ernst Wachmann hatte Gilmore den Eindruck gewonnen, daß Ernst, obwohl er sein gesamtes Kapital in Thornley investiert hatte, immer noch an dem Sumpfgebiet hing.

Er hatte das damals ganz normal gefunden: Wenn ein Mann ein Leben lang ein bestimmtes Stück Land bewirtschaftet und diesem Land, von dem man eher erwarten würde, daß es alles ertränkt, Ernten abtrotzt, dann entwickelt sich natürlich eine gewisse Bindung. Und um diese Bindung zu zerstören, reicht es nicht aus, das Land zu verkaufen.

»Ich muß Richard finden«, sagte er. »Geben Sie mir seine Adresse?«

»Das geht leider nicht. Ich weiß nicht, wo er ist.«

»Aber das müssen Sie doch wissen. Sie haben doch eben selbst gesagt, daß er im Transvaal eine Farm hat.« Und dann, etwas nachdrücklicher: »Merle, Sie *müssen* mir die Adresse geben!«

»Das ist ganz ausgeschlossen ... Ich ... « Sie suchte einen Augenblick nach Worten. »Ich weiß seit Jahren, daß dieses Mädchen tot ist.«

»Ganz egal, was Sie wissen oder zu wissen glauben, ich verdiene doch zumindest die Chance, alles zu erklären.«

Sie sah ihn nicht an. Ein schlechtes Zeichen, dachte er. »Ich bin auch deshalb hergekommen, weil ich Sie bitten wollte, nicht zur Polizei zu gehen. Lassen Sie die Vergangenheit einfach ruhen. Ich weiß, daß ich da sehr viel von Ihnen verlange.«

Er beobachtete sie aufmerksam, sah, wie ihre Vorsicht in Furcht umschlug, als ihr klar wurde, wie isoliert und ausgeliefert sie hier war.

»Merle ...«

Sie stand auf. »Bitte«, sagte sie. »Ich möchte, daß Sie jetzt gehen.«

Gilmore spürte den scharfen, kalten, alles durchdringenden Wind, den hier kein natürlicher Windschutz hemmte. Die wenigen Schritte zum Wagen ließen ihn vor Kälte beinah erstarren, und das Wageninnere kam ihm wie eine warme Zuflucht vor. Nie hatte er weniger Lust verspürt, irgendwohin zu fahren, aber er wußte, daß ihm nichts anderes übrigblieb, als direkt von Thornley nach Warrington zu fahren. Die Aussicht, Joan zu sehen, hätte ihm zwar nicht einmal in den besten Zeiten behagt, aber es mußte sein.

Als er rückwärts aus der Einfahrt hinausfuhr, warf er einen Blick auf das Küchenfenster, fast so, als rechnete er damit, dort Merle Wachmann zu sehen. Ihm fiel auf, daß an manchen Stellen das Mauerwerk zerbröckelte, daß der Weg zur Tür matschig und der sogenannte Küchengarten ein einziger Dschungel aus Unkraut war. Rostige Dachrinnen wackelten im Wind, nur noch notdürftig von den Trägern gehalten. Es lag etwas Trostloses in dem allgemeinen Zerfall, der Abgeschiedenheit und der Art und Weise, wie sich alles, auch er selbst, geräuschlos auflöste.

22

Rigby saß in seinem Büro, dessen beigefarbene Wände und beruhigende Atmosphäre sehr konzentrationsfördernd wirkten, und studierte McPhersons Bericht. Das in Burford aufgefundene Opfer war von hinten erdrosselt worden. Das ist nichts Neues, dachte Rigby.

Sein eigener Bericht lag auf dem Schreibtisch seines Vorgesetzten, darin stand lediglich, daß es herzlich wenig Anhaltspunkte gab, um die Ermittlungen voranzutreiben. Das Haus, das zuletzt vor fünfzehn Jahren bewohnt gewesen war, hatte nichts Interessantes hergegeben. Weder in der Scheune noch im Haus, noch auf dem Grundstück wurden Kleidungsstücke oder persönliche Gegenstände gefunden, es gab keinen einzigen Hinweis darauf, wer die Frau umgebracht hatte oder warum. Außerdem gab es in Oxfordshire massenhaft baufällige Scheunen. Die Farmer rissen sie nicht ab, weil immer noch die Chance bestand, daß sie die Genehmigung bekamen, sie in Wohnraum umzuwandeln. Der Trick dabei war, die Scheunen vor dem Einsturz zu bewahren und sich so alle Optionen offenzuhalten. Das hieß, es gab zahllose potentielle Verstecke für Leichen. Und obwohl nichts darauf hindeutete, fragte sich Rigby, ob es dort, wo diese Leiche gefunden wurde, noch weitere gab.

Wie auch immer, dies war kein gewöhnlicher Mord. Bei der Durchsuchung der Scheune hatte man eine primitiv zusammengebastelte Vorrichtung entdeckt, die sicherstellen sollte, daß ein dünnes Rinnsal Regenwasser den Trog stets bis obenhin gefüllt hielt. Wer die Leiche dort versteckt hatte,

hatte nicht nur gewußt, daß man sie wahrscheinlich nicht so schnell finden, sondern auch, daß sie mit etwas Glück nur langsam verwesen würde.

Dieser Gedanke war nicht sehr ermutigend. Wenn sie die Wahl hatten, beseitigten Mörder ihre Opfer normalerweise so, daß man sie nicht fand oder daß die Verwesung Tag für Tag ein wenig mehr Beweismaterial vernichtete. So etwas wie hier erlebte Rigby zum erstenmal.

Laut McPhersons Bericht hatte die Leiche mindestens drei und höchstens fünfzehn Jahre in dem Trog gelegen. Sehr hilfreich, dachte Rigby, aber zumindest stand fest, daß es sich um die sterblichen Überreste einer Frau Mitte bis Ende Zwanzig handelte und daß sie kurz nach dem Eintritt des Todes vom Wasser bedeckt worden waren. Vielleicht war sie vergewaltigt worden, aber das hatte McPherson nicht feststellen können. Die Leiche war zu alt. Das Beweismaterial saponifiziert. Was für ein Wort, dachte Rigby. Was für ein Ende. *Saponifikation.*

Er wandte sich einem weiteren Bericht zu, in dem McPherson bestätigte, daß die in Marshfield gefundenen Überreste von einer etwa achtzehn Jahre alten Frau stammten und der Tod durch mehrere Schläge auf den Kopf eingetreten war, die die Schädelbasis zertrümmert hatten.

Dem Bericht lagen Fotos bei, die in Marshfield kurz vor der Bergung der Leiche aufgenommen worden waren. Hätte Rigby nicht gewußt, daß sie unter Wasser entstanden waren, dann hätte er nicht erkannt, was sie darstellen sollten, denn trotz des Könnens des Fotografen, waren sie völlig verzerrt.

Doch das Foto von dem, was man dann nach oben befördert und ans Ufer gebracht hatte, wies keinerlei Verzerrungen auf. Es war kristallklar, und die Nahaufnahmen zeigten Details, die sich Rigby lieber nicht angeschaut hätte. Aber es mußte sein. Es war sein Job.

Schwer vorstellbar, daß irgendwann einmal jemand mit ihr geschlafen hatte. Was immer es war, dieses Ding, wie ein

Mensch sah es nicht mehr aus. Und doch hätte Rigby auch ohne McPhersons Bericht gewußt, daß diese Überreste von einer Frau stammten. Die Gesichtsknochen waren zart, die Wirbel sahen aus wie Spulen aus dünnem Porzellan, die in einem Schädel von der Größe eines Kinderkopfs verschwanden.

Er erinnerte sich an Vaughans Worte: »Ich hielt es für einen Scherz. Einen kranken Scherz.« Und er hatte die Hand ausgestreckt und den Unterkiefer vom Gesicht gezogen.

Kein Scherz.

Rigby riß sich von dem Gedanken los, daß zwischen den Fällen in Marshfield und Burford ein Zusammenhang bestehen könnte. Beide Leichen wurden im Wasser gefunden. Na und? Marshfield und Burford lagen knapp fünfzig Kilometer auseinander, die Morde konnten theoretisch fast ebenso viele Jahre auseinander liegen. Und Helena Warner war erschlagen worden, während man das Trog-Opfer erdrosselt hatte. Kein Zusammenhang, entschied Rigby. Doch jenes Gefühl, von dem Driver so oft sprach, rumorte wie ein Bandwurm in seinem Bauch, nagte an ihm, ließ ihm keine Ruhe.

Rigby hielt eigentlich nichts von Instinkten. Er wollte Beweise, am liebsten konkrete Beweise, und im Moment gab es keine konkreten Hinweise darauf, daß die Morde etwas miteinander zu tun hatten. Also ließ er den Gedanken fallen, tat ihn als Hirngespinst ab, das seiner elementaren Angst vor Wasser, Tod und Verwesung entsprang.

Das Läuten des Telefons unterbrach seine Gedanken. Er hob ab, ein Auge immer noch auf den Fotos von Helena Warner.

»Driver«, sagte Dalton.

»Stellen Sie durch.«

Rigby wartete, bis die Verbindung zustande kam, und bevor Driver etwas sagen konnte, sagte er: »Die Gerichtsmedizin hat sich Helena Warners zahnärztliche Unterlagen besorgt. Volltreffer.«

Driver sagte nichts. Er kostet diesen Moment aus, dachte Rigby und sagte: »Könnten Sie für eine Stunde aufs Revier kommen?«

»Wann?«

»Wie wär's jetzt gleich?«

»Ich brauche zwanzig Minuten.«

Seine Stimme hat irgendwie zufrieden geklungen, dachte Rigby – doch diese Zufriedenheit sollte schon bald in bittere Enttäuschung umschlagen.

Driver wurde durch die Einsatzzentrale geführt, die sich seit seiner Pensionierung völlig verändert hatte. Wo er auch hinsah, erblickte er Computer. Alles ganz anders als zu seiner Zeit. Schneller wahrscheinlich. In vielerlei Hinsicht effizienter. Und die Berge von Papier, die dieser Beruf mit sich brachte, die er schon *immer* mit sich gebracht hatte, wurden durch Heftklammern oder Briefbeschwerer gebändigt, lagen in gefälligen Stapeln in den Ablagekörben, die auf den Tischen standen.

An einer langen Wand befanden sich massive feuerfeste Einbauschränke. Alles hat seinen Platz, dachte Driver, inklusive Dalton, der mit einem Plastikbecher voll Kaffee am Computer saß.

Manches hat sich also doch nicht geändert, dachte Driver. Er erinnerte sich noch genau an diese Becher, an den Kaffee aus dem Automaten, an seinen Plastikgeschmack und das sogenannte Sahnepulver, das an Babypuder erinnerte.

»Kaffee?« fragte Rigby und öffnete die Tür zu seinem Büro.

»Nur im äußersten Notfall«, erwiderte Driver.

Rigby lächelte. »Nehmen Sie Platz«, forderte er Driver auf, der sich in dem Büro mit seinen hellen Wänden, den Topfpflanzen und den Rollos umsah. Im Vergleich zu damals war es luxuriös, und Driver sagte anerkennend: »Nicht schlecht.«

»Ich verbringe mein halbes Leben hier «, sagte Rigby. »Da sollte es wie ein zweites Zuhause sein.«

Driver, der das Gefühl hatte, ein Stockwerk tiefer wesentlich mehr Zeit als sein halbes Leben verbracht zu haben, sagte nur: »So war's zu meiner Zeit nicht.«

Das konnte sich Rigby gut vorstellen. »Es gibt da ein paar Punkte in den Akten, die ich gern klären würde. Wir haben neulich abends kurz darüber gesprochen, und ich habe die Akte jetzt durchgelesen, aber ich will sichergehen, daß ich alles richtig verstanden habe.«

»Schießen Sie los«, sagte Driver.

»Gut. Richard Wachmann wurde in Marshfield geboren und ist da aufgewachsen. Aufgrund eines Zwangsräumungsbescheids mußten seine Eltern das Haus an das damalige Wasserwirtschaftsamt von Thames Valley verkaufen. Und kurz nach dem Wochenende, an dem diese Party stattfand, sollte Wachmanns früheres Zuhause überflutet werden.«

»Genau«, sagte Driver.

»Also lud er etwa zwanzig Leute zu einer Abschiedsparty ein. Damals wohnte er mit Ian Gilmore im Norden von Oxford, weshalb er Gilmore selbstverständlich auch zur Party einlud, und Gilmore brachte seine Freundin mit, Helena Warner.«

»Es war ein bißchen komplizierter«, sagte Driver. »Gilmore und Helena hatten die Wochenenden immer in Marshfield verbracht.«

»Aber in dem Haus in Oxford lebten sie nicht zusammen.«

»Nein«, sagte Driver.

»Warum nicht?«

»Keine Ahnung«, sagte Driver, aber selbst jetzt, wo er es sagte, konnte er sich an das kleine Lächeln auf Joans Gesicht erinnern, als er sie gefragt hatte, warum Gilmore und Helena nicht zusammenlebten. »Fragen Sie ihn doch selbst«, hatte sie gesagt.

Das hatte Driver getan, hatte ihm aber leider keine schlüssige oder brauchbare Antwort entlocken können.

»Joan war eine ehemalige Schulfreundin von Helena«, sagte Rigby, »und Helena lud sie zu der Party ein.«

»Sie studierte damals in Southampton«, sagte Driver. »Sie fuhr im Zug nach Oxford, kam freitags an, ging samstags auf die Party und fuhr am Sonntag mit dem Zug zurück.«

»Und Helena brachte sie zum Bahnhof.«

»Laut Joans Aussage ja. Ich persönlich habe da so meine Zweifel.«

»Angenommen, es stimmt, dann wäre sie die letzte Person gewesen, die Helena lebend gesehen hat.«

»Angenommen es stimmt, ja.«

»Aber Sie glauben ihr nicht.«

»Nein. Helena Warner hat Marshfield nie verlassen, da bin ich ziemlich sicher.«

»Warum sollte Joan lügen?«

»Sie hat Gilmore gedeckt.«

»Warum?«

»Das wüßte ich auch gern«, sagte Driver. »Eine Zeitlang war ich überzeugt, daß sich die beiden schon vor der Party gekannt haben, aber alle meine Recherchen verliefen im Sand. Sieht so aus, als hätten sie und Gilmore sich vor diesem Wochenende nie gesehen. Das war mir unbegreiflich.«

»Angst?«

»Glaube ich nicht. Angst wäre eine naheliegende Erklärung, aber ich tippe eher auf Verliebtheit.«

»Das gibt doch keinen Sinn«, sagte Rigby. »Wenn Gilmore Helenas Mörder ist, und Joan davon wußte, dann hat sie sich wohl kaum in ihn verknallt.«

»Sexuelle Anziehung gehorcht keinen Regeln«, erwiderte Driver. »Es scheint vielleicht keinen Sinn zu ergeben, aber ich bleibe trotzdem dabei. Bei Wachmann lag die Sache anders. Er hat Gilmore gedeckt, weil er Angst vor ihm hatte.«

»Und aus welchem Grund?«

»Wer weiß? Vielleicht hat Gilmore ihm klargemacht, daß er ihn mit hineinziehen könnte. Vielleicht hat er ihm mit Gewalt gedroht, oder er hatte etwas gegen ihn in der Hand, das gar nichts mit Marshfield zu tun hatte. Da ist alles mögliche denkbar.«

»Aber auf jeden Fall haben er und Joan Gilmore gedeckt«, sagte Rigby. »Halten Sie es für wahrscheinlich, daß die beiden jetzt von ihrer Geschichte abrücken?«

»Fragen Sie sie«, sagte Driver. »Finden Sie es raus.«

Und jetzt zum schwierigen Teil, dachte Rigby. »Wir werden sicher ein paar Ermittlungen anstellen.«

Hellhörig geworden fragte Driver: *»Ein paar* Ermittlungen? Was soll das heißen?«

Rigby wappnete sich. »Das heißt, daß es keineswegs feststeht, daß wir all unsere Mittel dafür einsetzen.«

»Was wollen Sie damit ...«

»Lassen Sie mich ausreden. Vor zwanzig Jahren ist es Ihnen nicht gelungen, ein Strafverfahren einzuleiten, obwohl der Fall ganz frisch war.«

»Ich hatte keine Leiche«, sagte Driver.

»Hören Sie, Bill, wir können Gilmores Story nicht kippen, nur weil wir jetzt eine Leiche haben. Sie wissen genausogut wie ich, daß sogar jeder mittelmäßige Anwalt behaupten wird, Helena hätte Marshfield mit den anderen in den frühen Morgenstunden des Sonntags verlassen und in den drei Tagen bis zur Überflutung des Hauses jederzeit zurückkommen können. Als Mörder kann jeder in Frage kommen. Solange wir weder Wachmann noch Poole dazu bringen, ihre Geschichte zu ändern und zuzugeben, daß Helena Marshfield nie verlassen hat, gibt es keine Hoffnung, den Fall aufzuklären.«

»Dann müssen Sie sie wieder verhören und dazu bringen, daß sie Gilmore nicht mehr decken.«

»Warum sollten sie von ihrer Geschichte abrücken? Sie haben vor zwanzig Jahren eisern daran festgehalten.«

»Sie wollen es nicht einmal versuchen?«

»Wie ich schon sagte, wir werden ein paar Nachforschungen anstellen, aber ... nein, ich bezweifle, daß viel dabei herauskommt.« Driver schwieg. »Ich weiß, daß Sie jetzt enttäuscht sind.«

»Zwanzig Jahre sind eine lange Zeit«, sagte Driver. »Vielleicht würden sie jetzt gestehen, nachdem sie die Sache eine so lange Zeit verfolgt hat.«

»Sie wissen genau, daß das unwahrscheinlich ist, und wir können es uns nicht leisten, Mittel für Fälle zu verschwenden, die aller Wahrscheinlichkeit nach nicht mit einer Strafverfolgung enden.«

»Darauf läuft es jetzt hinaus? Auf Geld? *Und wo bleibt die Gerechtigkeit?*«

Es erwies sich als schwieriger, als Rigby vermutet hatte. Irgendwie hatte er geglaubt, Driver werde diese Neuigkeit zwar schlecht aufnehmen, aber doch ruhig bleiben und sich damit abfinden.

»Bill«, sagte er, »Sie waren ein guter Polizist, vermutlich könnten Sie mir einiges beibringen, aber Tatsache ist, daß wir keine neuen Beweise haben.«

»Ist die Leiche vielleicht kein neuer Beweis?«

»Das reicht nicht«, sagte Rigby. »Tut mir leid, aber das reicht einfach nicht.« Driver ging nicht darauf ein. »Ich weiß, wie Ihnen jetzt zumute ist«, setzte Rigby hinzu.

Das nimmt er mir offenbar nicht ab, dachte Rigby und sagte: »Hören Sie, Bill, Sie haben vermutlich von der Leiche gelesen, die man in dieser Scheune in Burford gefunden hat.«

»Wer hätte es nicht gelesen«, sagte Driver. »Innerhalb weniger Tage zwei Mordopfer hier in der Gegend. Das ist für die Lokalblätter ja wie Weihnachten.«

»Ich ermittle in diesem Fall.«

»Das wußte ich nicht. Was haben Sie denn in der Hand?«

»Nichts«, sagte Rigby. »Nichts Greifbares, und der Mord liegt lange zurück. Sie wissen, was das heißt. Aller Wahrscheinlichkeit nach muß ich den Fall irgendwann abschließen, aus Mangel an Beweisen.«

»Bißchen früh, um so etwas zu sagen.«

»Mag sein, aber so wird's wohl kommen, wenn ich nicht ein bißchen Glück habe.«

»Was soll das heißen?«

»Das soll heißen, daß man zur Lösung eines Mordfalls immer auch ein Quentchen Glück braucht. Außerdem soll es heißen, daß man manchmal den Tatsachen ins Auge blicken und einfach aufgeben muß.«

»Damit habe ich kein Problem«, sagte Driver.

»Warum schaffen Sie es dann bei Helena Warner nicht?«

»Fragen Sie mich was Leichteres. Es geht einfach nicht.«

»Manchmal hat man keine Wahl«, sagte Rigby. »Manchmal wird einem die Entscheidung abgenommen.«

»Sie treffen ja gerade eine. Bleibt es dabei?«

»Das habe ich nicht gesagt.«

»Aber Sie sind nicht bereit, etwas Konkretes zu unternehmen.«

»Auch das habe ich nicht gesagt. Ich sage nur, daß wir nicht das Geringste gegen Gilmore in der Hand haben.«

»Wir haben eine Leiche.«

»Das genügt nicht«, sagte Rigby. »Tut mir leid, Bill, aber momentan kann ich höchstens ein paar Ermittlungen rechtfertigen, mehr nicht.«

Driver stand abrupt auf. »Sonst noch was?«

»Bill ...«

»Gut. Dann gehe ich jetzt.«

Rigby sah ihm nach. Er konnte ihn nicht aufhalten, und selbst wenn er es gekonnt hätte, wäre er um Worte verlegen gewesen. Manchmal siegte man, manchmal verlor man. Driver war mit Marshfield von Anfang an auf der Verliererseite gewesen, und es schien, als hätte er das nie verwunden. Vielleicht war jetzt die Zeit für ihn gekommen, sich damit abzufinden.

23

Driver verließ das Revier und ging zu seinem Wagen. Seine anfängliche Enttäuschung war, wenn nicht einem Gefühl der Resignation, so doch der Erkenntnis gewichen, daß an Rigbys Worten etwas dran war. Vor zwanzig Jahren hatten Poole und Wachmann aus unerfindlichen Gründen zu Gilmore gehalten, aber diese Gründe mußten ausgereicht haben, um für einen Mann, von dem sie wußten, daß er einen Mord begangen hatte, den Kopf hinzuhalten. *Und sie wußten, daß er schuldig war.* Da war sich Driver ganz sicher.

Rigby hatte natürlich auch recht, wenn er sagte, daß der Leichenfund keine neuen Beweise lieferte. Es blieb dabei: Helena konnte Marshfield verlassen haben und irgendwann vor der Überflutung wieder zurückgekehrt sein. Den Angaben des Wasserwirtschaftsamts zufolge war man damals davon ausgegangen, daß das Wasser zweieinhalb Zentimeter pro Stunde steigen würde, aber Wasser war unberechenbar. Weit entfernte Niederschläge konnten einen plötzlichen Anstieg von bis zu zwei Metern bewirken. Marshfield war in den Tagen nach der Party gefährliches Terrain gewesen. Ein intelligentes Mädchen wie Helena hätte das gewußt. Driver bezweifelte, daß sie das Risiko eingegangen wäre. Und wenn doch? Was, wenn sie aus bisher unbekannten Gründen doch zurückgekommen und von jemandem ermordet worden war, der damals nicht einmal unter Verdacht gestanden hatte? Unwahrscheinlich, aber immerhin *möglich,* und trotz des Leichenfunds würde kein Gericht Anklage gegen Gilmore erheben, solange Joan oder Richard keine neuen Beweise lieferten und ihre damaligen Aussagen änderten. Und auch damit hatte Rigby recht, daß sie dies zu einem so späten Zeitpunkt vermutlich kaum tun würden. Aber was war mit Wachmanns Mutter?

Driver erinnerte sich nicht an ihr Äußeres, eher an einen Eindruck: der zarte Duft, die blasse Haut, das fast ätherische Wesen, das ihr Sohn geerbt hatte.

Ein Kunstwerk.

Driver hatte Wachmanns Arbeiten gesehen und hatte, nicht zum erstenmal, bedauert, daß sein eigenes Kunstverständnis so beschränkt war. Er bezweifelte nicht, daß Wachmanns Bilder gut waren, aber auch nur, weil er zumindest wußte, was sie darstellen sollten. Eine Häuserreihe. Eine Kirche. Eine Frau, die eine Birne aß. Nichts von diesem kubistischen Unsinn, bei dem der Betrachter nicht weiß, ob er ein oder zwei Gesichter sieht. Driver kam mit abstrakten Dingen nicht klar. Er hielt es mit dem Direkten, und die einzige Möglichkeit, zum Kern der Sache vorzudringen, waren direkte Ermittlungen, was ihn wieder zu Merle Wachmann führte.

Vor zwanzig Jahren hatte er anfangs eine natürliche Zurückhaltung an ihr bemerkt, bis er dann bei seinem zweiten Besuch zu dem Schluß kam, daß sie unnatürlich ängstlich war. Sie wußte etwas. Doch weil es ihm nicht gelungen war, ihr Vertrauen zu gewinnen, fand er nicht heraus, was sie wußte. Vielleicht hatte er jetzt mehr Erfolg, nach so vielen Jahren. Er wußte es nicht, aber es gab nur einen Weg, das herauszufinden: Er mußte nach Thornley zurück und sie noch einmal befragen. Wenn er Glück hatte, schnappte er einen Satz, einen flüchtigen Blick, irgendeine winzige Geste auf und konnte Rigby bitten, den Fall neu aufzurollen – trotz der Schwierigkeiten, die einen erwarteten, wenn man einen so lang zurückliegenden, so gut vertuschten Mord aufklären wollte.

Es war lange her, seit er die Farm zum letztenmal betreten hatte. Er hatte vergessen, wie sie aussah, aber der Zufahrtsweg frischte seine Erinnerung wieder auf. Die Hecktür des Wagens schrammte fast über die Erdhöcker zwischen den Traktorspuren, und als er näher kam, erblickte er das Haus durch einen Wolkenbruch, mit dem die Scheibenwischer kaum fertig wurden.

Seine Aufmerksamkeit galt den Nebengebäuden, großen grauen Fertigbauten, die mit dem steingrauen Himmel verschmolzen. Das Haus und die älteren Gebäude kauerten winzig, unterwürfig, elend in ihrem Schatten. Das Anwesen war trostlos und besaß eine bemerkenswerte Ähnlichkeit mit Marshfield, als habe die Hand, die diese Farm geschaffen hatte, die Seele des Stausees auf diese flache, stille Landschaft übertragen. Und mittendrin lebte Merle Wachmann, die zarteste aller Frauen. Alles in allem, dachte Driver, konnte es kein besonders berauschendes Leben sein.

Er fragte sich, ob Richard mit Gilmore und Joan in Verbindung geblieben war oder ob die drei beschlossen hatten, sich nie mehr zu treffen. Man konnte nie wissen: Driver, der mitangesehen hatte, wie Ehen, Unternehmen und ganze Familien zerbrachen, wußte, daß Mordkomplizen ganz unterschiedlich reagierten. Manche klammerten sich an ihre Komplizen, um sich sicherer zu fühlen. Manche konnten die Nähe der anderen nicht ertragen.

Steif kletterte er aus dem Wagen, eilte durch den Wolkenbruch zur Hintertür des Hauses und klopfte. Das unaufhörliche Geprassel des Regens auf den grauen Steinmauern steigerte die trostlose Atmosphäre noch, und Driver hielt die Luft an, weil der Wind so scharf und kalt war, daß man kaum atmen konnte.

Als niemand öffnete, spähte Driver, mehr wegen der Kälte als aus Ungeduld, durchs Küchenfenster. Er konnte den blanken, fast strahlenden Glanz der Steinfliesen und des großen, sauber aufgeräumten Eichentischs sehen. Dann spürte er jemanden hinter sich, und als er sich umdrehte, stand er einem Mann gegenüber, den er zuerst für Richards Vater hielt. Sein gewachster Baumwollmantel war schäbig, mit abgescheuerten Ellbogen und ausgebeulten, eingerissenen Taschen, aber dieser Mann war um die Vierzig, und vierzig war Ernst Wachmann schon vor zwanzig Jahren gewesen. Der Mann sagte nichts, er stand einfach im strömenden Regen – nicht so, als machte ihm der Regen nichts aus, aber er war sicher daran gewöhnt – und wartete darauf, daß Driver erklärte, was er hier zu suchen hatte.

Nicht zum erstenmal fand Driver, daß das Alter gewisse Vorteile bot. Man sah ihm an, was er war: ein Mann Ende Sechzig, gut gekleidet und wohl kaum ein Dieb.

»Ich hatte gehofft, Mrs. Wachmann anzutreffen!« schrie er, um den Regen zu übertönen.

Der Mann ging zur Tür und sagte ebenfalls laut, aber ohne zu schreien nicht wie Driver: »Eigentlich müßte sie da sein.«

Driver wartete, während der Mann klopfte, aber im Haus rührte sich immer noch nichts.

Merle gehört nicht zu den Bauersfrauen, die irgendwo in den Nebengebäuden herumfuhrwerken, dachte Driver, schon gar nicht bei diesem Wetter. Er hatte eben Pech gehabt. »Sie arbeiten für sie?« fragte er.

»Barker«, erwiderte der Mann. »Ich bin der Verwalter.«

Er drehte sich um und ging weg. Driver rief hinter ihm her: »Darf ich mich umschauen, ob sie nicht vielleicht doch da ist?«

Barker drehte sich nicht um, aber Driver schnappte seine Worte trotzdem auf: »Ich schau mal nach, ob ihr Wagen in der Scheune steht.«

Driver folgte ihm. Jeder Regentropfen war wie ein Insektenstich, ein Hagel von scharfen, dünnen Stacheln, die auf sein Gesicht prasselten. Sein Blick fiel auf Wasser, das aus einer defekten Dachrinne rauschte. Es prasselte in ein Faß, dessen Reifen rosteten, das modernde Holz zerfaserte am Rand, und die Scheune, neben der das Faß stand, paßte überhaupt nicht zu ihren Fertigbau-Nachbarn.

Als sie die Scheune betraten, sah Driver hinter einem landwirtschaftlichen Gerät einen Kotflügel hervorragen. Der Wagen war mit einer Plane bedeckt, gelblich-beige, an den Rändern eingerissen.

Barker war am Wagen vorbei weiter in die Scheune vorgedrungen und rief Driver zu: »Das war Ernsts Wagen. Ihrer sollte eigentlich ...«

Stille. Nur noch das Prasseln des Regens, der Geruch nach Feuchtigkeit. Driver rief: »Was ist los?«

Barker kam zurück. Irgend etwas stimmte nicht. Driver wußte nicht genau, was. Seine Stimme klang jetzt leise, und der zur Tür hereindringende Regen erstickte fast seine Worte, als er sagte: »Bleiben Sie, wo Sie sind.«

»Was?«

»Keine Widerrede!« sagte Barker, aber Driver, der diesen Gesichtsausdruck kannte, drängte sich an ihm vorbei.

Er blieb mitten in der Scheune stehen, sah zu dem Holzbalken hinauf und fühlte sich plötzlich ganz leicht, als könne er schweben, wenn er sich nur fest genug darauf konzentrierte.

»Ihr Mann ist vor zwei Monaten gestorben«, sagte Barker, der hinter ihm stand. »Mir war nicht klar, daß ...«

Plötzlich fielen die Jahre von Driver ab, und er stand wieder in Saint Aldate's. Der Polizist vor ihm schob ihn von einer Zellentür weg. Damals hatte er, genau wie heute, nicht auf die Warnung gehört, weil er es mit eigenen Augen sehen wollte, was er später bereute.

Der Anblick hatte in ihm bleibenden Eindruck hinterlassen und ihn immer wieder daran erinnert, in welch tiefe Verzweiflung ein Mensch stürzen konnte, wenn man ihn einer seiner Meinung nach hoffnungslosen Zukunft überließ. Deshalb hatte er Gilmore in der Zeit der Verhöre keinen

Moment aus den Augen gelassen, und er erinnerte sich an seine eigenen Worte: »Er ist so ruhig, Mr. Gilmore. Viel zu ruhig.«

»Er ist unschuldig«, hatte Gilmores Vater geantwortet. »Warum sollte er nicht ruhig sein?« Und Driver hatte sich bemüht, es ihm zu erklären. Er hatte diese Ruhe schon bei anderen Menschen erlebt, eine gefährliche Ruhe, und er hatte gesagt: »Lassen Sie ihn nicht aus den Augen.«

Gilmores Vater hatte begriffen, aber obwohl er durchaus zu verstehen schien, was Driver gesagt hatte, sagte er noch einmal: »Er ist unschuldig.« Driver hatte es sich verkniffen, die Gründe aufzulisten, warum er das bezweifelte.

»Ich rufe die Polizei«, sagte Driver schließlich.

24

Die Scheune lag jetzt scharf umrissen da, im grellen Schein der Bogenlampen, die man an verschiedenen Stellen aufgestellt hatte, um die Scheune wie eine Bühne zu illuminieren. Die Wände erinnerten an Kulissen, von Hilfskräften einer Laienspielgruppe schlampig bemalt: Die Risse waren zu schwarz, zu tief, die Mauersteine wirkten wie aus Styropor.

Da sich der Wind gelegt hatte, prasselte der Regen nicht mehr schräg auf den Boden, aber er fiel stetig, heftig, so daß alle, die außerhalb der Scheune arbeiteten, schon knöcheltief im Morast wateten. Schatten huschten in die Gebäude und um sie herum. Die Menschen bewegten sich lautlos, als könnte die Tote sie hören.

Es war dunkel. Die alles verschlingende Finsternis, die sich am späten Nachmittag sonst langsam herabsenkte, schien ganz plötzlich hereingebrochen zu sein – als hätte eine unsichtbare Hand auf einen Schalter gedrückt, dachte Driver. Er fühlte sich ohnmächtig, wie ein Zuschauer, der nur wegen seines früheren Status als Kriminaloberinspektor nicht vom Schauplatz verwiesen wurde. Jetzt stand er gerade neben einem Mann, den er ganz richtig für halb so alt schätzte, wie er selbst war. Dieser Mann hatte sich mit unauffälliger Autorität auf der Farm eingefunden, eine Schar von Leuten im Schlepptau, unter anderem einen Pathologen namens Buchannan.

Er hatte sich als Kriminalkommissar Hillier von der Polizei Warwickshire vorgestellt und war Driver anfangs mißtrauisch begegnet. »Wer sind Sie? Was machen Sie hier?

Wann haben Sie Merle Wachmann zum letztenmal lebend gesehen?« Es erinnerte Driver daran, wie er Gilmore einst verhört hatte: *»Haben Sie sie getötet?«*

Jetzt sahen sie zu, wie die Männer unter Buchannans Anleitung die Leiche herunterholten. Zwei stützten sie, der dritte streifte ihr die Schlinge über den Kopf.

Oben in den Dachbalken hingen weiße Spinnweben wie Leinenlappen. Eine verfing sich wie ein Schleier in Merles Haar. Die Männer bemühten sich, sie mit einem gewissen Anschein von Würde herunterzuholen. Sie war im Tod schwer geworden, die Glieder begannen schon zu erstarren.

Driver hatte Gewissensbisse, weil er sich vorkam, als beobachte er, wie eine Schaufensterpuppe aufgestellt wird. So wollte er Merle Wachmann nicht in Erinnerung behalten, aber er wußte aus Erfahrung, daß er sich später nur an das merkwürdige Licht der Scheinwerfer auf der einst alabasterweißen Haut entsinnen würde. Jetzt war sie grau, wie unglasiertes Porzellan. Die blassen Fingerspitzen wirkten, als habe man sie in feinen weißen Puder getaucht.

Merle Wachmann wurde auf den Boden gelegt, die Männer strichen ihre Kleider glatt, als sei sie noch am Leben – eine instinktive Fürsorglichkeit, die Driver seltsam berührte. »Warum macht ein Mensch so etwas?« fragte jemand, und Driver hatte das Gefühl, in diesem Fall die Antwort zu kennen. Aber er verkniff sie sich und sah statt dessen zu, wie Buchannan, dessen Hände in den wächsernen Handschuhen ebenfalls leichenhaft wirkten, mit der Voruntersuchung begann.

In der jetzt herrschenden Stille hörte Driver oben das Gescharre der Ratten. Als er den Kopf hob, entdeckte er eine Falle. Sie war so alt und so hoch oben auf dem Balken angebracht, daß er plötzlich Ernst Wachmann vor sich sah, wie er auf einer Leiter stand und vor sich hinschimpfte. Ratten waren mißtrauisch. Gerissen. Gewandt. Viel zu schlau für Ernst. Sie hatten sich auf dieser Farm vermehrt, weil es hier keine Katzen gab – jedenfalls keine Tiere, die Driver als Katzen bezeichnet hätte.

Bei seinem letzten Besuch in Thornley war Merle in der Küche gewesen, eine maunzende Siamkatze zu ihren Füßen. »Wertvolles Tier«, hatte Driver gesagt. »Haben Sie keine Angst, daß sie wegläuft?«

»Ich halte meine Katzen im Haus«, hatte sie erwidert. »Ich lasse sie nicht aus den Augen.«

Buchannan erhob sich und zog die Handschuhe aus.

»Selbstmord?« fragte Hillier.

»Sieht so aus. Wir müssen die Autopsie abwarten, aber momentan finde ich keine anderen Hinweise.«

Driver betrachtete die Spur, die der Strick hinterlassen hatte. So wirkte die Leiche wie eine Puppe mit abnehmbarem Kopf: eine kurze Drehbewegung, und er wäre ab.

»Wie lange ist sie schon tot?«

»Seit mindestens drei Stunden.«

Hätte es einen Unterschied gemacht, wenn ich früher gekommen wäre? überlegte Driver. Wahrscheinlich nicht, und wenn es nach der Befragung passiert wäre, hätte ich mich für den Rest meines Lebens irgendwie mitverantwortlich gefühlt.

Draußen regnete es wieder stärker. Der Regen hämmerte aufs Dach, und der schneidende Wind fuhr Driver bis in die Knochen.

»Wir gehen besser zurück ins Haus«, sagte Hillier. »Mal sehen, ob man sowas wie einen Abschiedsbrief gefunden hat.«

Sie wateten durch den Matsch, der keine Rücksicht auf Merles feine Lederschuhe genommen hatte. Hillier sagte: »Sie erwähnten vorhin, daß Sie sie im Zusammenhang mit Ermittlungen befragen wollten, die Sie vor zwanzig Jahren durchgeführt haben.«

»Ja, ein junges Mädchen, Helena Warner, war spurlos verschwunden«, bestätigte Driver. »Vermutlich wußte sie, daß

Helena ermordet worden ist. Vermutlich wußte sie auch, wer sie getötet hatte.«

»Warum ist sie dann nicht zur Polizei gegangen?«

»Genau das wollte ich heute herausfinden.«

Sie betraten das Haus durch den Vordereingang. Als sie in den Flur gingen, erinnerte sich Driver daran, wie es damals hier ausgesehen hatte, als Merle und ihr Mann in das Haus einzogen: die Steinfliesen starrten vor Schmutz, auf der Treppe lag ein abgewetzter Teppich.

Am Fuß der Treppe hatte ein Spiegel an der Wand gehangen, wie ein kühler grüner Teich, ein Spiegel, dessen Silberbeschichtung sich auf der Rückseite fast ganz aufgelöst hatte. »Ich habe ihn weggeworfen«, hatte Merle später einmal zu Driver gesagt. »Und alles andere auch. Ich habe überall saubergemacht. Alles frisch gestrichen. Das war *mein* Teil der Farm.«

Jetzt lag ein Teppich auf dem Boden, an den elfenbeinfarbenen Wänden hingen Stiche. Das Treppengeländer war abgebeizt worden. Durch den hellen Lack sah man die satten Farben feingemaserten Hartholzes.

Es war fast ein Hilfeschrei, dachte Driver. Sie hatte nicht hierhergehört. Aber nachdem sie sich mit dem Gedanken abgefunden hatte, daß sie wahrscheinlich für immer hierbleiben mußte, hatte sie getan, was sie konnte, um sich mit Komfort zu umgeben.

Driver folgte Hillier zur Küchentür und beobachtete, wie die Männer der Spurensicherung Schränke auf- und zumachten und alles einpinselten, um Fingerabdrücke zu finden. Es gab sehr viele, und sie stammten wohl größtenteils von Leuten, die irgendwann in den letzten Tagen und Wochen aus völlig harmlosen Gründen hiergewesen waren.

»Irgendwas gefunden?« fragte Hillier, und einer der Männer erwiderte: »Keinen Abschiedsbrief, falls Sie das meinen.« Er deutete auf zwei geschliffene Kristallgläser, die jetzt in versiegelten Plastikhüllen auf dem Küchentisch standen.

»Aber sie hatte Besuch. Die Gläser haben wir im Wohnzimmer gefunden. Wir haben die Fingerabdrücke gesichert.«

Driver spürte einen dumpfen Schlag hinterm Brustbein. »Vergleichen Sie sie mit denen von Gilmore. Wenn ich so dringend mit ihr sprechen wollte, wollte er's vielleicht auch.«

»Ich nehme an, seine Abdrücke sind bei den Akten?« sagte Hillier.

Driver lächelte vor sich hin. Im Rahmen der damaligen Ermittlungen hatte er die Fingerabdrücke Wachmanns, Pooles, Gilmores und aller anderen Partygäste genommen. »Faxen Sie sie Rigby durch«, sagte er.

»Nach allem, was Sie mir erzählt haben, dürfte Gilmore nicht so dumm sein, Fingerabdrücke zu hinterlassen.«

Nein, dachte Driver, und selbst wenn er Merle wirklich einen Besuch abgestattet hatte, konnte man ihn nicht dafür verantwortlich machen, daß sie ihrem unglücklichen Leben ein Ende gesetzt hatte.

Hillier unterbrach Drivers Gedankengang: »Woraus schließen Sie, daß sie wußte, daß Helena Warner ermordet wurde?«

Driver sah sich zu einer Antwort genötigt. Wenn er ehrlich gewesen wäre, hätte er zugeben müssen, daß er es nicht wußte. »Irgend etwas stimmte zwischen Richard und seinen Eltern nicht«, sagte er. »Ich weiß nicht genau, was. Es hatte irgend etwas mit Helenas Verschwinden zu tun, soviel steht fest.«

»Was passierte mit Wachmann, nachdem die Ermittlungen eingestellt wurden?«

»Er brach gleichzeitig mit Gilmore sein Studium ab, ging im zweiten Jahr einfach nicht mehr in die Uni.«

»Und dann?«

»Dann habe ich seine Spur verloren«, sagte Driver. »Ich weiß, daß er noch ein paar Monate lang zu Hause wohnte, aber das ist alles.«

Der Mann von der Spurensicherung sah auf und sagte: »Im

ganzen Haus weist nichts darauf hin, daß die Wachmanns einen Sohn hatten.«

»Sind Sie sicher?« fragte Driver.

»Keine Fotos, Briefe oder eine Geburtsurkunde. Nichts, aber laut Aussage des Farmverwalters kam Merle Wachmann gestern von einem Urlaub in Südafrika zurück.«

»Dann sollten wir überprüfen, ob Richard dort lebt«, sagte Driver. »Arbeiten Sie mit Rigby zusammen, informieren Sie ihn darüber, was Sie herausgefunden haben.«

»Ich nehme an, er wußte, daß Sie Merle Wachmann einen Besuch abstatten wollten?« fragte Hillier, und als Driver nicht antwortete, fügte er hinzu: »Ich nehme an, daß er nicht gerade begeistert sein wird?«

Driver kannte Rigby zu wenig, um eine Vermutung zu wagen, aber er wußte, wie er selbst reagiert hätte, wenn jemand die Nase in einen Mordfall gesteckt hätte, in dem er ermittelte. »Bringen Sie's ihm schonend bei«, sagte er.

Hillier lächelte vor sich hin.

25

Dalton durfte nicht oft erleben, daß Rigby aus lauter Wut still vor sich hinkochte, aber die Nachricht, daß Driver in Thornley gewesen war, ermöglichte es.

Dalton war der Meinung, Vorsicht sei der bessere Teil der Tapferkeit, und verzog sich in die Einsatzzentrale, um Hillier Informationen über Marshfield zu faxen. Dann widmete er sich einem Computer, der sich eigentlich in nichts von den vielen anderen Computern unterschied, die dazu dienten, das Land polizeilich zu überwachen. Es gab nur einen Unterschied: Die meisten Männer, die versucht hatten, etwas aus ihm herauszukitzeln, waren übereinstimmend der Meinung, dieser Computer sei weiblich. Außerdem war die Süße auch noch eine impulsive Rothaarige: Eine falsche Bewegung, und sie ging einfach auf einen los. Doch während sie dazu neigte, es sich mit den meisten Leuten zu verderben, schien sie an Dalton Gefallen zu finden.

Im Lauf der Jahre hatte sie ihm in vielen Fällen Informationen in den Schoß geworfen, als wolle sie ihn mit kleinen Zeichen der Anerkennung überschütten, und Dalton hoffte aufrichtig, daß ihm in letzter Zeit nicht vielleicht irgendeine Kränkung unterlaufen war. Er behandelte sie wie eine kleine Göttin, brachte ihr kleine Götzenopfer, indem er regelmäßig ihr Keyboard abstaubte und es in kalten Winternächten mit einer Plastikhülle abdeckte. Und sie zeigte sich erkenntlich, indem sie Informationen preisgab.

Rigby hatte ihn damit beauftragt, die aktuellen Adressen von Wachmann und Poole ausfindig zu machen. Bei Joan stellte sich das als recht einfach heraus: Das Finanzamt bestätigte, daß sie laut ihrer Sozialversicherungsnummer nur wenige hundert Meter von ihrem früheren Wohnort entfernt lebte.

Er überprüfte die Information zweimal, und nachdem er sich vergewissert hatte, daß es sich um die richtige Joan Poole handelte, konzentrierte er sich auf die Suche nach Wachmann. Rasch entdeckte er, daß sich Wachmann anscheinend weder um einen Job bemüht noch einen Wagen gefahren, daß er weder Arbeitslosengeld beantragt noch in den letzten zwanzig Jahren das Land verlassen hatte.

Die besten Chancen versprach wahrscheinlich der Versuch, ihn über seine Krankenakte aufzuspüren, denn Dalton wußte immerhin, daß Wachmann einmal Patient bei einem Allgemeinarzt in Marshfield gewesen war. Dalton vermutete, daß Wachmanns Krankenakte an eine Oxforder Praxis weitergeleitet worden war, als er sein Studium am Worcester College begann.

Der Computer unterbrach seine Gedanken. Ein leises Schnarren lenkte Daltons Aufmerksamkeit zum Monitor, und in seinem Kopf formten sich die Worte: »Ruf die Praxis in Marshfield an.«

Er erhielt die Nummer von der Auskunft, wählte und sagte: »Kriminalinspektor Dalton, Thames Valley. Ich stelle Nachforschungen über einen Patienten an, der vor zwanzig Jahren bei Ihnen behandelt wurde.«

Die Stimme am anderen Ende der Leitung klang nach einer tüchtigen Person mittleren Alters. »Wir dürfen keine ...«

»Ich weiß«, sagte Dalton. »Das verlange ich auch nicht, aber seine Krankenakte wurde weitergeleitet, und wir müssen wissen, wohin. Das kann doch nicht streng vertraulich sein, oder?«

»Nun ja«, sagte die Stimme unsicher.

»Kommen Sie«, meinte Dalton. »Das ist doch sicher kein Staatsgeheimnis.«

»Wie war der Name?«

»Richard Wachmann.«

»Ah ja. Richard.«

Hellhörig geworden fragte Dalton: »Der Name scheint Ihnen etwas zu sagen?«

»Ja. Ich arbeite hier seit ewigen Zeiten. Hab die ganze Familie gekannt. Ich weiß noch, daß seine Krankenakte damals abgeholt wurde.«

»Was soll das heißen, sie wurde abgeholt?«

»Von seinen Eltern. Die hatten eine schriftliche Vollmacht. Ich weiß noch, daß mich der Doktor bat, sie in einen Umschlag zu stecken und bereitzulegen.«

Daltons Gedanken überschlugen sich. Im Lauf der letzten zwanzig Jahre mußten Tausende von Patienten in der Praxis gewesen sein. Daß sich eine Sprechstundenhilfe an so etwas erinnerte, schien ihm fast unvorstellbar. »Wieso erinnern Sie sich noch daran?«

»Mir kam das damals komisch vor. Es passiert sehr selten, daß Krankenakten abgeholt werden, und erst recht nicht von Leuten, denen sie gar nicht gehören. Mr. und Mrs. Wachmanns eigene Krankenakten wurden wie üblich an eine Praxis in Thornley geschickt, aber sie kamen persönlich vorbei, um die Unterlagen ihres Sohnes abzuholen.«

Also war die Krankenakte gar nicht weitergeleitet worden, als Wachmann nach Oxford zog. Sie wurde ein Jahr später nachdem man Helena Warner als vermißt gemeldet hatte, abgeholt. »Ich wußte gar nicht«, sagte Dalton, »daß ein Patient seine Krankenakte überhaupt abholen kann.«

»Oh doch, das geht. Jeder kann seine Krankenakte abholen, auch die Akten anderer Patienten, sofern eine schriftliche Vollmacht vorliegt.«

»Und die hatten Wachmanns Eltern?«

»Ja. Und weil damals alle wußten, daß Richard wegen der verschwundenen Studentin von der Polizei verhört wurde, blieb mir das im Gedächtnis.«

Dalton dachte einen Moment nach, wobei er den Computer im Auge behielt. *Frag sie, ob sie weiß, was seine Eltern mit der Krankenakte gemacht haben.* »Haben Sie eine Ahnung, was aus der Krankenakte geworden ist?«

»Jemand rief an«, sagte die Stimme, »Wochen, nachdem man die Akte abgeholt hatte ...« Brav, dachte Dalton. Weiter so. »... und wollte mit dem Doktor über Richard sprechen. Ich habe ihn durchgestellt.«

»Sie erinnern sich nicht zufällig, wer das war?«

»Lassen Sie mich überlegen ...«

Bitte, dachte Dalton, bitte laß mich jetzt nicht hängen. Nicht jetzt ...

»Churchill House«, sagte die Stimme.

Dalton stieß die Luft aus, die er unbewußt angehalten hatte. »Was ist das?«

»Eine private Nervenklinik«, sagte die Stimme. »Irgendwo in Oxford.«

Dalton hätte sie küssen können. Er beendete das Gespräch, suchte aus dem örtlichen Telefonbuch die Nummer von Churchill House heraus und wählte. »Kriminalinspektor Dalton, Thames Valley«, sagte er.

»Was kann ich für Sie tun?« Diese Stimme klang anders – jünger, erotisch, mit vornehmerer Aussprache.

»Meines Wissens hat Churchill House 1975 einen Patienten aufgenommen, einen Mr. Richard Wachmann. Sie könnten nicht mal kurz in Ihren Unterlagen nachsehen, ob das stimmt?«

»Das muß ich gar nicht. Richard ist immer noch hier.«

Der Computer ratterte leise im Hintergrund. Dalton warf ihm einen Blick zu, den er sonst nur äußerst attraktiven Frauen gönnte. »Habe ich das richtig verstanden, er wohnt noch in Churchill House?«

»Er ist einer von Dr. Thurstons Patienten.«

»Thurston?«

»Der Psychiater«, sagte die Stimme.

»Wir müssen ihn sprechen«, sagte Dalton. »Wann würde es passen?«

Er wartete, während sie mit Thurston Rücksprache hielt und ihm dann mitteilte, daß sie ihn jetzt gleich sprechen könnten, wenn sie sofort herkämen.

Dalton sah auf die Uhr. Es war kurz nach fünfzehn Uhr. Er kannte zwar Rigbys Terminplan nicht, ging aber davon aus, daß er für Thurston eine Stunde erübrigen konnte. Wenn nicht, brauchte er nur anzurufen, um einen neuen Termin zu vereinbaren.

Er legte auf und tätschelte zärtlich den Monitor. »Danke, Schätzchen«, sagte er. Dann verließ er die Einsatzzentrale, sprintete zwei Treppen hinauf und betrat Rigbys Büro. »Ich habe die Anschrift von Joan Poole.« Er legte einen Zettel mit der Adresse auf Rigbys Schreibtisch.

Rigby, immer noch bleich vor Wut, sagte nur: »Warrington?«

»Ich habe auch die Anschrift von Wachmann.«

Rigby wies auf einen Stuhl. Dalton setzte sich und fügte hinzu: »Er wohnt in Churchill House.«

Rigby kannte die Klinik, eine ehemalige Villa am Stadtrand. Der Gebäudekomplex erinnerte so stark an ein College, daß Touristen es manchmal damit verwechselten und nach dem Eingang suchten.

»Wir könnten mit Thurston sprechen, wenn wir jetzt gleich hinfahren«, sagte Dalton.

»Thurston?«

»Der behandelnde Psychiater. Ich dachte, Sie würden ihn sprechen wollen, bevor Sie Wachmann verhören.«

»Warum sollen wir uns nicht vorab informieren, auf was wir uns einlassen«, sagte Rigby kalt.

»Was ist mit Poole?«

»Ich kann nicht an zwei Orten gleichzeitig sein. Außerdem habe ich mit Driver ein Hühnchen zu rupfen, wenn er von Thornley zurückkommt.«

»Er hat es nicht böse gemeint.«

»Sein Verhalten war unzulässig.«

»Er betrachtet es eben immer noch als seinen Fall.«

Rigby stand auf. »Er hätte nicht hinfahren dürfen.«

»Nein«, sagte Dalton beschwichtigend. »Jetzt sagen wir den Jungs, wo sie uns erreichen können, und dann fahren wir los, ja?«

Sie gingen zusammen zur Einsatzzentrale. Rigby instruierte das Team, das an dem Fall arbeitete, machte dann auf dem Absatz kehrt und ging hinaus. Dalton folgte ihm durch den Korridor zum Lift.

Während er hinter ihm herging, überlegte Dalton, wie er seine Überlegungen am besten in Worte fassen sollte. Er beschloß, ganz direkt zu sein. »Wachmanns Mutter wurde gerade tot aufgefunden, Sir. Wenn wir mit ihm reden können, würde ich vorschlagen, daß ...«

Rigby drückte den Liftknopf, wandte sich zu Dalton um und sagte: »Dafür brauche ich keine Vorschläge von Ihnen.«

Der Lift kam, sie stiegen ein, und Dalton drückte den Knopf fürs Erdgeschoß. »Nein, Sir«, sagte er.

26

Die Fahrt von Warwick nach Warrington hatte drei Stunden gedauert. Gilmore kam am späten Nachmittag in der Siedlung an und suchte Joans Wohnung.

Dunkelheit senkte sich herab, überall flammten die Straßenlampen auf. Die Siedlung bestand vorwiegend aus Doppelhaushälften, die alle einen kleinen Vorgarten besaßen.

Einige dieser Vorgärten waren begrünt, in anderen sah man nur die braune Erde. Da es keine Garagen gab, parkten links und rechts Autos dicht hintereinander, halb auf dem Bürgersteig, halb auf der Straße.

Am Ende der Rosamund Road fand er ein paar Geschäfte, stellte den Wagen in einer Seitenstraße ab und ging zurück. Die Wohnung lag über einem Laden. Nachdem er noch einmal die Adresse überprüft hatte, ging er nach hinten in den Hof, den größtenteils ein Anbau verschlungen hatte. Nur wenige Meter voneinander entfernt lagen sich zwei Türen fast gegenüber. Da die eine Tür offenbar zum Anbau gehörte, wandte Gilmore sich der anderen zu.

Es gab keine Klingel, nur einen Türklopfer, darunter einen Briefschlitz ohne Klappe. Gilmore spähte hindurch und sah eine dreckige Linoleumtreppe. Schon dies ließ Schlüsse auf die darüberliegende Wohnung zu.

Als er sich aufrichtete, ging die Tür des Anbaus auf, und ein Mann, etwa Mitte bis Ende Fünfzig, sagte: »Wen suchen Sie?«

Er hatte den gedehnten Akzent der Gegend und stellte die Frage schroff und gezielt. Auf einem Schild über dem Laden stand *A. A. Turnbull*, und Gilmore nahm an, daß er ihn vor sich hatte. »Sind Sie Mr. Turnbull?«

»Was geht Sie das an?«

»Ich suche Joan.«

»Die ist nicht da.«

»Ich bin ein alter Freund von ihr.«

»Wie ich schon sagte, sie ist nicht da. Soll ich ihr was ausrichten?«

»Nein«, sagte Gilmore.

Er wandte sich von der Tür ab und spürte, wie Turnbull ihm nachsah, als er durch den Durchgang ging. Gilmore fragte sich, ob Joan wissen würde, wer nach ihr gesucht hatte, falls Turnbull ihn beschrieb. Wahrscheinlich nicht, dachte er. Zwanzig Jahre waren eine lange Zeit, und er hatte sich verändert. Sie würde ihn erkennen, wenn sie ihn vor sich sah, aber nicht aufgrund einer Beschreibung – einer Beschreibung, die himmelweit von seinem Aussehen mit neunzehn Jahren entfernt war.

Er ging zum Wagen, fuhr aus der Siedlung, stoppte auf einem Parkplatz und rief per Mobiltelefon bei Foley an. Wie er vermutet hatte, war Foley zu Hause.

»Hat sich mit Wachmann irgendwas ergeben?«

Foley klang angespannt.

»Wo steckst du?«

»Warum?«

Es kam keine Antwort, und Gilmore wußte sofort, daß die Polizei im Büro gewesen war und nach ihm gefragt hatte. »Schon okay«, sagte er. »Du brauchst mir nichts zu sagen.«

»Was ist denn los?«

»Das ist eine lange Geschichte«, sagte Gilmore und unterbrach die Verbindung.

27

Dalton hatte sich unter Churchill House einen großen Gebäudekomplex vorgestellt, mit mehreren Nebengebäuden, die sich um ein eher düsteres Hauptgebäude herum gruppierten. Deshalb war er nicht auf den Anblick gefaßt, der sich ihm bot, als er durch die Tore fuhr: Churchill House war eine stattliche Villa.

Rigby und Dalton wurden in einen Raum im oberen Stockwerk geführt. Dalton sah aus dem Fenster, das von einem steinernen Mittelpfosten unterteilt wurde, in den Garten hinunter. Der Garten erinnerte ihn an den Wildpark in Magdalen. Einrichtungen wie Churchill House sind nicht billig, dachte Dalton. Er jedenfalls hatte keinerlei Zweifel, daß die Behandlungskosten astronomisch waren.

Dalton wandte sich um, als Thurston den Raum betrat – einen Raum, der mit seinen weichen Möbeln und der beruhigenden Ausstattung eher an ein Wohnzimmer erinnerte. Er schätzte Thurston, der einen nüchternen Anzug trug und über gewandte Manieren verfügte, auf Mitte Fünfzig. Wie Rigby zeigte auch er seinen Dienstausweis vor und verschmolz mit dem Hintergrund, als Rigby sagte: »Nett von Ihnen, uns so kurzfristig zu empfangen.« Er wies auf das Zimmer und fügte hinzu: »Behandeln Sie hier Ihre Patienten?«

»Manche von ihnen.«

»Sehr komfortabel.«

»Komfort entspannt«, sagte Thurston. »Entspannte Patienten sprechen meist besser auf die Therapie an.«

Rigby fragte sich, in welcher Umgebung die Patienten behandelt wurden, für die der Staatliche Gesundheitsdienst zuständig war. Die kamen wohl kaum in den Genuß der ungeteilten Fürsorge eines Psychiaters, in einem Ambiente, das man nur als – Dalton sah sich um und suchte nach dem passenden Wort – luxuriös bezeichnen konnte. Churchill House war ganz okay, fand er, und Thurston allem Anschein nach auch.

Sie sanken in die Sessel, die, wie Thurston gesagt hatte, tatsächlich entspannten.

Ich könnte mich daran gewöhnen, dachte Rigby. Starker Whisky. Ein gutes Buch. Keine Sorgen. »Einer Ihrer Patienten, Richard Wachmann ...«, begann er.

»Was ist mit ihm?«

»Wir hätten ihm gern ein paar Fragen gestellt.«

Thurston nickte. »In welchem Zusammenhang?«

»Seine Mutter hat heute morgen Selbstmord begangen.«

Nicht schlecht, dachte Dalton. Wachmanns Anwesenheit hätte dem Ganzen den letzten Schliff verpaßt, aber man konnte schließlich nicht alles haben.

»Tut mir leid«, sagte Rigby. »Es war ein anstrengender Tag. Ich hätte das auch anders formulieren können.«

Thurston lächelte. »Wir führen hier eine sehr gute Streßberatung durch, falls Sie irgendwann Bedarf haben sollten.«

»Wir haben einen Hauspsychologen«, erwiderte Rigby und lächelte ebenfalls. Seine Stimmung hellte sich ein wenig auf, und er kam ihn Fahrt. »Der Selbstmord seiner Mutter könnte damit zusammenhängen, daß wir kürzlich die Leiche einer Frau gefunden haben, die Richard vor einigen Jahren in Oxford gekannt hat – Helena Warner.«

Offensichtlich sagte Thurston dieser Name etwas. »Ich glaube nicht, daß es einen Vertrauensbruch darstellt, wenn ich Ihnen sage, daß Richard und ich während der Therapie über ihr Verschwinden gesprochen haben.«

»Wir haben einen Hauptverdächtigen«, sagte Rigby. »Jemand, mit dem Richard zur Zeit ihres Verschwindens zusammen wohnte.« Mit dieser Bemerkung wollte er klarstellen, daß Wachmann nicht unter Verdacht stand. Thurston schien es zu schlucken. »Wir haben nichts Konkretes gegen ihn in der Hand und zählen darauf, daß Richard das Alibi widerruft, das er ihm damals bei den ersten Verhören geliefert hat.«

»Kein Gericht wird einen Mann wegen Mordes verurteilen aufgrund der Aussage eines langjährigen Psychiatriepatienten.«

»Sicher, aber Richard könnte uns ein paar Anhaltspunkte liefern, und ich hielt es für klüger, zuerst mit Ihnen zu sprechen, bevor ich ihn verhöre. Wann wurde er hier aufgenommen?«

»Dezember Fünfundsiebzig.«

Also einige Monate nach der Party, dachte Rigby. »Und wann haben Sie die Behandlung übernommen?«

»Vor einigen Jahren«, erwiderte Thurston. »Sein früherer Psychiater, Dr. Levinson, ging Achtundsiebzig in den Ruhestand.«

»Was war der Grund für die Aufnahme?«

»Depressionen.«

»Wirklich?«

»Ich denke schon«, sagte Thurston.

»Er ist jetzt seit fast zwanzig Jahren hier«, meinte Rigby. »Da handelt es sich wohl um schwere Depressionen?«

»Leider kehren sie immer wieder.«

»Und wenn sie wiederkehren, was dann?«

»Wir behandeln ihn, sie klingen ab, und irgendwann kommen sie wieder. Sie treten periodisch auf.«

»Wodurch werden sie ausgelöst?«

»Schwer zu sagen. Levinson hat ihn anfangs als manischdepressiv eingestuft. Wahrscheinlich in erster Linie deshalb, weil so viele Symptome ins Bild paßten.«

Rigby, der nur eine vage Vorstellung von den Symptomen des manisch-depressiven Krankheitsbildes hatte, fragte: »Was sind das für Symptome?«

»Um es ganz einfach auszudrücken: normale bis aufgekratzte Stimmung, durchsetzt von depressiven Phasen, die den Patienten erschöpfen. Aber wie gesagt, die Diagnose war falsch, deshalb hat es wenig Sinn, darauf herumzureiten.«

»Was ist dann sein Problem?«

»Ich bin mir nicht sicher.«

Das war für einen Psychiater ein merkwürdiges Eingeständnis, und Rigby drängte ihn: »Sie müssen doch irgendeine Vermutung haben?«

»Richard neigt dazu, heiklen Gesprächsthemen auszuweichen.«

»Sie meinen, er verhält sich in der Therapie nicht kooperativ?«

»So könnte man sagen, ja.«

Zögernd schlug Rigby vor: »Haben Sie je versucht, ihm klarzumachen, daß sich sein Zustand wahrscheinlich kaum ändern wird, wenn er nicht anfängt, sich kooperativ zu verhalten?«

»Vermutlich will er gar keine Behandlung. Eine Behandlung schließt die Möglichkeit ein, daß sich sein Zustand bessert, und dies wiederum bedeutet, daß er eines Tages wieder seinen Platz in der Gesellschaft einnehmen müßte. Bisher ist seine Depression jedesmal zurückgekehrt, wenn wir ihm nahelegten, sich vielleicht irgendwann von Churchill House zu lösen.«

»Warum will er hierbleiben?«

»Dies ist sein Zuhause. Hier fühlt er sich sicher. Jede Andeutung, daß er von hier weg soll, führt zu einer Unsicherheit, die dann die Depression auslöst.«

Rigby glaubte herauszuhören, daß Richards weiterer Verbleib im Churchill House neuerdings in Frage stand. »Könnte es sein, daß er demnächst gegen seinen Willen entlassen wird?«

»Kurz vor ihrem Tod haben seine Eltern angedeutet, daß sie bald nicht mehr in der Lage sein würden, für die Behandlungskosten aufzukommen.«

»Und was würde das für Richard bedeuten?«

»Daß er in eine therapeutisch betreute Wohngemeinschaft ziehen müßte, bevor er irgendwann selbst für sich sorgt. Oder er müßte in eine staatliche Anstalt.«

»Wahrscheinlich hat ihm keine der beiden Lösungen zugesagt?«

»Richard hat hier ein Atelier. Das will er nicht aufgeben. Und er möchte auch nicht unbedingt in ein möbliertes Zimmer ziehen, das vom Sozialamt bezahlt wird.« Kann ich mir vorstellen, dachte Rigby. Er fragte: »Ein Atelier?«

»Er ist Künstler. Die Remise wurde für seine Zwecke umgebaut. Man kann sie von hier aus sehen.«

Thurston stand auf. Rigby und Dalton erhoben sich ebenfalls und folgten ihm zum Fenster. Obwohl es rasch dunkel wurde, sahen sie in der Ferne das Ziegeldach eines Stallgebäudes. Darüber erhob sich die Remise, ein Glockenturm über einem gewölbten Dach mit einem Wetterhahn.

»Wer hat den Umbau finanziert?«

»Eine Mäzenin. Cora Bowerman.«

Thurston ging zu seinem Sessel zurück und setzte sich, Rigby und Dalton taten das gleiche.

»Wie großzügig von ihr, so viel Geld für den Umbau einer Remise in ein Atelier zu investieren. Sie mag ihn wohl, wie?« sagte Rigby.

Thurston, dem Rigbys provozierender Tonfall nicht entging, erwiderte: »Sie ist schon über Siebzig. Außerdem ist Richard nicht der einzige, der in letzter Zeit von ihrer Großzügigkeit profitiert hat. Sie hat uns kürzlich ein Haus gestiftet und umfangreiche Umbauten bezahlt, damit es als Rehabilitationszentrum genutzt werden kann.«

»Für Leute wie Richard?« fragte Rigby, und auch diesmal entging Thurston sein besonderer Tonfall nicht.

»Sie werden vermutlich herausfinden, daß Coras philantropische Gesten dem Umstand entspringen, daß ihr Vater sie daran gehindert hat, einen Piloten zu heiraten, der im Zweiten Weltkrieg ums Leben gekommen ist. Sie hat Richard kürzlich damit beauftragt, eine Statue dieses Fliegers anzufertigen.«

»Sie wissen ja offenbar recht gut über ihre Vergangenheit Bescheid.«

»Die Tatsache, daß sie ein beträchtliches Vermögen erben würde, veranlaßte ihren Vater, in ihrem mittellosen Liebhaber einen Mitgiftjäger zu sehen. Folglich assoziiert sie Reichtum mit Schmerz. Sie möchte sich von ihrem Schmerz befreien. Richard ist nur einer der Nutznießer ihres Versuchs, das loszuwerden, was sie als den eigentlichen Grund all ihrer Qual betrachtet.«

Obwohl ihn Cora Bowerman faszinierte, interessierte sich Rigby noch mehr für Wachmann, und er kehrte zu einem Punkt zurück, der bereits angesprochen worden war. »Sie sagten, Richards Eltern hätten angedeutet, daß sie sich seinen Aufenthalt hier nicht mehr lange leisten könnten.«

»So war es leider, ja.«

»Waren sie einverstanden damit, daß Richard in das Rehabilitationszentrum zieht?«

Thurston zögerte. »Ich weiß nicht, ob ich diese Frage beantworten kann.«

»Also nein«, sagte Rigby knapp. »Was war das Problem?«

»Ich glaube wirklich nicht, daß ...«

»Wir ermitteln hier in einem Mordfall, Dr. Thurston, auch wenn er schon zwanzig Jahre zurückliegt. Was war das Problem?«

Widerstrebend antwortete Thurston: »Sie wollten ihn in einer staatlichen Institution unterbringen.«

Dalton sah plötzlich auf. »Wieso?«

»Sie wollten nicht die Verantwortung für ihn übernehmen.«

Einen Moment herrschte Schweigen, dann sagte Rigby: »Warum wollten ihn seine Eltern nicht bei sich haben?«

»Ich weiß es nicht.«

»Haben sie ihn je besucht?«

»Nein.« Es klang kurz angebunden und lud nicht zu weiteren Kommentaren ein.

Rigby ging darüber hinweg und sagte: »War ziemlich schwer, ihn zu finden.«

»Warum?«

»Es scheint, als hätten seine Eltern ihn aus ihrem Leben gelöscht. Keine Fotos, keine Briefe, nichts, und auch kein Hinweis darauf, daß er jemals einen Job gehabt oder Arbeitslosengeld beantragt hätte.«

»Und wie haben Sie ihn dann gefunden?«

»Wir haben schließlich entdeckt, daß seine Krankenakte damals persönlich von seinen Eltern hierhergebracht wurde.«

»Ah ja«, sagte Thurston. »Ich glaube, ich kann mich an einen Aktenvermerk von Levinson erinnern.«

Damit wollte er das Thema offenbar beenden, aber er hatte die Rechnung ohne Rigby gemacht.

»Ich dachte, Krankenakten würden mit der allergrößten Vertraulichkeit behandelt«, sagte Rigby.

»Jeder kann an Krankenakten kommen, vorausgesetzt, es ist seine eigene, oder er hat die schriftliche Einwilligung der betreffenden Person.«

»Also müssen seine Eltern diese Einwilligung gehabt haben?«

»Vermutlich ja, sonst hätte man sie ihnen nicht ausgehändigt.«

»Finden Sie es nicht merkwürdig, daß sich seine Eltern die Mühe gemacht haben, die Unterlagen persönlich abzuholen?«

»Ein wenig, ja.«

»Nur ein wenig?«

Als Thurston nichts erwiderte, fügte Rigby hinzu: »Vielleicht sollte niemand erfahren, daß sich ihr Sohn in einer psychiatrischen Anstalt aufhielt.« Er sah auf und begegnete Thurstons Blick. »Haben sie sich geschämt?«

»Die meisten Menschen würden es lieber verheimlichen, daß ihr Kind in einer psychiatrischen Klinik ist. Ich glaube, Marshfield war ein kleines Dorf, die Arzthelferinnen waren wahrscheinlich von dort. Vielleicht fürchteten sich die Wachmanns vor Klatsch. Auf jeden Fall haben sie ihren dortigen Arzt nicht gebeten, Richard zu überweisen. Das geschah privat, in aller Stille.«

Das war immerhin eine Erklärung, und Rigby hatte das Gefühl, daß ihn diese Sache mit der Krankenakte vom eigentlichen Thema abgebracht hatte. »Und Sie haben wirklich keine Ahnung über den Grund seiner Depressionen?«

»Eigentlich nicht, nein«, erwiderte Thurston mit entwaffnender Offenheit.

»Und doch waren Sie bereit, ihn hierzubehalten, solange er und seine Eltern es wünschten, und solange seine Eltern zahlen konnten?«

Mit einer gewissen Schärfe entgegnete Thurston: »Vielleicht sollten Sie mal Patienten und deren Angehörige fragen, wie der augenblickliche Trend im Gesundheitswesen ihr Leben beeinflußt.«

Rigby sah keinen Sinn darin, es sich mit Thurston zu verderben. Etwas sanfter fuhr er fort: »Wie haben es die Wachmanns denn geschafft, über so viele Jahre hinweg diese astronomischen Summen aufzubringen?«

»Ich glaube, Richards Vater hatte von nahen Verwandten ein Stück Land geerbt. Es wurde verkauft, und das Geld treuhänderisch verwaltet.«

»Und jetzt?« fragte Rigby.

»Jetzt ist das Haus mit einer doppelten Hypothek belastet. Ihnen sind einfach die Mittel ausgegangen.«

Das ist eine nützliche Information, dachte Rigby. »Mit

anderen Worten, Richard war plötzlich auch nicht besser dran als jeder andere, der gegen seinen Willen in die Gesellschaft zurückgeführt wird.«

»Leider nein.«

»Nicht sehr schön, oder?«

»Nein«, sagte Thurston, »aber das Leben insgesamt ist alles andere als schön, da werden Sie mir doch sicher zustimmen.«

Rigby konnte ihm nicht widersprechen. »Und jetzt, wo beide Eltern tot sind, wie geht es mit ihm weiter?«

»Ich weiß es nicht genau«, sagte Thurston vorsichtig. »Richard wird die Farm erben, aber wie gesagt, sie ist schwer mit Hypotheken belastet. Ich bezweifle, daß da unterm Strich noch etwas übrigbleibt.«

»Wer kommt also für die Kosten auf, wenn er in das Reha-Zentrum zieht?«

»Für Chaggfords?« fragte Thurston. »Das Sozialamt.«

Rigby merkte sich den Namen. »Und wenn er medizinische Betreuung braucht?«

»Dann muß er zum Arzt. Dafür ist künftig sein Hausarzt zuständig.«

»Er war jetzt neunzehn Jahre lang Ihr Patient«, sagte Rigby. »Bringen Sie es wirklich fertig, ihn einfach fallenzulassen, nur weil kein Geld mehr da ist?«

Da Thurston nichts erwiderte, fragte Rigby: »Was war der eigentliche Grund dafür, daß seine Eltern ihn nicht besuchen wollten?«

»Ich habe wirklich keine Ahnung.«

»Haben Sie sie je gefragt?«

»Nein.«

»Warum nicht?«

Thurston erhob sich und trat ans Fenster. Mit dem Rücken zu Rigby sagte er: »Ein Kind zu haben, das in eine psychiatrische Klinik muß, ist ein traumatisches Ereignis, Mr. Rigby. Die meisten Leute würden so etwas nicht an die große

Glocke hängen, und überraschend viele Menschen bewältigen es dadurch, daß sie es einfach, so gut es geht, verdrängen. Richards Eltern fanden eine andere Möglichkeit: Sie verhinderten, daß sich das Problem ihres Sohnes auf ihr eigenes Leben auswirkte. Egoistisch, ich weiß, aber eine sehr menschliche Reaktion auf ein Problem, mit dem die meisten von uns nur sehr schwer umgehen könnten.« Er drehte sich zu Rigby um. »Sind Sie nicht derselben Ansicht?«

Rigby versuchte, sich in eine solche Lage zu versetzen. »Ich würde mein Kind nicht im Stich lassen.«

»Das haben die Wachmanns auch nicht getan. Sie taten ihr Bestes. Sie beschafften das Geld, um ihn hier unterzubringen, statt ihn einer staatlichen Einrichtung zu überlassen. Das war doch etwas.«

Vielleicht, dachte Rigby. »Soll ich ihm die Nachricht überbringen?«

»Vom Tod seiner Mutter?«

»Ja«, sagte Rigby.

Thurston, der daran denken mochte, wie Rigby vor wenigen Minuten damit herausgeplatzt war, erwiderte: »Ich glaube, er verkraftet es besser, wenn er es von mir erfährt.«

Rigby lächelte. »Normalerweise bin ich nicht so unsensibel. Wie ich schon sagte, es war ein anstrengender Tag.«

»Trotzdem«, sagte Thurston.

»Wir würden ihn aber trotzdem gerne sprechen.«

»Morgen«, sagte Thurston.

Rigby sah keine Möglichkeit zu widersprechen. Er konnte Wachmann wohl kaum mit den Ermittlungen im Fall Warner behelligen, nachdem er gerade vom Selbstmord seiner Mutter erfahren hatte. »Dann also morgen«, stimmte er widerstrebend zu.

»Nach der Enthüllung.«

»Der was?«

»Die Statue, die Cora in Auftrag gegeben hat. Sie wird morgen nachmittag enthüllt. Ich schlage vor, Sie erlauben mir, daß ich Richard vorher ein leichtes Beruhigungsmittel gebe. Und dann wäre ich bei der Befragung gerne dabei.«

Rigby nickte und stand auf. »Wo wird die Statue enthüllt?«

»In Chaggfords«, sagte Thurston. Er griff in die Tasche seines Anzugs, der aussah, als sei er mit Industriediamanten zugeschnitten worden, und zog ein winziges, ledergebundenes Blöckchen heraus. Die Kappe des Bleistifts war vergoldet.

Rigby sah zu, wie er eine Adresse notierte. Thurston riß das Blatt ab und reichte es Rigby mit den Worten: »Gehen Sie behutsam vor. Seine seelische Verfassung ist selbst in den besten Zeiten labil.«

Rigby ging zur Tür, mit Dalton im Schlepptau. »Wann beginnt die Zeremonie?«

»Um ein Uhr«, sagte Thurston. »Ich würde mich freuen, Sie dort zu sehen.«

28

Es war der letzte Novembertag. Joan brauchte gar nicht erst auf den Kalender zu schauen, um das zu wissen. Sie spürte es beinahe körperlich und schauderte bei dem Gedanken an die Prozedur, die sie am Ende jedes Monats über sich ergehen lassen mußte.

Sie stand am Fuß der Treppe, die zu ihrer Wohnung führte, und stieg leise hinauf, trotz der Plastiktüten voller Lebensmittel, die gegen ihre Beine schlugen.

Sie wußte, daß das nichts nutzte: Kaum hatte sie die Wohnung betreten, klopfte Turnbull an die Tür am Fuß der Treppe. Sie ignorierte das Klopfen und hörte kurz darauf, wie er aufschloß.

Sie lehnte an der Wand. Die Tür zu ihrer Wohnung stand immer noch offen. Turnbull kam die Treppe hoch. Seine Schritte knirschten auf dem dreckstarrenden Linoleum, als gehe er auf Schlacke. Dann stand er vor ihr. Er lächelte nicht. Sein Gesicht war nur wenige Zentimeter von ihrem entfernt.

»Hast du die Miete, Joan?«

Sie antwortete nicht, das war auch nicht nötig. Und als sie ihn mechanisch dort berührte, wo er berührt werden wollte, hatte sie, nicht zum erstenmal, das Gefühl, als sei etwas in ihr abgestorben, etwas, das es ihr ermöglicht hätte, sich vor Turnbull zu ekeln. Es erinnerte sie daran, wie Helena mit dem Rücken an der Mauer des Seitengebäudes gestanden hatte, nur daß sie selbst jetzt mit dem Rücken an der kalten Gipswand stand. Die Feuchtigkeit kroch in ihre Kleider, ihre Jeans hingen unten an den Knien. Turnbull fummelte herum, um in sie einzudringen, dann der kurze Schmerz und sein entschuldigender Gesichtsausdruck. »Mach dir nichts draus, Joan, mach dir nichts draus ...«

Sie wußte nicht, ob es ihr etwas ausmachte oder nicht. Es war ihr egal, das traf es eher. Es war ihr egal, weil sie nichts empfand, aber sie fragte sich doch immer wieder, warum Helena damals aufgeschrien hatte, wie einer jener langsam flatternden Sumpfvögel. Warum war ihr die Fähigkeit zu solcher Ekstase versagt geblieben, selbst mit Gilmore? Zu spät, dachte Joan. Jetzt erlebe ich es nie mehr. Nicht *mit* jemandem oder *für* jemanden, am allerwenigsten für mich selbst.

Es war wie immer ein kurzer, plumper Akt: der Schmerz an den Oberarmen, wo Turnbull sie umklammert hielt, sein stinkender Atem, sein leicht verwirrter Gesichtsausdruck, wenn er gekommen war.

Und dann war es vorbei. Der Griff lockerte sich, Turnbull trat einen Schritt zurück, mit dem Rücken zur gegenüberliegenden Wand. Der enge Flur war dunkel und roch schwach nach Schimmel.

Mit einem Ruck zog er die Hosen hoch und schloß die winzigen Knöpfe am Hosenschlitz. Diese Knöpfe amüsierten sie. Es waren fünf, keiner paßte zum anderen, und sie waren eher lästig als nützlich. Seine Finger sahen aus wie die Würste, die er verkaufte, rosa, fett, gefleckt. Sie widerten sie fast mehr an, als der jämmerliche, schlaffe Schwanz, den er gerade in der Hose verstaute.

»Heut hat ein Typ nach dir gefragt.«

»Was für ein Typ?«

»Ende Dreißig. Gut gekleidet.«

Sie schuldete so vielen Leuten Geld, es hätte jeder sein können. »Hat er seinen Namen gesagt?«

»Nein. Hat gesagt, er wäre ein Freund von dir, und daß du ihn erwartest.«

»Stimmt aber nicht.«

»Dachte ich mir schon.«

Ein Inkassobeauftragter, dachte Joan.

Sie zog ihre Jeans hoch und schloß mit einer abrupten, fast männlichen Bewegung den Reißverschluß.

»Das wär's dann, für einen Monat«, sagte Turnbull, und sein verdrießlicher Ton brachte sie fast zum Lachen.

»Wart ab, was dir der Nikolaus bringt«, sagte sie.

Vielleicht überhörte er es, oder vielleicht hörte er heraus, wie sehr sie seinen Tod herbeiwünschte. Jedenfalls gab er keine Antwort. Er machte auf dem Absatz kehrt und verließ die Wohnung.

Sie ließ sich ein Bad ein, stieg in die Wanne und tauchte unter, bis das Wasser ihr Gesicht bedeckte. In solchen Momenten stellte sie sich vor, sie sei Helena Warner und warte ruhig darauf, daß Taucher ihre Leiche finden würden. Sie hatte gewußt, daß dieser Tag kommen würde, daß Helena auftauchen würde, ein lebender, atmender Dämon, erschienen, um Rache zu nehmen.

Dann hatte Joan ihren Körper verlassen, zumindest kam es ihr so vor, und sie schwebte über der Badewanne und sah auf die Leiche einer scheinbar völlig fremden Frau. Sie hatte starre Augen, der Mund stand offen, die Blasen, die durchs Wasser sprudelten, explodierten in Schreien.

29

Als Driver um acht Uhr nach Hause kam, klingelte gerade das Telefon. Er ging in den Flur und wußte, noch bevor er abhob, daß es Rigby war. Die Worte »in Polizeiangelegenheiten herumzuschnüffeln« schrillten ihm in den Ohren. Rigby ließ ihn überhaupt nicht zu Wort kommen.

»Ich verstehe«, sagte Driver.

»So? Das will ich auch hoffen, weil ich das nämlich nicht dulden werde.«

Driver ließ ihn weiterreden. Eigentlich konnte er es ihm nicht verübeln. Dann beruhigte sich Rigby wieder, klang aber immer noch angespannt, als er sagte: »Buchannan hat die Autopsie beendet.«

Das überraschte Driver nicht. Buchannan hatte ja gesagt, er wolle die Obduktion gleich durchführen.

Nach dem Abtransport der Leiche hatte Driver den Rest des Nachmittags am Bahnhof in Warwick verbracht, wo einer von Hilliers Untergebenen eine Aussage von ihm zu Protokoll genommen hatte. Wahrscheinlich würde Buchannan nur bestätigen, was sie sowieso schon wußten: daß Merle Wachmann Selbstmord begangen hatte. Ihn interessierte mehr, wessen Fingerabdrücke auf dem Glas gewesen waren. »Hat es einer von Ihren Leuten geschafft, eine Kopie von Gilmores Fingerabdrücken nach Warwick durchzufaxen?«

»Sie wurde ermordet«, sagte Rigby.

Einen Moment lang dachte Driver, er habe sich verhört. *»Ermordet?«*

»Blutergüsse an Unterleib, Brustkorb, Schultern, Handgelenken und Kopf. Unter ihren Fingernägeln war Haut – nicht ihre eigene. Sie muß sich furchtbar gewehrt haben, Bill.«

Es dauerte einige Sekunden, bis Driver die Bedeutung dieser Worte erfaßte. »Heißt das ...«

»Und die Fingerabdrücke auf dem Glas gehören Gilmore.«

Jetzt hat Rigby keine Wahl mehr, dachte Driver, jetzt muß er den Fall neu aufrollen. Eigentlich hätte ihn das freuen sollen, doch als er an Merle Wachmann dachte, wünschte er, der Fall wäre aus einem anderen Grund neu aufgerollt worden.

Zwanzig Minuten später saßen Rigby und Dalton in Drivers Wohnzimmer, und Rigby veranstaltete noch einmal das gleiche Theater wie vorhin am Telefon.

»Was haben Sie sich eigentlich dabei gedacht?«

»Wie ich schon sagte: Ich wollte herausfinden, was sie mir vor zwanzig Jahren verschwiegen hat.«

»Das war gegen die Regeln, Bill.«

»Das sagten Sie bereits am Telefon.«

Rigby warf ihm die Art von Blick zu, die Driver Schwerverbrechern vorbehielt. Aber er meinte es nicht so, und Driver lächelte nur. Als Rigby merkte, daß er nichts erreichen würde, was einer Entschuldigung auch nur im entferntesten nahekam, gab er auf. »Setzen Sie mich ins Bild«, sagte er.

Driver instruierte ihn, und Rigby unterbrach ihn hin und wieder, um Informationen, die er von Hillier bekommen hatte, hinzuzufügen.

Schließlich sagte Rigby: »Gilmore hat sich heute morgen krankgemeldet, er hat in seinem Büro angerufen. Wir wissen, daß er nach Thornley gefahren ist. Erstens waren seine Fingerabdrücke auf dem Glas, und zweitens hat der Farmverwalter einen Wagen der gleichen Marke gesehen, die Gilmore fährt.«

»Wie dumm von ihm«, sagte Driver. »Wo ist er jetzt?«

»Das wüßte ich auch gern. Wir überwachen sein Haus. Wenn er zurückkommt, wissen wir es.«

»Flughafen?« sagte Driver.

»Wird überwacht«, sagte Rigby. »Wir überwachen alles.« Und in einem Ton, der vor Selbstvorwürfen brannte, fügte er hinzu: »Wir finden ihn. Das verspreche ich Ihnen.«

Driver merkte, wen er vor sich hatte: einen Mann, der sich am liebsten in den Hintern getreten hätte, weil er vor ein paar Tagen nicht dem Rat gefolgt war, den damaligen Hauptverdächtigen zu verhören. Als ihre Blicke sich trafen, sah Driver verlegen weg. »Wo ist Wachmann?«

»Der hat die letzten zwanzig Jahre in Churchill House verbracht.«

Das wußte Driver. Er war oft genug daran vorbeigefahren. »Auf mich hat er damals ziemlich normal gewirkt.«

»Er ist auch heute noch ziemlich normal«, sagte Rigby, »nur leidet er offenbar an schweren Depressionen.«

»Wo ist Joan?«

»In Warrington«, sagte Dalton. »Da fahren wir morgen als erstes hin.«

»Nein«, sagte Driver.

»Nein?«

»Wir fahren jetzt.«

»Wozu die Eile?«

»Er hat recht«, sagte Rigby. »Merle Wachmann wurde ermordet. Wir wissen im Moment zwar nicht, ob Gilmore sie ermordet hat. Aber falls doch, hat er es wahrscheinlich getan, um zu verhindern, daß sie zur Polizei geht, nachdem Helena Warners Leiche gefunden wurde.«

»Wieso hätte sie das nach all den Jahren tun sollen?«

»Keine Ahnung«, sagte Driver. »Vielleicht hatte sie schon immer einen Verdacht, hat ihn aber für sich behalten, weil nie eine Leiche gefunden wurde. Sie dürfen nicht vergessen, daß ich heute hingefahren bin, weil ich sicher war, daß sie irgend etwas weiß.«

»Das habe ich durchaus nicht vergessen.«

»Aber Sie verstehen, was ich sagen will?«

Dalton dachte nach, verstand es aber nicht. »Sie hat vor zwanzig Jahren den Kopf für ihn hingehalten. Warum sollte er sie heute als Bedrohung empfinden?«

»Vielleicht tut er es gar nicht«, sagte Rigby.

»Aber vielleicht eben doch«, sagte Driver. »Wer weiß, was in seinem Kopf vorgeht?«

»Wie spät ist es jetzt?« sagte Rigby, und Dalton sah auf die Uhr.

»Kurz nach neun«, sagte er.

»Wenn Sie auf die Tube drücken, sind wir um Mitternacht da«, meinte Driver.

»Wir?« fragte Rigby finster.

»Wir«, wiederholte Driver.

30

Das Buch wurde immer umfangreicher, kam aber völlig vom ursprünglichen Thema ab. Es flimmerte auf Joans Computermonitor und widersetzte sich all ihren Versuchen, es wieder auf die Reihe zu bringen, und schließlich gab sie auf.

Joan schaltete den Computer aus und den Fernseher an. Dann bahnte sie sich einen Weg durchs Wohnzimmer, in dem Kaffeetassen, Aschenbecher und ihre Sachen herumlagen, die sie auf dem Weg ins Bad abgestreift hatte. Irgendwie gelang es ihr trotzdem nie, Turnbulls Gestank abzuwaschen. Er lag auf ihrer Haut, hing in ihrem Haar, drang in ihre Poren. Ihr wurde manchmal sogar übel davon.

Sie stopfte ihre Kleider in die Waschmaschine und machte sich ein Sandwich, das sie mit ins Wohnzimmer nahm. Dort zog sie die Vorhänge auf und setzte sich auf die Couch, um sich den Schluß einer australischen Soap-opera anzuschauen. Danach kamen die Abendnachrichten. Wegen Merle Wachmanns Verbindung zu Marshfield wurde ausführlich über den Mord berichtet. Die Polizei appellierte an die Zuschauer, sich zu melden, wenn sie etwas über Gilmores Aufenthaltsort wüßten.

Unglaublich schnell, dachte Joan. Verdammt tüchtig. Die legten wirklich nicht die Hände in den Schoß.

Zuerst war sie zu schockiert, um zu reagieren. Sie hörte die Nachrichten, als habe das alles nichts mit ihr zu tun. Dann erschien ein Bild von Merle Wachmann. Obwohl Joan ihr nie begegnet war, hätte sie sie wahrscheinlich erkannt. Der Schwung des feingezeichneten Mundes, die Wölbung der

Augenbrauen und der feine Gesichtsschnitt unterstrichen die verblüffende Ähnlichkeit mit Richard.

Ein paar Sekunden lang war sie sich nicht sicher, in welcher Hinsicht dies etwas veränderte – und ob überhaupt. Jahrelang hatte sie ihren Entschluß, Gilmore zu schützen, damit gerechtfertigt, daß Helena ihn ja förmlich dazu getrieben hatte, sie zu töten. Aber welchen Grund konnte er haben, Richards Mutter umzubringen – es sei denn, sie war eine Bedrohung für ihn?

Sie stand auf und trat ans Fenster. Das Bäumchen – der traurige Rest einer Baumreihe aus ihrer Kinderzeit – duckte sich unter den schweren, regelmäßigen Regentropfen, die im Abstand von einem Zentimeter herunterprasselten, wie Glassplitter vorbeiflitzten und auf dem Boden zerschellten.

Was hatte Turnbull gesagt? Jemand hatte nach ihr gefragt?

Der Raum kam ihr kleiner und dunkler vor. Sie wußte nicht, warum. Es war kalt, und sie ging vom Fenster weg, beugte sich hinunter, um den elektrischen Heizlüfter einzuschalten, und ärgerte sich über sich selbst, weil sie plötzlich eine Furcht verspürte, die sie übertrieben fand. Zwanzig Jahre lang hatte sie ihr Wissen für sich behalten, Gilmore hatte nicht den geringsten Grund, sie als Bedrohung zu empfinden.

Aber wenn doch?

Schluß jetzt. *Schluß jetzt!* Es war nicht Gilmore gewesen. Es *konnte* nicht Gilmore gewesen sein.

Sie verließ die Wohnung, durchquerte den Durchgang und stand auf der Straße. Aus dem Laden fiel Licht. Als sie eintrat, bediente Turnbull einen Kunden. Sie drängelte sich vor und fragte: »Der Mann, der vorhin nach mir gefragt hat ...«

»Was ist mit ihm?«

»Wie sah der aus?«

»Hab ich dir doch gesagt. Ende Dreißig. Gut angezogen.«

Sie stützte sich mit beiden Händen auf der Ladentheke auf.

»Sonst noch was?«

»Nein.«

»Es ist wichtig.«

Er unterbrach seine Tätigkeit. »Was ist denn los?«

»Könnte jemand sein, mit dem ich mal vor vielen Jahren befreundet war.«

Turnbull überlegte, konnte sich aber an nichts erinnern, das von Interesse gewesen wäre. »Er stammte nicht von hier.«

»Woher weißt du das?«

»Südlicher Akzent.«

Das konnte alles heißen. »Kent, Sussex, Gloucester – was für ein südlicher Akzent?«

»Da kenn' ich mich nicht aus.«

»Versuch's.«

Die Schlange wurde länger; Ungeduld machte sich breit.

»Surrey«, sagte Turnbull. »Ich kann mich irren ...«

Joan bezweifelte es.

»Ich fahre für eine Weile weg.«

»Warum erzählst du mir das?«

»Wegen der Miete.«

Er grinste. »Schickst du sie mir mit der Post?«

»Du wirst sie schon bekommen. Schau dich also nicht nach einem neuen Mieter um.«

»Das würde ich doch nie machen, Joan.« Sein Sarkasmus war unüberhörbar.

»Hast du was zu schreiben?«

An der Kasse hing eine Schnur mit einem Stift. Er gab ihr einen Zettel, und sie notierte eine Adresse. »Das ist die Anschrift meiner Schwester. Schickst du mir die Post nach?«

»Wie lange bleibst du dort?«

Wie lange dauert es, bis man Gilmore geschnappt hat? fragte sich Joan. »Ich weiß es nicht, aber wie gesagt, ich sorge dafür, daß du die Miete kriegst.«

»Will ich schwer hoffen«, sagte Turnbull.

Sie verließ das Geschäft und kehrte in ihre Wohnung zurück, stellte den Fernseher ab und sank aufs Sofa. Wenn Gilmore Merle Wachmann ermordet hatte und dann direkt zu ihr nach Warrington weitergefahren war, hatte er vermutlich nicht nur auf eine Tasse Tee vorbeischauen wollen. Wahrscheinlich suchte er auch nach Richard. Aber den würde er nicht so leicht finden.

Joan war die ganzen Jahre über mit ihm in Kontakt geblieben, hatte ihm etwa viermal im Jahr geschrieben. Und Richard hatte ihr in seiner extravaganten Künstlerhandschrift geantwortet und ihre immer gleichen, abgedroschenen Fragen beantwortet. Nein, er habe nichts von Gilmore gehört. Nein, er wisse nicht, wo er sei, und ja, er werde sie es wissen lassen, falls Gilmore sich meldete.

Vielleicht hatte Richard ja gelogen. Vielleicht waren er und Gilmore in Verbindung geblieben. Wenn ja, dann wußte Gilmore natürlich, daß Richard die letzten zwanzig Jahre vorwiegend in Churchill House verbracht hatte. Er würde auch wissen, daß sein Umzug in ein Rehabilitationszentrum bevorstand. Richard hatte ihr in seinem letzten Brief die Adresse mitgeteilt.

Sie stand auf und ging ins Hinterzimmer. Die lange nicht benutzte Matratze lag auf dem Boden. Sie war so feucht, daß sich die Ecken hochwölbten, und das Zimmer roch so stark nach der verrottenden Matratzenfüllung, daß nicht einmal Joan es ignorieren konnte.

An einer Wand stand eine kleine Kommode. Joan zog die oberste Schublade auf, nahm Richards letzten Brief von einem Stapel und überflog ihn rasch: »Ich ziehe am ersten Dezember um, am Tag, an dem die Statue enthüllt wird ...«

Das ist morgen, dachte Joan. Wenn Gilmore also Richards Spur bis Churchill House verfolgt hatte, würde er ihn dort nicht mehr antreffen. Aber er würde natürlich Richards neue Adresse schnell herausfinden.

Sie legte den Brief zurück und ging ins Wohnzimmer. Falls Gilmore es sich in den Kopf gesetzt hatte, daß sie und Richard eine Bedrohung für ihn darstellten, blieb ihr eigentlich nichts anderes übrig, als zur Polizei zu gehen. Und zwar nicht zu einem x-beliebigen Uniformierten, sondern zu jemandem wie Driver, einem Mann mit großer Erfahrung, einem Mann, der wissen würde, was zu tun war.

Ihr Telefon stand neben dem Computer. Das graue Plastikgehäuse paßte zur tristen Atmosphäre des Zimmers. Sie telefonierte nur noch selten. Die vielen Absagen hatten ihr jene Motivation geraubt, die so wichtig ist, wenn man bei Zeitschriften um Aufträge bittet. Sie nahm den Hörer ab, legte aber Sekunden später wieder auf, weil ihr etwas klargeworden war: Ihre Verwicklung in Helenas Tod und ihr zwanzigjähriges Schweigen würden nicht durch die Tatsache wettgemacht, daß sie schließlich und endlich doch noch zur Polizei ging. Man würde ihr hart zusetzen. Es würde kein Honigschlecken werden. Wenn herauskam, wie tief sie in die Sache verstrickt war, würde man sie dabehalten und verhören, und manche Polizisten konnten durchaus brutal sein.

Sie kannten ihn also erst wenige Stunden und hatten trotzdem Sex mit ihm?

Sie sah das feixende Gesicht des Mannes vor sich, der das zu ihr sagte. Er würde sie von oben bis unten taxieren und überlegen, wie sie vor zwanzig Jahren ausgesehen haben mochte. Und er würde sich beim besten Willen nicht vorstellen können, daß sie damals sexuell anziehend gewesen war.

Warum haben Sie das all die Jahre für sich behalten?

Weil ich ihn geliebt habe.

Aber Sie kannten ihn doch kaum.

Und damit hätte er recht, dachte Joan. Im Rückblick wurde ihr klar, daß sie nicht das geringste über Gilmore wußte. Helenas Briefe waren kein Ersatz für das, was man durch eine Beziehung von einem Menschen erfährt. Sie hatte keine Ahnung, was Gilmore gerade dachte oder tat. Aber sie wußte, daß sie hier nicht nur herumsitzen und warten konnte. Sie mußte weg, solange sie noch eine Chance hatte, und sie mußte wegbleiben, bis er verhaftet war.

31

Sie trat vom Fenster weg, schaltete das Licht aus und verließ fluchtartig die Wohnung. Der Regen prasselte seit einigen Minuten heftiger und stach ihr wie mit Fingern ins Gesicht. Die Straße wirkte jetzt leer, teils, weil so schlechtes Wetter herrschte, teils, weil die Dunkelheit die Leute in die Häuser getrieben hatte.

Sie lief die Straße entlang, den Kopf gesenkt, die Hände in den Taschen ihres Dufflecoats vergraben. Wenn Gilmore jetzt kam, wenn er jetzt neben ihr anhielt und sie in den Wagen zerrte, würde es niemand bemerken. Sie konnte nur hoffen, daß sie es bis zu Cathy schaffte, ohne ihm über den Weg zu laufen.

Ihre Schwester würde bei der Polizei anrufen, ihr einen Rechtsanwalt suchen, *für sie da sein* – sie schaffte es nicht allein. Ihre Schwester würde wissen wollen, warum sie nicht selbst zur Polizei ging, und sie würde ihr zu erklären versuchen, daß man ihr das Geständnis, sie habe Gilmore weniger aus Verliebtheit als vielmehr aus Haß gedeckt, kaum abnehmen würde. *Ich habe Helena Warner gehaßt.* Das hatte sie noch nie zugegeben, nicht einmal sich selbst gegenüber. Aber jetzt tat sie es. *Ich wollte, daß sie stirbt.*

Am Ende der Straße bog sie nach links, vor ihr ragte die Drehbrücke auf. Als Kind war sie ihr gewaltig vorgekommen, aber jetzt erschien sie ihr wie ein Spielzeug. Der Drehmechanismus lag unter Wasser, und Joan starrte auf den dünnen Ölfilm hinunter, der die Wasseroberfläche bedeckte und wie ein Spiegel die Lichter der Brücke reflektierte. Wenn man springen wollte, dann hier, ging ihr durch den Kopf. Das Ufer war steil und glatt. Keine Leiter, keine Stufen, kein Pfosten für jemanden, der es sich plötzlich anders überlegte.

Sie ging weiter. Der Regen drang durch ihren Dufflecoat, und in weniger als zwanzig Minuten war sie in der Siedlung, in der Cathy seit ihrer Heirat lebte.

Das Haus lag wie viele andere an einem halbmondförmigen Weg; ein kleines dreistöckiges Ding, ein bißchen besser, als die Sozialwohnungen auf der anderen Seite der Brücke, aber auf den zweiten Blick dann doch wieder nicht.

Für Joan verkörperte das Haus all das, womit sie sich eigentlich nie hatte abfinden wollen. Sie betrachtete es als eine Ironie des Schicksals, daß sie nicht nur keine Chance bekommen hatte, sich dagegen zu verwahren, sondern es sogar noch schlechter getroffen hatte. Schuld daran war nicht nur der Mangel an Geld, der Mangel an Platz, der Mangel an Hoffnung: Es war die Einsamkeit. Cathy hatte wenigstens einen Ehemann. Auch wenn dieser Mann Welten von Joans Ideal entfernt lag, hatte er doch über die Jahre hinweg für Cathy und die Kinder gesorgt und war wenigstens da, beruhigenderweise da. Das hatte viel für sich.

Der Vorgarten bestand aus einem Stück Rasen, der von einer Mauer umgeben war. Es gab kein Gartentor, das fiel ihr heute zum erstenmal auf. Sie hätte sich gewünscht, es wäre ein Tor dagewesen, das sie hinter sich schließen konnte – als symbolische Geste dafür, daß sie kurz davor stand, ein Geheimnis hinter sich zu lassen, das sie zwanzig Jahre lang gehütet hatte.

Cathy würde in der Küche stehen. Das wußte Joan, auch ohne sie zu sehen. Und wenn sie hinters Haus ging, wußte sie, auch ohne das Gurgeln des Wassers im Abflußrohr zu hören, daß Cathy gerade den Abwasch erledigt hatte.

Sie öffnete die Küchentür, trat ein und wußte nicht genau, was als nächstes passierte. Im einen Moment stolperte sie in die Küche, im nächsten hielt Cathy sie fest, schälte sie aus ihrem tropfnassen Mantel und führte sie zu einem Stuhl. »Nicht weinen«, sagte sie. »Egal, was es ist, wir finden eine Lösung.«

Joan sank auf einen Stuhl am Küchentisch. Diesmal nicht, dachte sie. Diesmal finden wir keine Lösung.

»Was ist los?« fragte Cathy, und Joan wurde plötzlich schmerzlich bewußt, daß sie einen Verrat beging, wenn sie Cathy offenbarte, was damals in Marshfield passiert war, dann gab es kein Zurück mehr. Und wenn Cathy den Ernst der Lage erkannte, würde sie zur Polizei gehen, das wußte Joan ganz genau. *Ich werde dich nie verraten.* Mußte man ein solches Versprechen auch unter den gegenwärtigen Umständen halten? Sie wußte es nicht. Sie mußte darüber nachdenken. Vielleicht gab es ja gar keinen Grund für die Bitterkeit, die sich im Lauf der Jahre angesammelt hatte. Schließlich hätte er wohl kaum mit ihr schlafen können, wenn er nicht wenigstens *ein bißchen* etwas für sie empfunden hätte?

Joan, mach dich nicht lächerlich, ermahnte sie sich selbst. Er hat damals gar nichts empfunden, nur Kummer und Reue.

Sie sah sich in der Küche um. Das Blumenmuster der Kacheln war unglaublich kitschig, im Raum hing öliger Fischgeruch. Jahrelang hatte sie auf all dies herabgeschaut, aber hier war es hell und sauber, und bei Tag sah man auf einen Garten hinaus, mit Gartenmöbeln, Rasen und einem Zaun, der die Sicht auf die Nachbargrundstücke verstellte. Wenn es auch langweilig und banal war, so bot es doch Geborgenheit und war abbezahlt. Und so wenig es auch war, es war mehr, als sie je ihr eigen nennen konnte.

Plötzlich merkte sie, daß sie sich über die Folgen von Helenas Tod zwar nicht im klaren gewesen war, daß sie aber aus unerfindlichen Gründen geglaubt hatte, ihr eigenes Leben würde sich dadurch zum Besseren wenden. Damals hatte sie nicht gewußt, was sie heute wußte: daß etwas in ihrem Inneren, das all ihre Handlungen diktierte – von den Entscheidungen, was sie mit ihrem Leben anfangen wollte, bis hin zur Umsetzung dieser Beschlüsse –, dafür sorgte, daß alles schiefging.

Wahrscheinlich hatte sie resigniert. Resigniert, bevor sie überhaupt angefangen hatte, weil der durch Helena Warner symbolisierte Konkurrenzkampf so hart gewesen war, daß sie von Anfang an geglaubt hatte, nicht mithalten zu können. Die Welt war zu klug, zu schön, zu sinnlich – und sie war nichts davon.

Cathy überließ sie ihren Gedanken. Sie nahm Tassen aus dem Abtropfkorb, trocknete sie ab, stellte sie wieder hin. Sie sucht nach irgendwelchen Beschäftigungen, dachte Joan, bis der Moment kommt, an dem ich reden möchte.

Dieser Moment war in den vergangenen zwanzig Jahren immer näher gerückt, jetzt war er da, und nun wußte sie nicht, wo sie anfangen sollte. »Hast du die Nachrichten gesehen?«

»Ich habe das Abendessen gemacht. Paul hat sie gesehen, bevor er zur Nachtschicht fuhr. Warum?«

»Heute nachmittag wurde eine Frau erhängt in einer Scheune gefunden.«

»Ja, und?«

»Man nimmt an, daß es Mord war. Stell dir das nur mal vor«, sagte Joan.

»Was soll ich mir vorstellen?«

»Stell dir vor, wie ihr der Mörder einen Strick um den Hals legt und sie dann an einem Balken hochzieht.«

»Joan!«

»Stell dir das doch mal vor! Stell dir vor, wie es gewesen sein muß, so zu sterben ...«

»Und wie ist es dazu gekommen?«

»Sie und ihr Mann hatten früher ...«

»Was?«

Warum war es so schwer, selbst die simpelsten Aspekte dessen zu offenbaren, was sie zu sagen versuchte? »... hatten früher eine Farm in Marshfield.«

Die Tasse, die Cathy gerade in der Hand hielt, fiel in den Ausguß.

»Marshfield?«

»Sie war Richards Mutter.«

Cathy ging, so schien es Joan, mit unnatürlich langsamen Bewegungen auf sie zu, als wate sie durch Wasser.

»Laß das«, sagte Joan.

»Was denn?«

»So auf mich zuzuwaten ...« Sie sackte in sich zusammen und ließ endlich den Tränen freien Lauf, die sie damals gern geweint hätte, als Gilmore ihr die Briefe zurückschickte.

»... Das tut sie in meinen Träumen ...«

Cathy Walker stand am Küchenfenster, Joan saß hinter ihr am Tisch. Draußen war es stockfinster, man konnte den Garten nicht mehr sehen. Schade, dachte Joan. Der Garten hätte für ihre Schwester vielleicht einen Trost bedeutet, ein Schein von Normalität in einer verrückt gewordenen Welt. »Das muß ich der Polizei melden, ist dir das klar?« fragte Cathy.

Eigentlich hatte Joan gehofft, daß ihre Schwester so reagieren würde, aber jetzt, wo es soweit war, sagte sie plötzlich: »Noch nicht. Ich muß erst nachdenken.«

»Worüber denn?«

Sie konnte es nicht erklären, aber sie sah auf einmal Gilmore vor sich, der zu einer lebenslangen Freiheitsstrafe verurteilt wurde. Ihre Blicke würden sich im Gerichtssaal begegnen, und es wäre, als sagte er: »Du hast mir damals versprochen, es nie zu verraten.«

»Das kann ich ihm nicht antun.«

»Sei nicht albern. Er hat sie *ermordet.*«

»Sie hat es verdient«, sagte Joan.

»So etwas verdient niemand.«

Joan wiegte sich jetzt auf ihrem Stuhl vor und zurück. »Ich werde ihre Schreie nie vergessen..«

»Joan ... beruhige dich!«

»Es war niemand da, der ihr geholfen hätte. Niemand.

Und ich stand da. Und sah zu …« Sie begann sich jetzt gegen die Stuhllehne zu werfen, als wolle sie nach hinten umkippen. »Sie ist nicht reingegangen. Ich hab mich mit dem Rücken gegen die Schranktür gestemmt, aber sie ging nicht zu, und ich wußte nicht, warum. Da hab ich hinuntergeschaut und ihre Hand gesehen …«

Cathy stürzte auf sie zu und packte sie bei den Schultern. »Das reicht jetzt!«

»Sie war warm. Sie war noch warm. Helena war so ein warmer Mensch. Das haben alle gesagt. Sogar im Tod war sie noch warm. Und ich habe die Tür geöffnet, die Hand hineingeschoben und dann den Messingknauf herumgedreht.« Sie lächelte. »›So‹, hab ich damals zu mir gesagt, ›So. Jetzt ist sie weg!‹«

32

Der Laden hatte noch geöffnet, aber in der Wohnung oben brannte kein Licht. Gilmore stand einen Moment draußen, dann ging er schnurstracks in den Laden hinein.

Turnbull erkannte ihn sofort wieder. »Sie haben sie verpaßt«, sagte er.

»Wissen Sie, wann sie zurückkommt?«

»Sie ist für eine Weile zu ihrer Schwester gezogen.«

Gilmore hoffte, daß man ihm seine Enttäuschung nicht allzusehr anmerkte. »Sie wissen nicht zufällig, wo die wohnt?«

Turnbull langte unter den Ladentisch und zog den Zettel hervor, den Joan ihm gegeben hatte. Er schrieb Gilmore die Adresse auf, gab sie ihm und sagte: »Sie hat sich nach Ihnen erkundigt.«

»Wie ich schon sagte, ich bin ein Freund von ihr.«

»Thelwall. Über die Brücke. Dann nach links.«

»Danke«, sagte Gilmore.

Er verließ das Geschäft und stieg in den Wagen. Er wußte, wenn die Polizei auftauchte und Turnbull ihnen sagte, daß noch jemand nach ihr gefragt habe, würden sie wissen, daß er dagewesen war.

Aber das war egal. Von dem Moment an, wo man Helena Warners sterbliche Überreste gefunden hatte, war ihm klar gewesen, daß es nur eine Frage der Zeit war, bis man ihn abholen und verhören würde. Seine einzige Chance, das zu verhindern, was dann passieren würde, bestand darin, Joan und Richard zu finden und sicherzustellen, daß sie nicht auspackten. Und er hatte einfach keine Zeit, Versteck zu spielen. Er mußte die beiden finden, bevor die Polizei sie fand. Deshalb war das mit Turnbull ein kalkuliertes Risiko.

Trotzdem würde dieser Rigby zweifellos alle Register ziehen – soviel hatte ihn seine erste Erfahrung mit der Polizei gelehrt. Vor zwanzig Jahren hatte Driver, ungeachtet der Tatsache, daß es von Oxford aus zwei Autostunden dauerte, jeden Tag vor der Tür seines Elternhauses gestanden Er hatte sich nie dafür entschuldigt, es war die reinste Schikane, und er hatte Gilmores Schuld niemals bezweifelt. So höflich. So sarkastisch, dieser feine Spott: »Tut mir leid, daß ich Sie ständig behellige, Ian.« Eine Beleidigung. Driver hatte genau gewußt, daß er ihn langsam zermürbte, und hatte jede Minute ausgekostet. Das hatte Gilmore an dem belustigten Funkeln in seinen Augen erkannt, wenn Driver sagte: »Wir brauchen Sie auf dem Revier.«

Er fuhr Richtung Thelwall, überquerte die Brücke und hielt an einer Bushaltestelle. Er kurbelte das Fenster herunter und rief dem erstbesten Passanten über den Beifahrersitz hinweg zu: »Ich suche Belmont Crescent!«

Nachdem er den Weg erfahren hatte, kurbelte er das Fenster wieder hoch und fuhr weiter. Mein Gott, dachte Gilmore. Wie einfach. Um wieviel einfacher würde es für die Polizei sein, *ihn* zu finden? Inzwischen wußten sie wahrscheinlich schon, daß er nicht im Büro erschienen und auch nicht zu Hause war. Sollen sie ruhig ihre Schlüsse ziehen, dachte Gilmore. Es zählt nur das, was sie mir beweisen können.

Gilmore bog in Belmont Crescent ein und suchte das Haus. Er parkte und wählte auf seinem Mobiltelefon die Nummer, die Turnbull unter Cathy Walkers Adresse notiert hatte.

Als jemand abhob, fiel ihm ein, daß er vielleicht nach all den Jahren ihre Stimme nicht mehr erkennen würde, und fragte zögernd: »Joan?«

»Ich hole sie«, sagte Cathy.

Er hörte sie im Hintergrund reden, und Sekunden später kam Joan ans Telefon.

»Joan«, sagte er. »Hier ist Ian.«

Sie legte auf.

»Wer war das?« fragte Cathy.

»Gilmore«, erwiderte Joan.

Cathy riß ihr den Hörer aus der Hand.

»Was machst du denn?«

»Ich rufe die Polizei an.«

»Nein.«

»Joan ...«

»Ich muß überlegen. Gib mir eine Minute. Ich muß nachdenken.«

»Vielleicht hast du gar keine Zeit mehr zum Nachdenken!«

»Nur eine Minute«, sagte Joan. »Dann rufe ich selbst an.«

»Joan ...«

Sie schlug die Hände vors Gesicht. Er hatte sie gefunden. Wenn sie jetzt hierblieb, brachte sie Cathy ebenfalls in Gefahr. »Ich muß weg.«

Cathy begann zu wählen.

»Was tust du da?«

»Ich habe doch gesagt, daß ich die Polizei anrufe.«

»Nein.«

Völlig außer sich schrie Cathy sie jetzt an: »Um Gottes willen!«

Joan riß ihr den Hörer aus der Hand. »Ich habe die Leiche versteckt. Dadurch bin ich mitschuldig geworden ...«

»Du hast es nur getan, weil du ihn geliebt hast!«

Joan ließ den Hörer auf die Gabel fallen und erwiderte ruhig: »Nein. Ich habe es getan, weil ich Helena Warner gehaßt habe.«

Sie öffnete die Haustür und ging hinaus. Cathy stürzte hinter ihr her.

»Wo willst du hin?«

»Geh ins Haus«, sagte Joan. »Schließ die Türen ab.«

»Joan!«

Sie war verschwunden.

Cathy rannte den Weg hinunter und überlegte, ob sie ihr nachlaufen sollte. Aber selbst wenn sie sie erwischte, würde es ihr nicht gelingen, sie ins Haus zurückzubringen und dort festzuhalten. Sie lief zurück, hob den Hörer ab und wählte den Notruf. »Polizei!«

Als Gilmore Joan aus dem Haus kommen sah, wurde ihm klar, daß er sie überall erkannt hätte. Natürlich hatte sie sich verändert, wirkte dünner, das war alles – und sehr viel älter, als sei sie ihm zehn oder mehr Jahre voraus. Sie kann nicht viel vom Leben gehabt haben, dachte Gilmore, aber schließlich habe ich mich auch nicht gerade toll amüsiert.

Nachdem sie am Wagen vorbeigelaufen war, beobachtete Gilmore im Rückspiegel, welche Richtung sie einschlug. Sie rannte auf die Hauptstraße zu. Da Gilmore gerade von dort kam, wußte er, daß parallel zur Hauptstraße der Kanal verlief und auf der anderen Seite nur vereinzelte, von großen Grundstücken umgebene Häuser standen. Geradezu ideal, dachte Gilmore.

Er ließ den Motor an, wendete in einer Einfahrt und fuhr langsam hinter Joan her. Sie überquerte die Straße, der Kanal befand sich links von ihr. Gilmore konnte jetzt die Schleusen sehen, deren Tore breit genug waren, um einen Ozeandampfer passieren zu lassen. Sie waren gut beleuchtet. Zehn Meter unter ihnen glitzerte schwarz das Wasser.

Autos rasten vorbei, blinkten und überholten ihn, während er langsam hinter Joan herkroch. Joan hätte sich nur umdrehen müssen, um ihn zu sehen. Aber sie drehte sich nicht um. Sie ging einfach weiter.

Es war perfekt.

Joan spürte mehr, als daß sie es hörte, wie der Wagen neben ihr anhielt, und als sie losrannte, schlug eine Autotür zu. Dann gab es nur noch ihren keuchenden Atem und die vorbeihuschenden Schleusen. Sie spürte seine Hand auf ihrem Arm, er riß sie herum und stieß sie so brutal gegen das Geländer, daß ihr die Luft wegblieb.

Er stellte sie auf die Füße und schleppte sie zum Wagen, wobei er sie halb zerrte, halb trug. Joan schlug wild um sich, doch Gilmore wich ihren Schlägen aus. Er stieß sie auf den Beifahrersitz, schloß die Tür, ging um den Wagen herum und setzte sich ans Steuer.

»Halt den Mund!«

Sie hatte gar nicht gemerkt, daß sie schrie, doch als sie verstummte, herrschte tödliche Stille. Er hat den Moment gut abgepaßt, dachte Joan. Es war niemand in der Nähe, nicht einmal ein Auto.

Er stieß sie nach vorn und fesselte ihr mit einem Strick die Hände auf dem Rücken. Kein Wunder, dachte Joan, daß Frauen entführt werden. Mein Gott, es war ja so leicht. Kinderleicht.

Er machte keinen Versuch, sie zu beruhigen oder ihr Gebrabbel zu beantworten, das nicht einmal sie selbst verstand. Mit quietschenden Reifen fuhr er los.

Sie versuchte es erneut, und diesmal konnte man ihre Worte verstehen. »Wo bringst du mich hin?«

»Nach Marshfield.«

33

Die Siedlung, in der Joan lebte, hatte sich in den letzten zwanzig Jahren so wenig verändert, daß Driver Rigby trotz der Dunkelheit fast mühelos den Weg zeigen konnte. Es waren noch immer die gleichen tristen Häuser mit den gleichen ungepflegten Gärten, vor denen noch die gleichen Schrottkarren standen, und Driver kam nicht zum erstenmal der Gedanke, daß das wahre Böse – im Gegensatz zur romantisierten Vorstellung vom Bösen – nur trist, monoton und langweilig ist. Er erinnerte sich, wie einer seiner Vorgesetzten einmal gesagt hatte, daß die meisten Morde nicht aus Bosheit, sondern aus Gleichgültigkeit begangen werden, von Leuten, die in einer abstumpfenden Umgebung leben. So ein Ort war diese Siedlung hier, denn es waren die Straßen seiner Kindheit, andere Straßen vielleicht, aber im wesentlichen doch die gleichen.

Rigby hielt vor dem Haus, und gleich darauf standen er, Driver und Dalton vor dem Geschäft. Das Licht war aus, der Laden geschlossen. Sie gingen ums Haus herum, wo alles genauso still war.

Da man die Tür, die zu Joans Wohnung führte, und die Tür des Anbaus nicht voneinander unterscheiden konnte, klopften sie einfach an beide, weckten Turnbull und zeigten ihm ihre Dienstausweise.

»Wir suchen Joan Poole.«

Turnbull widmete den Dienstausweisen nicht allzuviel Aufmerksamkeit. »Die ist weggegangen.«

»Wohin?«

»Woher soll ich das wissen?«

»Wann ist sie weggegangen?«

»Es ist nach Mitternacht, verdammt noch mal.«

»Wann?« beharrte Rigby.

»Um acht. Vielleicht halb neun.«

»Hat sie gesagt, wann sie zurückkommt?«

»Warum sollte sie mir das sagen? Sie ist meine Mieterin.«

»Lassen Sie uns in ihre Wohnung.«

»Haben Sie einen Durchsuchungsbefehl?«

»Nein.«

»Das wär's dann«, sagte Turnbull.

Driver versuchte es auf eine andere Tour. »Hören Sie, es könnte sein, daß sie in Schwierigkeiten steckt.« Sein Ton und seine Wortwahl brachten den Erfolg, der Rigbys eher aggressivem Stil versagt geblieben war.

Turnbull, der so schnell wie möglich wieder ins Bett wollte, fragte: »Was denn für Schwierigkeiten?«

»Jemand sucht nach ihr, und dieser Jemand wäre bestimmt nicht besonders nett zu ihr, wenn er sie fände. Verstehen Sie, was ich meine?«

Turnbull ließ es sich durch den Kopf gehen. Driver drängte ihn nicht, und nach einer Weile sagte Turnbull: »Aber warum wollen Sie dann in die Wohnung?«

»Das wissen wir auch nicht genau«, gab Driver zu. »Sie können gern dabei sein. Uns auf die Finger schauen. Dauert keine Minute.«

Turnbull gab nach und sagte in einer Mischung aus Müdigkeit und völligem Desinteresse: »Warten Sie einen Moment.« Er verschwand im Flur, schnappte sich einen Mantel und zog ihn über die Boxershorts und das T-Shirt, in denen er schlief. Dann kam er in den Hof und fischte den Schlüssel zu Joans Wohnung aus der Manteltasche.

Kurz darauf standen sie unter der Tür, Turnbull verlegen und unsicher hinter ihnen.

Rigby machte Licht. »Wann haben Sie sie das letztemal gesehen?«

»Gegen halb acht. Sie sind nicht die einzigen, die nach ihr gesucht haben.«

Das brachte die Unterhaltung ins Stocken.

»Was?«

»Vorhin war ein Typ hier. So gegen neun. Hat nach Joan gefragt. Aber sie war schon weg.«

»Wie sah er aus?« fragte Driver, aber schon während Turnbull ihn zu beschreiben versuchte, wußte er, daß es Gilmore war.

»Haben Sie eine Ahnung, wo sie hingegangen ist?«

»Sie hat eine Adresse dagelassen.«

»Warum haben Sie das nicht gleich gesagt?« fragte Rigby ruhig.

»Ich wußte nicht ... Ich war nicht sicher, ob Joan Ärger mit der Polizei hat ... Sie hätte es mir nicht gedankt.«

Das konnte Driver sich vorstellen. »Holen Sie die Adresse«, sagte er. Turnbull verschwand im Treppenhaus, während Driver, Rigby und Dalton in einen Raum traten, der eindeutig als Wohnzimmer diente. Er war größer und schäbiger als Joans frühere Wohnung in Southampton. Das damals war eher ein Wohnschlafzimmer gewesen, von dem eine winzige Küche abging; überall hatten Joans Sachen herumgelegen. Hier gab es zumindest ein extra Schlafzimmer, aber dem Bettzeug auf der Couch nach zu urteilen, schlief Joan offenbar lieber hier.

Eine Tasse und ein schmutziger Teller standen auf dem mit Kleidungsstücken übersäten Boden. Der Teppich war an manchen Stellen so abgewetzt, daß die Filzunterlage hervorlugte.

»Was für ein Leben«, sagte Rigby. Wie Driver hatte auch er schon Schlimmeres gesehen, aber am unerträglichsten war der muffige Geruch. Es roch stark nach feuchter, schmutziger Wäsche, und dieser muffige Geruch herrschte hier nicht erst seit kurzem. Ähnliche Gerüche hatten sich im Lauf der Jahre in den Möbeln festgesetzt, moderten langsam vor sich hin, schwängerten die Luft und blieben einem im Hals hängen.

»Ich sehe mal in den anderen Räumen nach«, sagte Dalton und verschwand. Als er mit Driver allein war, sagte Rigby: »Mein Gott!«

Driver berührte mit der Schuhspitze den Rand eines Tellers. Die Essensreste waren erstarrt, als seien sie in die Glasur eingebrannt, klebrige Pasta mit einer Soße, die nach Fisch roch.

Dalton kam zurück. »Ich konnte nichts Ungewöhnliches entdecken«, sagte er.

»Keine Kampfspuren?«

»Nur Unordnung«, erwiderte Dalton. »Drüben liegt eine Matratze auf dem Boden. Feucht. Kann gut verstehen, daß sie hier schläft.«

Turnbull kam mit Cathy Walkers Adresse zurück. Rigby nahm den Zettel an sich, gab ihm seine Karte und sagte: »Wenn sie auftaucht, sagen Sie ihr nicht, daß wir hier waren, sondern rufen Sie uns an.«

»Sie haben vorhin gesagt, sie wäre in Schwierigkeiten.«

»In Gefahr«, erwiderte Driver. »Großer Unterschied.«

»In was für einer Gefahr? Ich will keinen Ärger.«

Turnbull schloß die Wohnung wieder ab, und die drei Polizisten gingen zu ihrem Wagen. Driver ließ sich auf den Beifahrersitz fallen, nahm die Straßenkarte und suchte den kürzesten Weg zu Cathy Walkers Adresse heraus. »Folgen Sie der Straße, die parallel zum Kanal verläuft. Ich sage Ihnen dann, wo Sie abbiegen müssen.«

»Die Sache gefällt mir nicht«, sagte Rigby.

Driver dachte daran, in welchem Tempo Gilmore von Warwick hierher gerast sein mußte. »Mir auch nicht.«

34

Rigby bog in Belmont Crescent ein. Als er vor dem Haus der Walkers hielt, stand schon ein Streifenwagen davor. Einige Augenblicke später klopfte er an die Tür, die von einem Uniformierten geöffnet wurde. Rigby zeigte seinen Dienstausweis.

»Das ging aber schnell.«

»Wie bitte?« fragte Rigby.

»Haben die Sie hergeflogen?«

»Wovon reden Sie eigentlich?«

Der Uniformierte führte Rigby, Driver und Dalton ins Wohnzimmer. Cathy Walker stand am Fenster und wandte sich um. Ihr Mann erhob sich aus einem Sessel.

Driver hatte ihn schon früher gesehen. Damals, als er Joan zum erstenmal verhörte, waren er und Cathy schon miteinander befreundet.

Paul Walker erkannte ihn und deutete auf die beiden Streifenpolizisten. »Die haben mich von der Arbeit weggeholt. Haben gesagt, ich soll heimkommen.«

»Was ist denn passiert?«

»Ich habe die Polizei gerufen«, sagte Cathy. Sie warf den Uniformierten einen vernichtenden Blick zu. »Die haben etwa eine Stunde gebraucht.«

»Es klang nicht direkt nach einem Notfall.«

»Meine Schwester ...«

»Der Reihe nach«, sagte Rigby und forderte den Streifenpolizisten mit einem Blick zu weiteren Erklärungen auf.

»Als wir verstanden hatten, was sie uns sagen wollte, riefen wir Thames Valley an. Dort hieß es, Sie seien schon hier. Man hat versucht, Sie zu erreichen, aber Sie waren nicht im Wagen.«

Nein, dachte Rigby. Höchstwahrscheinlich waren wir da gerade in Joans Wohnung.

»Gilmore hat angerufen«, sagte Cathy. »Joan ist in Panik geraten und weggelaufen.«

»Wann?«

»Vor etwa zwei Stunden.«

»Warum?«

»Sie hat gesagt, hier sei sie nicht sicher.«

»Haben Sie eine Ahnung, wo sie hingegangen ist?«

»Nein.«

»Hat sie Ihnen gesagt, um was es geht?«

»Sie sagte, sie glaube, Gilmore habe Merle Wachmann ermordet.«

Dann sind wir schon zu zweit, dachte Driver.

»Kennt sie sich hier in der Gegend aus?« fragte Rigby.

»Sie hat ihr ganzes Leben hier verbracht.«

»Könnte sie zu irgendwelchen Freunden gegangen sein oder vielleicht an einen Lieblingsplatz?«

»Ich wüßte nicht, zu wem oder wohin«, sagte Cathy.

»Haben Sie ein Foto von ihr?«

Sie mußte kurz überlegen. »Ja, ein Foto, das bei unserer Hochzeit gemacht wurde. Aber es wird Ihnen nicht viel nützen. Das ist schon achtzehn Jahre her.«

Besser als nichts, dachte Rigby und sagte: »Haben Sie es da?« Cathy stand auf und ging durchs Zimmer zu einer Schrankwand, öffnete eine der unteren Schubladen, zog ein Fotoalbum heraus und begann darin zu blättern. Sie fand, was sie suchte, reichte Rigby das Album und sagte: »Das ist Joan. Sie war meine Brautjungfer.«

Dalton spähte über Rigbys Schulter auf ein plumpes Gesicht, halb hinter großen runden Brillengläsern versteckt.

Trotz der sichtlichen Mühen, die man ihrem Haar für diesen Anlaß hatte angedeihen lassen, hing es glatt und stumpf herab, und das hellgraue Kleid schmeichelte dem fahlen Teint auch nicht gerade. Joan Poole ist keine Schönheit, dachte Dalton. Soviel steht fest.

»Dürfen wir es mitnehmen?« fragte Rigby. »Dann haben wir etwas in der Hand, falls wir ein Fahndungsfoto rausschicken müssen.«

»Was nützt das schon? Es ist vor Jahren aufgenommen worden.«

»Wir können es trotzdem verwenden und ein Computerbild danach anfertigen, das sie zeigt, wie sie heute aussieht.«

»Hat sie Ihnen erzählt, was in Marshfield passiert ist?« fragte Driver.

»Das wissen Sie doch ...«

»Kommen Sie, Cathy ...«

»Er hat Helena Warner ermordet!«

Das war Driver nicht gerade neu, aber es zu hören, war doch eine Genugtuung für ihn. »Und Joan hat ihn gedeckt, stimmt's?«

»Sie hat die Leiche versteckt.«

Driver hatte zwar vermutet, daß sie Gilmore deckte, aber daß sie so tief in die Sache verstrickt war, hatte er nicht geahnt.

»Wußten Sie das bereits bei den damaligen Ermittlungen?«

»Nein. Sie kam heute her und sagte es mir.«

»Warum gerade jetzt?« fragte Driver. »Nach all den Jahren?«

»Als sie gelesen hatte, daß Gilmore Merle Wachmann ermordet hat ...«

»Das ist nicht erwiesen«, unterbrach Rigby.

»Sprechen Sie weiter«, sagte Driver.

»... da dachte sie, daß er jetzt vielleicht sie und Richard irgendwie als Bedrohung empfindet.«

Da hat sie wahrscheinlich recht, dachte Driver.

Rigby warf Dalton einen Blick zu und sagte: »Wenn sie nicht zurückkommt, muß das nicht heißen, daß Gilmore sie gefunden hat. Sie könnte überall sein.«

Driver fand es wahrscheinlicher, daß Joan Poole tot war. Aber das behielt er für sich.

35

Rigby befahl den Uniformierten, bei den Walkers zu bleiben, bis sie weitere Instruktionen von ihren Vorgesetzten erhielten. Dann verließen er, Driver und Dalton das Haus.

Als sie im Wagen saßen, fragte Dalton: »Und wohin fahren wir jetzt?«

»Wir könnten ebensogut nach Oxford zurückfahren, morgen früh Wachmann verhören und ihn an einen sichereren Ort als Chaggfords bringen lassen. Und dann können wir nur hoffen, daß wir Gilmore finden, bevor er Wachmann findet.«

Er ließ den Motor an. Während sie Richtung Autobahn fuhren, sprach niemand aus, was auf der Hand lag: daß Joan Poole, falls sie überhaupt noch lebte, so gut wie tot war, wenn Gilmore sie fand.

»Wie stehen die Chancen, daß Hillier Gilmore vor uns findet?« fragte Driver.

»Ungefähr fifty-fifty.«

»Und wenn er ihn kriegt?«

»Dann kann ich nichts machen, dann ist es eben so. Aber ich könnte nicht behaupten, daß mir der Gedanke behagt, zu jedem Verhör nach Warwickshire fahren zu müssen.«

Rigby sagte: »Und wenn *wir* ihn finden, wäre es vielleicht gut, Verstärkung zu holen, bevor wir versuchen, ihn zu verhaften.«

Als Driver nichts sagte, schob Rigby nach: »Was halten Sie davon?«

Driver dachte an die vielen Male, die er an Gilmores Haustür geklopft hatte. Meistens hatte sein Vater geöffnet. Gilmore hatte hinter ihm gestanden und jünger ausgesehen als neunzehn. Driver hatte den Jungen gekannt, aber den Mann kannte er nicht. Der Junge hatte jemanden umgebracht, daran bestand kaum ein Zweifel, aber er war nicht dumm. Driver wußte aus Erfahrung, daß Mörder im Lauf der Zeit manchmal etwas arrogant, etwas leichtsinnig werden, aber Gilmore gehörte seiner Ansicht nach nicht zu dieser Sorte.

Es war der erste Fehler, den Gilmore je gemacht hatte. In all den Wochen der Verhöre hatte er seinen Text perfekt beherrscht, und jeder seiner Schritte war von den Alibis gedeckt gewesen, die ihm Wachmann und Joan geliefert hatten. Jetzt hatte er sich einen Tag freigenommen, war nach Warwickshire gefahren, hatte Merle Wachmann getötet und zahlreiche Fingerabdrücke auf einem Glas hinterlassen. Das sah ihm nicht ähnlich, und genau das beunruhigte Driver.

»Gilmore hat behauptet, er hätte Helena das letztemal am Morgen nach der Party gesehen,« sagte Rigby.

»Ja, und?«

»Was hat er an diesem Tag gemacht?«

»Er hat behauptet, er und Wachmann seien spät aufgestanden, und Joan und Helena wären im Lauf des Nachmittags vorbeigekommen.«

»Und dann?«

»Sie haben zusammen gegessen, dann fuhr Gilmore nach Surrey, um die Eintrittskarten zu holen.«

»Warum mußte sich Gilmore ein Alibi für Sonntagnachmittag verschaffen?«

»Er brauchte es nicht für Sonntag nachmittag, er brauchte es für die Zeit von Sonntag abend bis Montag früh. Denn wenn Helenas Verschwinden bemerkt wurde, sollte niemand auf die Idee kommen, daß er noch einmal mit ihr zusammengetroffen war, nachdem Joan sie zum Zug gebracht hatte.«

Klingt plausibel, dachte Rigby. »Wenn Gilmore sich so sehr um ein Alibi bemüht hat, ist das bei Wachmann wohl genauso. Er hat behauptet, er sei Sonntag nacht mit einer Studentin zusammengewesen. Darüber gibt es einen Aktenvermerk.«

»Und wieso haben sie sich für die folgenden Tage keine Alibis zugelegt?«

»Wahrscheinlich haben sie damit gerechnet, daß Helenas Verschwinden sofort bemerkt würde.«

»Aber so war es nicht.«

»Nein. Sie wurde erst am Mittwoch vermißt, und auch da nur, weil sie zwei Seminare versäumt hatte. Das Wasser erreichte das Haus erst am Mittwoch. Wäre sie also schon am Montag als vermißt gemeldet worden, hätte ich das Haus routinemäßig überprüfen lassen, und wir hätten sie gefunden. Aber als ich dann nach Marshfield kam, war von dem Haus nichts mehr zu sehen.«

»Also hat Gilmore einfach Glück gehabt.«

»Riesenglück.«

»Sie haben keine Taucher runtergeschickt?«

»Das schien mir wenig erfolgversprechend. Niemand, der einigermaßen bei Verstand ist, hätte eine Leiche in einem Haus versteckt, wenn ihm dafür ein riesiges Sumpfgebiet zur Verfügung gestanden hätte.«

Rigby schien es für klüger zu halten, sich jeden Kommentar zu verkneifen, und Driver fügte hinzu: »Nun ja ... ich habe damals einen Fehler gemacht.«

»Fehler machen wir doch alle«, sagte Rigby. »Die Vermutung lag nahe. Wenn sie wirklich im Sumpf begraben worden wäre, hätte nach der Überflutung kaum noch eine Chance bestanden, sie zu finden.«

»Und dann waren drei Monate vergangen«, fuhr Driver fort, »und es war weder eine Leiche aufgetaucht, noch hatte ich Gilmores Geschichte zerpflückt. Da blieb mir nichts anderes übrig, als den Fall abzuschließen.«

Drei Monate, dachte Driver. Er war ein erfahrener Kriminalist gewesen und hatte seinen Vorgesetzten gebeten, ihm mehr Zeit und Mittel zur Verfügung zu stellen. Aber das wurde als Zeitverschwendung betrachtet und war somit vom Tisch. Er selbst war vielleicht überzeugt, daß Helena Warner tot und ihre sterblichen Überreste im Sumpf vergraben waren, aber diese gewaltigen Wassermengen hatten wiederum seine Vorgesetzten überzeugt, daß er nie imstande sein würde, das zu beweisen.

Rigby hing seinen Gedanken nach, und Driver, der beinahe erraten konnte, an was er dachte, lächelte, als Rigby sagte: »Warum gerade in einem Schrank?«

Das hatte sich Driver auch schon oft gefragt. »Wer weiß«, erwiderte er. »Die waren ja nicht dumm, also gab es sicher einen Grund.«

»Das muß aber ein guter Grund gewesen sein.«

»Ein verdammt guter«, sagte Driver.

36

Sobald Gilmore von der Umgehungsstraße abbog, erinnerte sie sich wieder an die Straße nach Marshfield. Oxford lag einige Kilometer südlich, doch er fuhr in östlicher Richtung und dann zum Dorf hinunter. Hier gab es keine neuen Erschließungsgebiete, die den alten Kern wie ein Krebsgeschwür erstickten, nur ein paar Läden, eine kleine Kirche, ein Postamt.

Alles war dunkel. Eine andere Welt, dachte Joan. Sie hatte keine Ahnung, wie spät es war. Weit nach Mitternacht. Mehr wußte sie nicht.

Die Schotterstraße zum Stausee gab unter den Reifen nach, und Gilmore verlangsamte das Tempo. Es war zu dunkel, viel erkennen zu können, aber sie wußte, wie es da draußen aussah. Sie hatte im Fernsehen gesehen, wie die Taucher die Überreste Helenas bargen, und obwohl sie jetzt nur das erkannte, was die Scheinwerfer herauspickten, konnte sie es sich genau vorstellen.

Gilmore hielt dicht am Wasser an, schweigend saßen sie nebeneinander.

»Ich werde nicht betteln«, sagte Joan.

»Das sollst du auch nicht.«

So hatte er sie noch nie erlebt, so verletzlich, besiegt, und er suchte nach Worten, um ihr das zu sagen, was sie hören wollte, was sie schon immer hatte hören wollen. Es würde ihn so wenig kosten, und ihr würde es soviel bedeuten. »Ich war nicht in dich verliebt. Ich hab dich nicht mal gekannt, aber es hat mir etwas bedeutet.«

Ihm war, als hörte er das Echo eines Lachens, ein leises, spöttisches Gelächter, als Joan aufsah, ihr Gesicht nur wenige Zentimeter von seinem entfernt. Vielleicht war es das unattraktivste Gesicht, das er je gesehen hatte. »Du hast damals den Kopf für mich hingehalten, dafür war ich dir dankbar.«

»Du warst mir dankbar, aber jetzt willst du mich umbringen.«

»Wenn du nicht gewesen wärst, hätte mich Driver auseinandergenommen.«

Sie starrte hinaus aufs Wasser.

»Es tut mir leid«, sagte Gilmore. »Es tut mir leid, daß es so enden muß.«

Die Minuten verrannen.

»Na los«, sagte sie ruhig. »Bring's hinter dich.«

Mein Gott, dachte Gilmore. Ich habe mich noch nie so einsam gefühlt. »Das ist nicht so einfach«, sagte er.

Damit hatte er nicht gerechnet, aber letztlich hatte er mit überhaupt nichts gerechnet. Er hatte die vage Vorstellung gehabt, daß es ihm leichtfallen würde, weil er es schon einmal getan hatte. Doch Joan zu töten war etwas anderes. Sie hatte alles Menschenmögliche getan um ihn zu schützen, und er konnte nicht auf einen Wutausbruch vertrauen, der als Auslöser dienen würde.

Wenigstens war sein Vater nicht mehr am Leben. Er wäre an all dem zerbrochen, oder er hätte ein Versprechen halten müssen, das er nicht hätte halten können. *Ich werde nicht zulassen, daß sie dir weh tun.* Wenn die Polizei ihn zu fassen kriegte, würde man ihm sehr weh tun, das war Gilmore klar. Aber er fürchtete sich nicht vor physischem Schmerz, er fürchtete sich vor der Qual, Fragen anhören zu müssen, die er schon so oft beantwortet hatte: »Jetzt sagen Sie mir noch einmal, Ian: Um wieviel Uhr sind Sie nach Marshfield aufgebrochen?«

Er und Wachmann waren mit zwei Autos hingefahren, Wachmann mit dem Volvo Kombi seiner Eltern, den Kofferraum voll mit Bier, Spirituosen und etwas zu essen. Sein eigener Wagen war kleiner. Er hatte den Rücksitz und den Kofferraum vollgepackt und beim Losfahren eigentlich damit gerechnet, daß Helena zu ihm ins Auto steigen würde. Doch unversehens war Joan auf den Beifahrersitz geschlüpft, und er und Helena hatten sich angesehen. »Schon okay«, sagte Helena. »Ich fahre mit Richard.«

Er hätte gern auf Joans Gesellschaft verzichtet, aber erst viel später war ihm klargeworden, weshalb: Helena hatte dafür gesorgt, daß er Joan in einem ungünstigen Licht sah. Sie waren zum Bahnhof gefahren, um sie abzuholen, und er hatte gefragt: »Wie ist sie denn so?«

»Das mußt du selbst beurteilen«, hatte Helena geantwortet, und die Art und Weise, wie sie das mit gekräuselten Lippen sagte, war der Grund dafür, daß er Joan vom ersten Moment an zwar höflich, aber abweisend begegnet war.

Wachmann fuhr voraus, und während Gilmore ihm folgte, sagte Joan: »Wahrscheinlich denkst du jetzt, ich sei zu dir ins Auto gestiegen, weil ich vor lauter Dummheit nicht merke, daß du es lieber gehabt hättest, wenn ich mit Richard gefahren wäre.« Das war so zutreffend, daß ihm keine Erwiderung einfiel. »Aber da es die einzige Gelegenheit war, mit dir allein zu sprechen, blieb mir nichts anderes übrig.«

Schon da schrillten bei ihm die Alarmglocken. Es war ihm nicht entgangen, wie sie ihm im Haus nachgeschlichen war, aber er dachte, sie wolle ihm jetzt einfach sagen, was sie für ihn empfand, und damit wäre er fertig geworden. Er hätte sie nicht verletzt. Er hätte einfach das Blaue vom Himmel herunter gelogen, und schon während sie sprach, legte er sich eine angemessene Antwort zurecht. *Es tut mir leid, Joan, ich finde dich wirklich attraktiv, aber ich liebe Helena. Sollten wir uns je trennen, lasse ich's dich wissen.*

»Du und Helena – habt ihr die Art von Beziehung, die manche Leute als offene Beziehung bezeichnen würden?«

Die Standardantwort verpuffte. »Was meinst du damit?«

»Ich meine, drückt ihr ein Auge zu, wenn einer von euch mit jemand anderem schlafen möchte?«

»Worauf willst du hinaus?«

»Du willst mir doch nicht erzählen, daß du das nicht weißt?«

Gilmore entging nicht der spöttische Unterton, die Überraschung in ihrer Stimme. Aus dem Augenwinkel sah er sie lächeln. »Du hältst jetzt besser den Mund.«

Sie holte ein Bündel Briefe aus ihrer Tasche, zog einen heraus und begann daraus vorzulesen: »Ich habe ihn angefleht, mit mir zu schlafen, aber er konnte nur an Ian denken, und wie das für ihn wäre.«

Das soll wohl ein Scherz sein, dachte Gilmore. Es muß ein Scherz sein.

»Oder der hier«, sagte Joan und zog einen anderen Brief heraus: »Ian war im Nebenzimmer, nur eine Wand weiter, und hätte jeden Moment hereinkommen können ...«

Es war ein fast zusammenhangloser Strom von Gehässigkeiten. Ihr Speichel spritzte gegen die Windschutzscheibe, ihre Finger umklammerten erstaunlich kräftig seinen Arm, als könne sie ihm durch körperlichen Druck klarmachen, daß sie die Wahrheit sagte.

Gilmore war in eine Seitenstraße eingebogen und wollte, daß sie ausstieg, aber sie hatte ihn gezwungen, weiter zuzuhören, und sich mit den Worten gerechtfertigt: »Sie spielt mit dir.« Sie wollte nicht aussteigen. Das war das Schlimmste gewesen. Er hatte gebettelt, gefordert und schließlich gedroht, aber sie saß da wie eine riesige fette Spinne. Widerlich. Entschlossen. Wie festgewachsen. Da er nicht einfach die Beifahrertür aufreißen und Joan aus dem Wagen zerren konnte, fühlte er sich hilflos. Er saß in der Falle, und das wußte sie. Und während die Minuten verrannen, kam er in den Genuß weiterer Auszüge aus den Briefen.

Einmal war er soweit, daß er sie am liebsten umgebracht hätte. »Warum?« fragte er. »Warum tust du das?«

Es war ein wundervoller Nachmittag gewesen. Die Wärme lag wie Milch auf der Haut, der Himmel war Wedgwoodblau. Und doch erinnerte Gilmore sich erst hinterher daran. Damals registrierte er nur den fettigen Schimmer ihres Mondgesichts, als sie erwiderte: »Ich dachte, das sei klar. Ich liebe dich.«

In gewisser Weise hatte ihn die Erkenntnis, daß sie einfach meschugge war und er ihre Worte nicht ernst zu nehmen brauchte, erleichtert. Er fuhr weiter und war zutiefst dankbar, als er merkte, daß sie nun offenbar fand, sie habe genug gesagt. Die letzten paar Kilometer verliefen in absoluter, paradiesischer Stille. Doch als sie beim Haus angelangt waren, hatte er sich ausgelaugt gefühlt, wie nach einem schweren seelischen Schock, was – im Rückblick – ja auch zutraf.

Er stieg aus dem Wagen und ging an Wachmann vorbei, der gerade den Volvo auslud und ihm zurief: »Warum habt ihr denn so lange gebraucht?«

Gilmore ignorierte ihn und ging ums Haus herum. Die Nebengebäude standen leer, im Silo lagerte kein Getreide mehr, da man die letzten landwirtschaftlichen Geräte vor einigen Wochen nach Thornley transportiert hatte.

Ein Pfostenzaun trennte den Garten von der Koppel, wo Ernst Wachmann eine Stute gehalten hatte. Wochen zuvor hatte er die Stute in einen Anhänger verladen. Jetzt stand die Koppel leer, das Gras war dicht und saftig, weil es schon lange nicht mehr gemäht worden war. Es war die Zeit im Jahr, in der das Gras, genau wie das Getreide und das Schilf auf dem tieferliegenden Land, rasch emporschoß. In den wenigen Monaten, seit die Wachmanns weggezogen waren, hatte die Farm schon fast alle Zeichen abgeschüttelt, daß sie einmal bewirtschaftet worden war.

Er ging zu den Bäumen und blickte auf das Wasser hinab, das ans Haus grenzte. Er war sich der Ruhe bewußt, der Stille, des Geruchs der heißen, feuchten Erde, und er wußte jetzt, warum Richards Vater so an der Niederung gehangen hatte: In Marshfield war man dem Paradies so nahe, wie man es überhaupt sein konnte. Dies besänftigte Gilmore so sehr, daß er nicht mehr an Joans Worte gedacht hätte, wenn er nicht hätte ins Haus zurückkehren müssen.

Er ging von den Bäumen weg über das sumpfige Land. Vögel flogen wie Gespenster aus dem langen, feuchten Gras auf und schlugen am Rand seines Gesichtsfelds langsam mit den Flügeln. Als er schließlich in die Küche trat, sah Wachmann auf, der unerlaubterweise schon von den mitgebrachten Sachen aß, und sagte: »Helena ist oben.«

Gilmore sah auf die Uhr. Es war sieben. Bald würden die ersten Gäste eintreffen. Er stürmte ins Schlafzimmer hinauf, und als er eintrat, wandte sich Helena vom Schrank zu ihm um. »Wo warst du denn?« In der Hölle, dachte Gilmore. »Ich bin spazierengegangen.«

Sie zog Kleidungsstücke und ein Reisebügeleisen aus dem Rucksack, und nachdem sie das Bügeleisen angeschaltet und aufs Fensterbrett gestellt hatte, fragte sie: »Ist irgendwas?«

Er war versucht, es ihr zu sagen, beschloß aber, noch zu warten. Wenn er es ihr jetzt sagte, konnten sie in bezug auf Joan erst nach der Party etwas unternehmen, und er wollte Helena den Abend nicht verderben. Es war besser zu warten, bis sie Joan direkt damit konfrontieren und sie gleich zum Bahnhof fahren konnten.

Er sah zu, wie sie sich ein Sweatshirt über den Kopf zog und mit ihren langen schlanken Beinen aus einer schwarzen Jeans schlüpfte. Mehr hatte sie nicht angehabt, nur noch die Pumps, die sie von den Füßen schleuderte und neben der Schranktür liegenließ. Dann stand sie vor ihm, überzeugt, daß ihr Anblick die Augen des kritischsten Mannes erfreut hätte, und sagte: »Komm.«

Widerstrebend, trotz der nagenden Zweifel, der Wut, der Verwirrung, schlief er mit ihr, und als sie später ruhig nebeneinander lagen, sagte er: »Ich würde für dich sterben, weißt du das?«

Welche Ironie.

Sie rückte von ihm weg. Daran erinnerte er sich später. Es war, als habe seine ernsthafte Bemerkung sie peinlich berührt, und er lauschte ihren verhallenden Schritten, als sie zum einzigen funktionierenden Bad im Haus ging.

Während sie sich wusch, bügelte er die Kleider, die sie aus dem Rucksack gezogen hatte. Das Rauschen des Wassers bildete den Hintergrund seiner Gedanken. Obwohl er sich alle Mühe gab, gelang es ihm einfach nicht, Joans Worte zu vergessen.

Einige Teile des Puzzles fügten sich zusammen. Lügen, die Helena, wie er sich eingeredet hatte, niemals erzählen würde; der Gesichtsausdruck eines Freundes, der sich nach Helena erkundigt hatte; das kleine Lächeln, als Gilmore antwortete: »Danke, es geht ihr gut.« Es war wie ein Gift, das durch alle Vernunft drang.

Als sie zurückkam, schaltete er das Bügeleisen aus. Er reichte ihr ihre Kleider und sah zu, wie sie einen Wickelrock und eine schwarze Seidenbluse anzog, die sie in der Taille verknotete. Sie fuhr sich mit der Hand durchs Haar und wußte auch ohne Spiegel, daß sie gut aussah. »Wir sollten runtergehen«, sagte sie.

»Ich muß mich noch waschen.«

Sie wartete auf ihn. Als er zurückkam, zog er sich an, und beide gingen hinunter, ohne zu ahnen, was sie erwartete.

Von all dem wußte Driver nichts. Die Geschichte, die Gilmore ihm aufgetischt hatte, entsprach absolut nicht der Wahrheit, und er war nie davon abgewichen, hatte sich nie in Widersprüche verwickelt, durch die Driver die ganze Lüge hätte aufdecken können.

Aber jetzt sah alles ganz anders aus. Vor zwanzig Jahren hatte Driver *vermutet*, daß Helena Marshfield nie verlassen hatte. Jetzt, wo man die Leiche gefunden hatte, *wußte* Rigby, daß sie dortgeblieben war.

Und es blieb ihm nicht mehr viel Zeit.

37

Joan hatte Angst. Tiefe, stille Angst. Einfach so dazusitzen, zu warten und zu wissen, daß er sie töten würde. Sie wußte jetzt, was es hieß, wenn man von einem Verurteilten sagte, er sei ruhig in den Tod gegangen. Das war keine Ruhe, sondern Ungläubigkeit, ein fast traumartiger Zustand.

Gilmore mußte die Adresse von Turnbull bekommen haben. Sie hatte versäumt, Turnbull zu sagen, er solle niemandem ihren Aufenthaltsort verraten. Sie war nicht logisch vorgegangen. Aber vermutlich hätte es sowieso keinen Unterschied gemacht. Von ihrer Arbeit bei den Evening News wußte sie, daß man viel leichter an Informationen herankam, als die meisten Leute glaubten.

Sie fragte sich, was Gilmore jetzt dachte. Die angespannte Stille erinnerte sie an die Stille, die am Tag der Party zwischen ihnen geherrscht hatte. Als sie beim Haus angelangt waren, hatte er sie im Wagen zurückgelassen und war zu den Bäumen hinübergegangen. Dort war er über eine Stunde geblieben und hatte auf das Haus geblickt. Sie zweifelte nicht daran, daß er sich daran erinnerte, wie die Sonne das Haus am frühen Abend in einem Winkel traf, der den Backstein in einer Farbenpracht auflodern ließ, die nur zu dieser Tageszeit zu sehen war.

Ihre eigenen Erinnerungen waren ganz anders. Wann immer sie an das Haus dachte, war es in Dunkelheit getaucht, trotz der Tatsache, daß es bei ihrer Ankunft am frühen Abend noch hell gewesen war.

Vielleicht kam das daher, daß ein großer Teil des Hauses nicht mehr zugänglich gewesen war: verschlossene Türen, keine Glühbirnen mehr. Und es war kalt. Bitterkalt.

Gilmore hatte sie im Wagen zurückgelassen. Er hatte kein Wort mehr mit ihr gesprochen, nachdem sie in Schweigen versunken war. Wenig später betrat sie das Haus. Wachmann hatte einige Wochen vor der Party wieder für Strom gesorgt: Ein Notstromaggregat, das sein Vater für einen eventuellen Stromausfall angeschafft hatte, wummerte im Seitengebäude gegen die Backsteinwand. So wurde ein Teil des Hauses beleuchtet, und Gilmore hatte genug Strom, um seine Musikanlage zu betreiben.

Der Boden im Hausflur war aus Holz gewesen. Früher mochte er ein blankpolierter Blickfang gewesen sein, aber jetzt war das Holz so feucht, daß es ihre Schritte dämpfte. Joan hatte das unbehagliche Gefühl, daß sich unten im Keller ein Verlies befand, mit feuchten, tropfenden Mauern und angeketteten Menschen. Aber es war nur ein Bauernhaus, nicht mehr und nicht weniger. Funktional und von keinerlei architektonischem Reiz.

Ein Raum im unteren Stockwerk war mit Second-hand-Möbeln eingerichtet. Über ein flaschengrünes Sofa hatte Helena eine pseudo-orientalische Decke in Rostbraun und Gold geworfen, ein simpler Trick, der den ganzen Raum veränderte. Aber das war typisch für Helena: Sie berührte, verwandelte und – Joan hatte kein gutes Gefühl, als ihr das Wort »verunstaltete« durch den Kopf fuhr.

Sie hatte sich so geschämt, daß sie auf dem Absatz kehrtmachte und in die Küche ging, wo sie Helena bei der Zubereitung des Essens geholfen hatte, und Helena hatte sie gefragt: »Na, wie findest du Ian?«

»Du hast ihn nicht verdient.«

Helena hatte innegehalten. Von dem Messer in ihrer Hand fiel ein Butterflöckchen. »Du solltest dich wirklich nicht so benehmen«, sagte Joan. »Er liebt dich.«

Helena hatte das lustig gefunden. Ihr sanftes Lachen, ihre weißen, ebenmäßigen Zähne, das kurze dunkle Haar, weich und glänzend im Licht, das vom Fenster hereinfiel. Sie hat ja keine Ahnung, dachte Joan, sie hat nicht die mindeste Ahnung, welche Qualen sie anderen bereitet. Oder es ist ihr einfach egal. »Weiß er es denn?« fragte Joan. »Weiß er denn, daß du ...« Sie suchte nach der besten Umschreibung. Irgendwie klang »daß du dich durch sämtliche Betten schläfst« altmodisch. Helena hätte sie wahrscheinlich ausgelacht.

Ohne es zu wissen, ersparte ihr Helena die Qual, nach einer anderen Formulierung suchen zu müssen, indem sie sagte: »Wenn er es wüßte, würde er mich umbringen«, und Joan dachte später, wie zutreffend diese Bemerkung gewesen war. Daß Gilmore Helena Warner getötet hatte, war eine Instinkthandlung gewesen, er wollte sich ein maßlos unglückliches Leben ersparen, ein Leben, in dem er jemanden wie sie liebte.

In einer gerechten Welt hätte ihr Tod seinem Unglück ein Ende gesetzt. Aber in der Welt ging es nicht gerecht zu, und der beste Beweis dafür war, daß ihre Leiche aufgetaucht war, vom Wasser bis auf die Knochen ausgewaschen, kieselglatt, ohne die schöne Haut.

Wenn Gilmore ihr auf die Schliche gekommen wäre, hätte Helena wahrscheinlich auch noch erwartet, daß er ihr verzieh und daß ihre Beziehung weiterging wie bisher. Das hätte eine Anmaßung vorausgesetzt, die Joan fremd war, aber schließlich war Joan noch nie in ihrem Leben schön gewesen, und Männer wie Gilmore verliebten sich nicht in Frauen wie sie. Sie hatte das schon im Wagen gewußt, als sie allen Stolz fahren ließ und Gilmore gestand, daß sie ihn liebte – einfach, weil sie wußte, daß sie nie mehr die Chance oder den Mut haben würde, das auszusprechen. Daß er ihr entgegnet hatte, sie sei ja verrückt, war ein kleiner Preis für die Freude gewesen, eine bittersüße Erinnerung vielleicht, aber doch eine Erinnerung. Weder vorher noch nachher hatte sie einem Mann gesagt, daß sie ihn liebte. Aber sie würde mit dem Wissen ins Grab sinken, daß sie es wenigstens einmal gesagt hatte, aus ganzem Herzen, auch wenn dieses Gefühl damals ihrer Einsamkeit entsprungen war und der kläglichen Hoffnung, er werde ihre Liebe eines schönen Tages vielleicht doch erwidern.

Sie hatte am Küchenfenster gestanden und beobachtet, wie Gilmore von den Bäumen zum Haus kam. Bald würde hinter ihnen die Abendsonne untergehen, aber noch hing sie weich und voll über dem Horizont, wie eine Mango, deren Saft auf das Sumpfgebiet herabtropfte. Joan hatte sich gewünscht, diese Erinnerung an ihn für immer bewahren zu können, und hatte sich eingeprägt, wie er ging: gedankenverloren, ohne auf die Vögel zu achten, die da und dort beim Geräusch seiner Schritte aufflogen.

Er kam zur Haustür herein, und Wachmann hatte ihm aus der Küche zugerufen, daß Helena oben sei. Dann hatte sie ihn auf der Treppe gehört, rasch und leicht, wie er zwei Stufen auf einmal nahm.

Die Gäste trafen ein, in der Mehrzahl Männer, manche brachten ihre Freundinnen mit, die meisten Wein.

Joan blieb kaum etwas übrig, als sich im Hintergrund zu halten und das Geschehen zu beobachten. Bei den wenigen Versuchen, sie ins Gespräch zu ziehen, hatte sie das Interesse der Leute gleich wieder gedämpft, indem sie sagte, sie sei nur eine Bekannte, die Helena mitgebracht hätte, um ihr zu helfen, die Party vorzubereiten. Das war gar nicht so falsch. Sie hätte auch wahrheitsgemäß sagen können, daß sie Helenas transportabler Hintergrund sei, jemand, der Helena durch seine bloße Gegenwart noch strahlender erscheinen ließ.

Sie ertappte sich dabei, daß sie Wachmann ansah und sich vorzustellen versuchte, wie er diese Schmetterlingsschenkel malte. Er sah gar nicht danach aus. Zu sensibel. Zu ruhig. Einmal hatte sie ihn dazu bringen wollen, darüber zu sprechen. Er war zwar sehr höflich gewesen, aber mehr war nicht drin, mehr war nie für sie drin. Sie kannte die Zeichen. Diesen Zeichen begegnete sie Tag für Tag bei Männern, denen sie im College, im Bus, in Geschäften über den Weg lief.

Er hatte während des Gesprächs sogar an ihr vorbeigeschaut, und als sie ein wenig den Kopf gedreht hatte, war ihr klargeworden, wem seine Aufmerksamkeit galt: Helena. Und Joan sah, daß die beiden jene Art von Blicken wechselten, die sie selbst wahrscheinlich nie mit einem Mann wechseln würde: herausfordernde, laszive Blicke, die Joan veranlaßt hatten, die beiden im Auge zu behalten und jeden ihrer Schritte vorauszuahnen.

Stunden später war sie für ihre Geduld belohnt worden. Kaum sah sie, wie sich die beiden aus dem Haus stahlen, schlich sie auch schon hinterher. Wenn sie sie jetzt aus den Augen verlor, würden sie in einem der vielen Nebengebäude verschwinden, wo Joan sie bestimmt nicht finden konnte.

Der Mond war zwar schon aufgegangen, aber die Schwärze der Nacht leuchtete aus sich heraus, und trotz der Dunkelheit, die die beiden verbarg, konnte sie sie so deutlich sehen, als stünden sie direkt vor ihr.

Helena lehnte mit dem Rücken an einem Nebengebäude, das Wummern des Generators drang durch die Backsteinwand. Joan ging weg. Sie floh nicht nur vor dem nahenden Liebesakt und der Gewißheit, all das vor Augen geführt zu bekommen, was sie nie sein oder erreichen würde, sondern sie ging auch deshalb wieder zurück, weil sie fürchtete, eine günstige Gelegenheit zu verpassen.

Sie fand Ian, der gerade frische Gläser aus einer Kiste nahm, und rüttelte ihn am Arm.

»Was gibt's?« fragte er, und in seiner Stimme mischten sich Ärger und eine Spur Mißtrauen.

»Komm einfach mit.«

Ihr Ton machte ihn hellhörig – was sie bei ihrem ersten Versuch mit ihrem keifenden Gewinsel nicht geschafft hatte –, und er folgte ihr zu dem Nebengebäude hinaus, wo Helena, wunderschön in ihrer Ekstase, aufgeschrien hatte wie einer jener langsam flatternden Vögel, die vom Sumpf aufgestiegen waren.

Den Triumph dieses Augenblicks würde sie nie vergessen, er übertraf noch die Genugtuung, die sie empfunden hatte, als sie den Messingknauf herumdrehte und spürte, wie die Leiche schwer gegen die Tür drückte, ihr entgegenfiel, von ihr wieder in den Schrank geschoben wurde, nur noch die Hand zu sehen war, schlanke, wächserne Finger – und Gilmores »O Gott, o Gott ...«

38

An Schlaf war nicht zu denken gewesen. Es existierte nur Kälte, Hunger und die tiefe, ganz Marshfield verschlingende Schwärze. Joan erinnerte sich an jene Finsternis. Am Abend der Party hatte sich die Dämmerung lange hingezogen, aber dann brach plötzlich diese totale Finsternis herein und verhüllte die Gebäude, das Land und das Wasser, das gnadenlos auf die Tür zugekrochen war.

Jetzt kroch das Licht übers Wasser und ließ das gegenüberliegende Ufer aufleuchten, die Bäume, die Berge.

»Es wird Zeit«, sagte Gilmore. Er stieß sie nach vorn, band ihre Hände los und stieg aus dem Wagen. Sie folgte ihm zum Wasser hinunter, steif vor Kälte, halb verrückt vor Angst. Dann stand sie neben ihm am Ufer. Sie starrte dorthin, wo sich das Haus befinden mußte, und stellte sich vor, sie könne den schwachen Umriß des kleinen Backsteinhauses sehen, in dem der Generator gestanden hatte.

»Ich habe im Lauf der Jahre oft daran gedacht, wie du mich aus dem Haus geholt hast«, sagte Gilmore.

»Du hattest ein Recht darauf, es zu erfahren.«

»Du hast dabei doch nicht an mich gedacht. Du wolltest ihr nur eins auswischen.«

Sie wog ihre Chancen ab und kam zu dem Schluß, daß sie auch ungefesselt keine hatte. Selbst wenn sie ihn überrumpelte, war sie doch unbewaffnet. Er hatte ja schon bewiesen, daß er stärker war als sie. Und daß sie ihn überwältigen konnte, war mehr als unwahrscheinlich. Sie sah sich um. Das Licht nahm von Minute zu Minute zu und enthüllte Dinge, die noch wenige Augenblicke zuvor im Dunkeln gelegen hatten.

Sie konnte sich nirgends hinflüchten. Die wenigen Bäume boten keinen Schutz, und die lange, steile Straße zum Dorf bot keinerlei Deckung. Er ist nicht dumm, dachte Joan. Er hatte gewußt, sie hierherzubringen war genauso sicher, als hätte er sie in einem Schrank versteckt. Er fragte: »Warum bist du überhaupt zu der Party gekommen?«

»Weil ich gewinnen wollte«, sagte Joan. »Weil ich lang genug da sein wollte, um sie zu besiegen, wenigstens einmal.«

»Und wie sollte das funktionieren?«

»Indem ich dir die Briefe zeigte.«

»Aber das war ja nicht alles.«

»Nein«, sagte Joan. »Daß ich diesen Türknauf herumdrehen durfte – das war eine unerwartete Dreingabe.«

»Ich habe dein Gesicht dabei gesehen. Diesen Gesichtsausdruck werde ich nie vergessen.«

»Du hattest den gleichen.«

»Das ist nicht wahr ...«

»Nur einen Moment lang, als du sie mit Richard erwischt und auf sie eingeschlagen hast. Da hast du so ausgesehen, wie ich mich schon seit ewigen Zeiten fühlte.«

»Hast du mich deshalb gedeckt?«

»Nein. Ich habe dich gedeckt, weil du etwas getan hast, wonach mir selbst schon seit Jahren zumute war.«

Sie überlegte, wie anders alles gekommen wäre, wenn sie ihn damals nicht gedeckt und am Abend der Party nicht die Führung übernommen hätte. Sie hatte ihn ins Auto gedrängt. Wachmann war in seinem eigenen Wagen hinterhergefahren. Auf der Fahrt hatte sie sich die Geschichte ausgedacht, die sie später der Polizei auftischten. Möglichst simpel, hatte sie gedacht. Je simpler, desto besser. Keine komplizierten Abschweifungen, nichts Ungewöhnliches, alles ganz einfach.

Sie hatten während der Fahrt kaum etwas gesprochen. Doch nachdem sie in dem Haus im Norden Oxfords eingetroffen waren, stand sie im Wohnzimmer – Richard saß auf der Couch, Gilmore zusammengesunken in einem Sessel – und trichterte ihnen die Geschichte ein.

Richard merkte sie sich sofort, aber Gilmore stand noch zu sehr unter Schock. Sie hatte nicht lockergelassen, hatte ihm die Details eingehämmert, so gut es ging.

»Hörst du mir auch zu, Ian? Ja? Gut. Wiederhole jetzt, was ich dir gesagt habe.«

Sie erinnerte sich noch, wie er die Geschichte mit monotoner Stimme heruntergestottert hatte.

»Richard hat die Party geschmissen. Sie dauerte bis etwa zwei Uhr nachts. Dann habe ich dich und Helena nach Oxford zurückgefahren und euch am Somerville College rausgelassen. Richard fuhr in seinem eigenen Wagen. Niemand war bei ihm. Er kam zu selben Zeit wie ich nach Hause. Er hat gesehen, wie ihr ausgestiegen seid.«

»Was haben wir auf der Fahrt geredet?«

»Nichts«, sagte Gilmore. »Ihr wart sturzbetrunken, du und Helena. Helena saß auf dem Beifahrersitz. Du hinten.«

»Gut«, sagte Joan.

Als er es endlich kapiert hatte, sagte sie ihm, daß Helena vor ein paar Tagen Karten für ein Konzert in der Free Trade Hall gekauft hatte.

»Die Karten sollten eine Überraschung sein«, sagte Joan. »Sie kommen uns jetzt sehr gelegen. Wenn dich die Polizei verhört, sagst du einfach, du hättest sie gekauft und zu Hause vergessen.«

»Warum?«

»Weil du morgen nach Surrey fährst. Du wirst der Polizei sagen, daß du die Karten geholt hast, über Nacht dortgeblieben und am Montag nach Oxford zurückgefahren bist.«

»Warum?«

»Warum was?« sagte sie ärgerlich.

»Warum brauche ich ein Alibi für Sonntag nacht und Montag vormittag?«

»Weil ich behaupten werde, ich hätte Helena am Sonntag abend zum Zug gebracht. Kapiert?«

»Nein«, sagte Gilmore, den der Schock begriffsstutzig machte.

»Herrgott noch mal!« Sie drehte sich verzweifelt zu Wachmann um. Aber der schüttelte bloß den Kopf, als habe er ebenfalls die Hoffnung aufgegeben, daß Gilmore es je kapieren werde. »Die Polizei soll glauben, ich sei die letzte gewesen, die sie lebend gesehen hat!«

Gilmore sackte in sich zusammen, und Joan gab auf. In seinem Zustand konnte er keinen weiteren Druck ertragen. Joan konnte nur hoffen, daß er die Geschichte in groben Zügen begriffen hatte, aber das konnte nur die Zeit zeigen. Vielleicht würde er beim Verhör zusammenbrechen, sie aber nicht. Das hatte sie schon damals gewußt.

Als spürte er, daß sie und Wachmann es aufgegeben hatten, riß er sich etwas zusammen. »Diese Eintrittskarten«, sagte er. »Die sind doch in Helenas Zimmer.«

»Und?«

»Wie willst du an die rankommen? Das Zimmer ist doch abgeschlossen.«

»Ich weiß«, sagte Joan, »aber ihr Zimmer liegt im Erdgeschoß. Wir haben das Fenster offengelassen. Wenn ich heute Nacht einsteige ...«

»Und wenn man dich dabei erwischt?«

»Mir bleibt nichts anderes übrig. Die Karten sind wichtig.«

»Die Polizei wird fragen, warum ich nicht einfach meine Eltern gebeten habe, sie mir zu schicken.«

»Dann sagst du ihnen, du wolltest nicht, daß sie in deinen Sachen herumschnüffeln.«

»Ich verstehe immer noch nicht, warum ich nach Surrey fahren soll.«

Sie schnauzte ihn an und wiederholte alles, was sie ihm erst vor wenigen Sekunden eingebleut hatte. »Die Polizei soll glauben, daß ich die letzte Person war, die Helena lebend gesehen hat. Ich dachte, das hättest du kapiert!« Als sie ihn so anfuhr, merkte sie, daß sie deshalb so nervös reagierte, weil sie eifersüchtig war. Er trauerte um Helena und würde immer um sie trauern, nicht, weil er sie getötet, sondern weil er sie geliebt hatte.

Und dafür haßte sie ihn.

Sie stand jetzt vor ihm, rieb die Striemen an ihren Handgelenken, spürte, wie das Blut schmerzhaft pochend in ihre Finger zurückströmte. Gilmore trat leise hinter sie. Sie wartete auf einen Strick um ihren Hals oder auf einen Messerstich, aber nichts geschah. Es kam ihr vor, als würde sie schon ewig hier stehen.

Kein Wind, keine Wolke in der grauen Decke über ihr, nur schneidende Kälte, die die Haut betäubte, und das Wasser, das die Bäume widerspiegelte.

Mach schon, dachte Joan. Tu's endlich!

Sie dachte an Turnbull, die Wohnung, die vor ihr liegenden Jahre. Wofür lohnte es sich noch zu leben? Endlose Ablehnungen ihrer Artikel, die sich nicht verkauften, ihres Buches, das nie gedruckt werden würde, nur Schmutz, Chaos, Elend – und die Art und Weise, wie sie ihre Miete bezahlte, und die ihr jedesmal ein Stück ihres Lebens nahm.

»Hau ab, Joan.«

Einige Augenblicke lang rührte sie sich nicht, und als sie sich umdrehte, sank er in die Knie und streckte die Arme nach der Uferstelle aus, wo die Barkasse angelegt hatte. Er sah es noch vor sich, wie die weiße Plastikplane aufgegangen war. Und trotz des Grauens hatte er sich danach gesehnt, diese jämmerlichen Überreste der Frau zu berühren, die er geliebt hatte.

Sie kauerte sich neben ihn. »Was ist denn?«

»Ich habe sie geliebt«, sagte er.

Wie seltsam, dachte Joan, daß mich diese Worte selbst

heute noch verletzen, nach all den Jahren, und obwohl sie tot ist.

»Warum hast du mich nicht umgebracht?«

»Vielleicht hatte ich einfach nicht den Mut dazu.«

»Vielleicht bist du einfach kein Mörder«, sagte Joan leise.

Sie ging vom Ufer weg. Das Wasser wich zurück, die Bläßhühner flogen auf.

»Wo fahren wir jetzt hin?« fragte Gilmore.

»Zu Richard.«

39

Cora kleidete sich sorgfältig an. Sie entschied sich für ein maßgeschneidertes Kostüm aus feiner dunkelgrüner Wolle und eine elfenbeinfarbene Seidenbluse. An ihrer Schulter befestigte sie eine Brosche, deren Kern aus einem großen Stück südafrikanischem Gelbholz bestand. Die Diamantrosette, die es umgab, verstreute Lichtpunkte auf Wände und Boden.

»Wie sehe ich aus?« fragte sie und spürte um sich herum die Geister der Küchenmägde. Eine bürstete ihr ein Stäubchen von der Schulter, eine andere steckte ihr eine Haarsträhne in den Schildpattkamm.

Sie verlassen uns, Miss Cora ... Aber wohin gehen Sie?

In einen Bungalow, Alice.

Aber warum tun Sie das, wo Sie doch all dies hier besitzen?

Es ist nicht wert, daß man es besitzt. War es nie wert.

Ein ferner, für sie immer noch ungewohnter Laut unterbrach ihre Gedanken, und sie stieg die Treppe hinauf, um die Haustür zu öffnen. Es hatte eine Zeit gegeben, und sie lag noch gar nicht lange zurück, da hatte ihre Gesellschafterin die Tür geöffnet. Sie selbst hatte sich nie an das scharfe Schrillen gewöhnt, das den etwas weniger durchdringenden Ton der Glocke ersetzt hatte, die zu Lebzeiten ihres Vaters benutzt worden war.

Sie verließ das Zimmer, tastete sich durch die Gänge, durch die sie als Kind gerannt war, und hielt am Fuß der Treppe einen Moment inne.

Vor ihr befand sich ein kleines Bogenfenster, dessen Buntglas das Familienwappen darstellte, als wolle es die Bediensteten daran erinnern, wer ihre Herrschaft war. Einer der Handwerker hatte sie gefragt, ob er es mitnehmen dürfe, und Cora war sicher, daß er es trotz gegenteiliger Beteuerungen verkaufen würde. Das Fenster würde in einem Restaurant in Hongkong landen oder vielleicht in einem Haus in Amerika.

Und wenn schon, dachte Cora. Früher oder später würde das mundgeblasene Glas sowieso kaputtgehen – durch Sonneneinstrahlung oder einen Betrunkenen –, und der neue Eigentümer würde feststellen, daß es sich nicht mehr reparieren ließ, daß solches Glas heute gar nicht mehr hergestellt wurde und daß das Ersatzglas weder farblich noch qualitativ zum alten Glas passen würde. Und genau das ist das Problem, dachte Cora. Farbe und Qualität waren aus dem Leben aller verschwunden. Die ganze Welt ließ sich nicht mehr reparieren, und wer wenigstens den Versuch dazu unternahm, mußte sich darauf beschränken, den Schaden notdürftig zu kitten.

Seltsame Bilder blieben wie hartnäckige Flecken haften: Wie sie am Fuß dieser Treppen gestanden und ihrem Vater den Weg versperrt hatte, als er Alice das Kind in den Arm drückte. »Schaff mir das da aus den Augen!«

Sie hatte das Kind nie wiedergesehen, aber einen Fetzen von seinem Kleidchen besaß sie immer noch. Sie trug ihn immer bei sich, hielt ihn an ihre Wange, konnte das Kind immer noch riechen. Oder war das pure Einbildung?

Die Klingel schrillte erneut, und als sie die Tür öffnete, standen ihr fremde Leute gegenüber. Das war nichts Neues.

»Wir suchen Richard Wachmann«, sagte die Frau.

Cora tastete nach dem Stückchen Stoff, das immer noch die Wärme der seidenweichen Haut in sich trug.

»Treten Sie ein«, sagte sie.

Sie führte sie in den Keller hinunter, wo Richard gerade eine Inschrift in den Betonträger meißelte, der sich unter dem Sockel befand.

»Ich laß Sie allein«, sagte Cora, die beiden Besucher standen in der Tür. Wachmann, der sie zwar bemerkte, aber nicht wußte, wer sie waren, nahm kaum Notiz von ihnen.

Gilmore konnte sich nicht mehr daran erinnern, wie oft er ihn bei der Arbeit beobachtet hatte – der Farbgeruch, der das ganze Haus durchzog, Richards Besessenheit in bezug auf das richtige Licht. Trotzdem sah er in ihm aus irgendeinem Grund nicht einen Bildhauer. »Was machst du denn da?« fragte er.

Wachmann, in einer Hand den Meißel, in der anderen den Schlegel, erkannte die Stimme, drehte sich aber nicht um. »Hallo, Ian.«

»Darf ich mir das mal ansehen?«

Wachmann arbeitete weiter und legte letzte Hand an eine Inschrift, die nicht für die Öffentlichkeit gedacht war. »Einen Moment noch.«

Er hat sich nicht verändert, dachte Joan. Nicht einmal Geister aus der Vergangenheit konnten ihn von seiner Arbeit abbringen.

»Fertig«, sagte er und trat zurück.

Die Toten fordern einen doppelten Blick.
Über die Grenzen hinweg.
Geisterhaftes entschlossenes Geben. Denn die Toten
haben Anspruch auf die Gefühle der Liebenden,
das verpfändete Herz.

»Carson McCullers«, sagte Gilmore.

»Du hast ein gutes Gedächtnis.«

»Was hat das für eine Bedeutung?« fragte Joan.

»Helenas Lieblingsgedicht«, sagte Wachmann und fügte hinzu: »Ihr seid wohl wegen der Enthüllung der Plastik gekommen?«

»Nein«, erwiderte Joan. »Wir sind gekommen, weil Ian Hilfe braucht.«

»Hilfe?« Wachmann legte den Meißel hin. »Das scheint

zur Gewohnheit bei ihm zu werden, daß er uns um Hilfe bittet.«

»Richard«, sagte sie sanft, »ich weiß nicht, ob du es schon weißt, aber man hat Helena gefunden.«

Sie forschte in seinem Gesicht, ob er die Tragweite ihrer Worte verstanden hatte, aber Wachmann drängte nur an ihr vorbei. »Ich muß mich waschen.«

Er führte sie über eine Treppe in die Küche und wusch sich unter einem altmodischen Wasserhahn die Hände. Der Chrom blätterte ab, das hölzerne Abtropfbrett vermoderte. Der feine graue Staub des Betonträgers ließ sich leicht abwaschen.

Wenn es doch auch so einfach wäre, dachte Gilmore, Blut abzuwaschen.

40

Rigby, Driver und Dalton traten über die Türschwelle und standen in der Eingangshalle des Hauses. Von dessen ehemaliger Eleganz war nur noch das anmutig geschwungene Geländer einer Treppe übriggeblieben, die zu den oberen Räumen führte, während die alten Proportionen den jüngsten Veränderungen zum Opfer gefallen waren.

Als Cora sie hineinführte, klopfte Driver an eine Wand. Wie er erwartet hatte, handelte es sich um verputztes Fachwerk. Die schlichten, serienmäßig hergestellten Türen waren numeriert. Driver vermutete, daß es im oberen Stockwerk ähnlich aussah und daß sich im hinteren Teil des Hauses weitere Wohneinheiten befanden, alle ziemlich identisch, mit magnolienfarbenen Wänden und avokadogrünen Küchen. In einem Gebäude dieses Typs und dieser Größe – einem Gebäude, das mangels architektonischer Bedeutung nicht unter Denkmalschutz stand und vor etwas bewahrt worden war, das Driver als eine Form von Vandalismus betrachtete – hatte man wahrscheinlich allein schon das Wohnzimmer in zwei Wohneinheiten umgewandelt. Für Driver war das ein Verbrechen, aber schließlich war er kein Experte, er verließ sich nur auf seine instinktive Reaktion auf etwas, was er als eine Art Entweihung betrachtete.

Cora ging voraus, und sie folgten ihr durch den Korridor zu großen Rundbogentüren, die in einen Saal führten, der sich offenbar in seinem ursprünglichen Zustand befand. Driver sagte: »Der Rest des Hauses wurde in Wohneinheiten umgewandelt. Warum dieser Raum nicht?«

»Ich wollte, daß er so bleibt, wie er ist«, erwiderte Cora. »Die Statue braucht eine passende Umgebung.«

Rigby stand in der Tür und konnte sich gut vorstellen, wie es hier ausgesehen hatte, als sich die lange Festtafel quer durch den Saal erstreckt hatte. Die bis zum Boden reichenden Samtvorhänge, die er sich ausmalte, gab es schon lange nicht mehr, und die Fenster gingen auf einen verwilderten Garten hinaus: ein willkürlich in der Mitte des Gartens liegengelassener Förderkorb, ein halbgefällter Baum, die halb im Gras verborgenen Fragmente einer Statue.

An einer der langen, getäfelten Wände stand ein gedeckter Tisch mit einem weißen Tischtuch, Leinenservietten, Silberbesteck und Kelchgläsern aus Bleikristall. Die Eleganz des Geschirrs paßte nicht zu Quiche und Wurstpastetchen, die ein Partyservice gebracht hatte. Es hätte für über fünfzig Gäste gereicht, gekommen waren aber nicht einmal fünfzehn. Rigby hörte das Gemurmel, ohne zu verstehen, was gesprochen wurde.

Am gegenüberliegenden Ende des Saals stand die verhüllte Statue. Man konnte unmöglich erraten, wie sie aussah, aber eins stand nach Drivers Meinung fest: Sie mußte sehr groß sein.

Er wandte seine Aufmerksamkeit den anwesenden Personen zu. Die meisten wirkten distinguiert, waren teuer gekleidet und traten selbstbewußt auf. Und doch schienen sie neben der sie umgebenden Pracht aus der Zeit Jakobs I. zu verblassen. Wie ängstliche kleine Tiere drängten sie sich vor dem Kamin zusammen, stellten ihre Gläser auf den Sims, und ihre Worte schwebten durch den Schornstein in den weiten grauen Himmel hinauf.

Driver wurde auf Thurston aufmerksam, der gerade auf Cora zuging, Rigby und Dalton ignorierte, Driver aber einen freundlich-neugierigen Blick gönnte. »Cora«, sagte Thurston. »Sie erinnern sich gewiß an Dr. Mulholland, das ist seine Frau Annette ...«

Und dann sah Driver Wachmann. Er nutzte die Gelegenheit, ihn ungestört zu beobachten. Er hat sich nicht verändert, dachte Driver, das muß man ihm lassen. Gilmore sah so alt aus, wie er war, aber Wachmann hätte man auch auf Ende Zwanzig schätzen können. Sein Haar war noch dunkel, die Haut um die Augen faltenlos. Driver trat zurück und stellte sich dann fast genauso hinter Wachmann, wie er in Marshfield hinter Gilmore gestanden hatte. Wachmann drehte sich instinktiv um. Ihre Blicke trafen sich, aber Wachmann zeigte keine Anzeichen des Schocks, der sich auf Gilmores Gesicht gespiegelt hatte. »Erinnern Sie sich an mich?«

Falls Wachmann etwas erwidern wollte, bekam er keine Gelegenheit dazu. Aus einer Gruppe von Leuten lösten sich Gilmore und Joan, und wenn Gilmore schon die Begegnung mit Driver in Marshfield niedergeschmettert hatte, war dies nichts im Vergleich zu dem, was er jetzt empfand.

In jenem kurzen Moment überblickte er die zurückliegenden Jahre und erkannte, daß Helenas Tod ihn alles gekostet hatte, woran ihm jemals etwas gelegen war – nicht nur sein Glück oder die Chance, ein normales Leben zu führen, sondern auch seinen Glauben an sich selbst als guten, anständigen Menschen. Er wäre fast zusammengebrochen. Aber er besaß nur noch seine Würde, und die wollte er ums Verrecken nicht verlieren.

»Hallo, Ian«, sagte Driver. Es war genauso, wie Gilmore es sich vorgestellt hatte, bis hin zu dem Ton, in dem Driver dann hinzufügte: »Es ist lange her.«

Es war aus.

41

Im nächsten Moment eilten Rigby und Dalton auf sie zu, doch bevor sie irgend etwas sagen oder tun konnten, klopfte Thurston an sein Glas. »Meine sehr verehrten Damen und Herren ...«

Es blieb ihnen nichts übrig, als ihm ihre Aufmerksamkeit zuzuwenden, und während der anschließenden Rede ließ Driver Gilmore nicht aus den Augen.

Während Thurston in Fahrt kam, begann Coras Interesse zu erlahmen. In Wirklichkeit machte sie sich wenig aus seiner Rede, seiner Dankbarkeit, seiner Heuchelei. Sie interessierte sich nur für die Einlösung des Versprechens, das sie James einst gegeben hatte – das Versprechen, die Statue ihres Vaters zu zerstören und durch ein Denkmal für ihn zu ersetzen. Das Schlimmste war, daß sie jetzt wußte, welche Vergeudung die letzten fünfzig Jahre gewesen waren. Vieles von dem, was über Menschen gesagt wurde, die nach dem Verlust ihres geliebten Partners aus dem Leben scheiden, war Quatsch. Man brachte es am besten bald hinter sich, um so schnell wie möglich wieder bei dem geliebten Menschen zu sein. Welchen Sinn hatte es denn gehabt, sich jahrelang dahinzuschleppen und zu warten, bis man endlich mit der einzigen Triebfeder seines Daseins wieder vereinigt wurde?

Sie verlassen uns, Miss Cora. Aber wo gehen Sie hin?

Zu James.

Sie haben mich angelogen, Miss Cora.

Das ist verzeihlich, Alice. Ich habe mich ja selbst belogen. Das tun wir alle manchmal.

Als er die Rede beendet hatte, machte Thurston eine kleine Drehung und deutete auf die Statue, woraufhin Leute links und rechts von ihm das Tuch herabzogen. Als die Statue enthüllt war, schien es Cora, als stünde die Zeit still. Sie hatte diesen Ausdruck so oft in ihrem Leben gehört und doch bis zu diesem Moment nie recht gewußt, was er bedeutete.

Der Fotograf brach den Bann. Das Klicken und Surren seiner Kamera hallte durch den Saal. Zuerst konzentrierte er sich auf die Statue, dann richtete er die Linse auf die zahllosen Gesichter, die zu der Statue emporblickten, starr vor Schreck.

Cora war, als hörte sie eine Stimme. Sie klang so vertraut, und doch konnte Cora sie einen Moment lang nicht einordnen. Dann wurde ihr klar, daß die Stimme nicht das Produkt einer geisterhaften Heimsuchung war, sondern die Erinnerung an etwas, das ihre Mutter gesagt hatte, als sie sie im Kühlraum fand: »Ach Cora ... was hast du getan?«

Jemand sagte etwas und rief sie schlagartig in die Gegenwart zurück. »Was ist das?« fragten die Leute.

Cora wußte auch nicht mehr als alle anderen, aber sie wagte eine Vermutung. »Ich glaube, ein Leichnam«, sagte sie. »Ein Leichnam in Stein.«

42

In Wachmanns Statue waren Gilmores gräßlichste Alpträume verkörpert und lächelten auf ihn herab. Es war die Abbildung einer Leiche, wenige Tage nach Eintritt des Todes. Wachmann hatte noch keine sichtbaren Zeichen der Verwesung festhalten können, doch was er eingefangen hatte, war der Tod. *Helenas* Tod.

Gilmores Blick wanderte vom Hals zu den Brüsten, über den festen, flachen Bauch zu den Schamlippen einer Vagina hinab, die als Insekt gestaltet war – die Klitoris der Leib, die Vulva ein Paar fein ziselierter Flügel. Wachmann hatte perfekt erfaßt, was Helena ausmachte. Sie war wie ein riesiger Schmetterling gewesen, ein schönes, giftiges Insekt, das Menschen in sich einsaugte und in ihren eigenen Unzulänglichkeiten ertränkte. Er wäre am liebsten davongerannt, geflohen, genau wie an jenem Tag in Marshfield, als er sich umgedreht und Driver hinter sich gesehen hatte, aber so wie damals wußte er auch jetzt, daß es kein Entrinnen gab. Dies war ein Anblick, den er bis an sein Lebensende mit sich herumschleppen würde, der sich in sein Gedächtnis eingraben würde, neben dem letzten Bild von Helena und dem Grauen dieses Augenblicks.

Joan taumelte zurück, hob den Arm, zeigte wortlos auf das Gesicht, und in jenen Sekunden wurde Driver klar, wie sehr sie durch die Jahre und die Vernachlässigung heruntergekommen war. Joan, um die nie viel Aufhebens gemacht worden war, sah aus, als habe sie sich fast mit einem Gefühl der Dankbarkeit ins mittlere Alter fallen lassen. Alles an ihr bezeugte, daß sie es jetzt absolut nicht mehr für nötig hielt, sich um ihr Aussehen zu kümmern. Ihr zurückgekämmtes Haar war fettig, um die Augen hatte sie tiefe Runzeln, wobei die dicken Brillengläser jene Linien verstärkten, die vielleicht schon von Geburt an dagewesen waren. Sie war immer noch so ähnlich gekleidet wie damals, als er sie verhört hatte. Jetzt hingen die Kleider wie ein Zelt um die ausgemergelte Gestalt, und Driver sah ihr verwahrlostes Zimmer vor sich, hörte das klatschende Geräusch von Autoreifen im Regen.

Sie rang um Fassung, langsam sank die Hand mit gekrümmten Fingern herab. Sie sah Driver an. Wie lange, dachte Joan, wie lange hat er darauf gewartet? Wie köstlich muß dieser Moment für ihn sein. Sie dachte an jenen Tag zurück, als sie zu ihm gesagt hatte, er solle doch aufgeben, und er die Maske der Vornehmheit fallenließ und ihr klarmachte, daß sie einen schweren Fehler beging, wenn sie sich über ihn lustig machte. Heute war sein Tag, der Tag, auf den Driver gewartet hatte in der Gewißheit, daß er irgendwann kommen würde.

Sie stand vor ihm, frühzeitig gealtert. Ganz egal, was sie getan hat, dachte Driver, das, was jetzt aus ihr geworden ist, hat sie nicht verdient. Er sah, wie sie mit den Tränen kämpfte, und obwohl er wußte, was sie gerade durchmachte, sagte er: »Sie hätten ihn nicht decken sollen.«

Sie blickte auf, ihr Gesicht war verschwollen. »Ich habe geglaubt, daß ich ihn liebe «, sagte sie. »Aber es hätte auch jeder andere sein können ... Wichtig war für mich das, was er verkörperte.«

»Ich weiß«, sagte Driver, und als ihm langsam dämmerte, was er da vor sich sah, dachte er daran, wie viele Male er am Ufer gestanden und überlegt hatte, wie die Leiche jetzt wohl aussehen mochte. Aufgrund seiner Erfahrung hatte er es sich ganz gut vorstellen können, aber nicht einmal in seinen wildesten Phantasien wäre ihm etwas so Grauenhaftes in den Sinn gekommen wie das hier.

»Gut, nicht wahr?« sagte Wachmann.

Gut, dachte Driver. Dieses Wort hätte er nun nicht gerade gewählt, aber letztlich wußte er nicht, welches Wort dafür überhaupt angemessen war – die Art, wie die Haut lose auf den Knochen lag, die angedeutete Verfärbung des Körpers, der unmerklich herabgesackte Unterkiefer, der die leicht geöffneten Zähne enthüllte. Driver studierte das Gesicht. Man konnte sich nur schwer vorstellen, daß es einmal einem wirklich existierenden Menschen gehört hatte. Zunächst einmal war es unglaublich schön, viel zu schön, um real zu sein. Es besaß einen Anflug von Arroganz, fast Grausamkeit. Driver überlegte, ob dies das Wesen der Kunst ausmachte: die Fähigkeit, etwas von der Seele abzubilden. »Warum haben Sie das gemacht?« fragte er.

»Ich weiß nicht recht«, erwiderte Wachmann. »Fragen Sie Thurston. Er ist der Experte.«

Jemand lachte, und als Driver sich umwandte, sah er die elegante Frau, die Thurston als Annette vorgestellt hatte. Ihre Augen waren vor Entsetzen geweitet. Ihr Mann führte sie zu einem Sessel. Driver wandte sich Cora zu, aber paradoxerweise wirkte sie weniger bestürzt als die meisten anderen Anwesenden.

Thurston, dessen Stimme durch die riesigen Dimensionen des Saals verstärkt wurde, sagte empört: »Ich sorge dafür, daß das entfernt wird!«

»Ach, lassen Sie es doch stehen«, erwiderte Cora. »Was macht das schon?«

Es war ein fürchterlicher Schlag, mehr nicht. Sie war weder entsetzt noch empört – nur tief enttäuscht. Ohne sich recht darüber im klaren zu sein, hatte sie sich darauf gefreut, endlich jene vertrauten Gesichtszüge zu berühren, als handele es sich bei der Statue um James, der von den Toten zu ihr zurückgekehrt war. Statt dessen stand nun auf dem Sockel dieses grauenvolle Ding, und *das* war nun so gut wie sicher von den Toten zurückgekehrt.

Sie sah Wachmann an, der ihren Blick mit beinahe belustigter Miene erwiderte. »Es tut mir leid«, sagte er. »Ich wollte James darstellen, aber plötzlich merkte ich, daß ich sie forme. Ich kann es mir nicht erklären.«

»Haben Sie sie gekannt?«

Er hörte ihre Neugier heraus, fühlte sich aber von Cora nicht bedroht. »Nicht besonders gut.«

43

Gilmore hoffte, daß er ruhiger wirkte, als er in Wirklichkeit war. Er beobachtete, wie Rigby, und links von ihm Driver, ihm gegenüber Platz nahmen und Dalton an der Tür stehenblieb. Das wird eine Wiederholung der Verhöre mit Driver, dachte Gilmore und vermutete, daß dies einer der Verhörräume von damals war. Falls nicht, machte es kaum einen Unterschied. Es waren die gleichen cremefarbenen Wände wie damals, und der Tisch, der ihn von Rigby und Driver trennte, war am Boden festgeschraubt. Selbst die Neonröhre, die über ihnen flackerte, kam ihm bekannt vor, als wären die letzten zwanzig Jahre gar nicht gewesen.

Er war neunzehn, als er diesen Raum zum erstenmal betreten hatte. Neunzehn, ängstlich und mit einem furchtbaren Gefühl der Verlassenheit. Erst später hatte er gemerkt, wie umsichtig Driver vorgegangen war. Auf dem Revier hatte er ihn keine Sekunde ohne Aufsicht gelassen, und zu Hause hatte sich sein Vater auf Drivers Vorschlag hin diverse Tricks ausgedacht, um ihn ständig im Auge behalten zu können, unter anderem hatte er sämtliche Wände im Haus frisch gestrichen. Gilmore hatte mitangesehen, wie er Wände tünchte, die erst vor kurzem tapeziert worden waren, so daß sein Zimmer schließlich als einziger bewohnbarer Raum übrigblieb. »Es macht dir doch nichts aus, Ian, wenn ich ein paar Wochen bei dir auf dem Boden penne?« Und jedesmal, wenn er spazierengehen wollte, hatte sich sein Vater einen Mantel geschnappt. »Ich glaube, ich komme mit. Die frische Luft wird mir guttun.«

Rigby legte eine Kassette ein, nannte Datum, Uhrzeit, Ort, Name und Rang der anwesenden Polizisten und fragte Gilmore dann, ob er einen Anwalt wünsche.

»Nein«, erwiderte Gilmore, und Rigby sprach aufs Band, daß er die Anwesenheit eines Anwalts abgelehnt habe.

»Nicht sehr schlau von Ihnen, Ian.«

Gilmore sah Driver an, erwiderte aber nichts. Er schien nur dann reden zu wollen, wenn es nicht anders ging. Außerdem fiel ihm nur der Anwalt ein, den ihm sein Vater schon vor zwanzig Jahren besorgt hatte. Der hatte Driver damals die Stirn geboten und ihm mit einer einstweiligen Verfügung gedroht, falls er seinen Klienten weiter schikanierte. Gilmore hatte ihn respektiert, und mehr als das, er war ihm zutiefst dankbar gewesen, trotz seines Verdachts, daß ihn der Anwalt, genau wie Driver, für schuldig hielt. Aber er hatte ihn nicht zu einem Geständnis gedrängt. Er hatte ihm nur vorsichtig erklärt, daß er Gilmore, falls dieser ihm unter vier Augen gestehen würde, daß er *tatsächlich* schuldig war, nicht mehr auf *nicht schuldig* plädieren könne. Gilmore hatte den Wink verstanden. »Ich bin unschuldig«, sagte er, und ruhig hatte sein Anwalt erwidert: »Dann gebe ich Ihnen mein Wort, daß ich alles tun werde, um ihnen zu helfen.«

Er hatte Wort gehalten, auf der persönlichen Ebene aber trotzdem Distanz gewahrt und Gilmore unabsichtlich spüren lassen, daß er ihn für schuldig hielt.

Rigby legte eine Akte auf den Tisch und schlug sie auf. »Kommt Ihnen die bekannt vor?«

»Ja.«

»Dachte ich mir. Das ist die Akte über Helena Warners Verschwinden.« Dalton reichte ihm einen weiteren Ordner. »Und wissen Sie, was das ist?«

»Nein«, sagte Gilmore.

»Das ist die Akte über die Entdeckung der Leiche von Helena Warner.«

Er plazierte den Ordner auf der älteren, dickeren Akte,

legte seine gefalteten Hände darauf und sagte: »Neunzehnhundertfünfundsiebzig wurden Sie im Zusammenhang mit Helena Warners Verschwinden verhört.« Gilmore saß mit ausdrucksloser Miene da. »Geben Sie zu, daß Sie Helena Warner kannten und daß Sie damals im Zusammenhang mit ihrem Verschwinden von Kriminaloberinspektor Driver verhört worden sind?«

»Ja.«

»In Ihrer Aussage, die Sie nach Helena Warners Verschwinden gegenüber Kriminaloberinspektor Driver machten, haben Sie behauptet, Helena sei gemeinsam mit Ihnen in Ihrem Wagen aus Marshfield weggefahren. Joan Poole und Richard Wachmann haben diese Geschichte bestätigt.«

Gilmore sagte nichts, da Rigby ihn nicht dazu aufgefordert hatte. Rigby fuhr fort: »Das entsprach eindeutig nicht der Wahrheit. Helena Warner hat Marshfield nie verlassen.«

Rigby überraschte es nicht, daß Gilmore antwortete: »Die Tatsache, daß ihre Leiche in Marshfield gefunden wurde, beweist gar nichts. Sie hat die Party mit uns verlassen und könnte zwischen den frühen Morgenstunden des Sonntags und dem darauffolgenden Mittwoch jederzeit nach Marshfield zurückgekehrt sein.«

Driver hatte mit dieser Antwort gerechnet und gönnte sich ein Lächeln, ein Lächeln, das Gilmore nicht entging und auf das er mit einem Blick reagierte, den Driver als pure Frechheit empfand.

Rigby wußte, daß er kaum mit Fragen aufwarten konnte, die Driver nicht bereits viele Male gestellt hatte, und daß Gilmore die Antworten parat hielt. Er hatte diese Antworten vermutlich zwanzig Jahre lang in seinem Kopf gewälzt, sie verbessert, vielleicht sogar absolut wasserdicht gemacht. Darum änderte Rigby jetzt seine Taktik und attackierte ihn mit einer Frage, die ihn hoffentlich etwas aus dem Konzept bringen würde.

»Laut einer Aussage in den Akten haben Sie damals zugegeben, Merle Wachmann gekannt zu haben.«

Gilmore fragte sich, worauf Gilmore hinauswollte. »Ja, und?«

»Wann haben Sie sie kennengelernt?«

»Kurz nachdem die Wachmanns von Marshfield nach Thornley gezogen sind.«

»Wie haben Sie sie kennengelernt?«

»Richard hat mich übers Wochenende eingeladen.«

»Wann war das?«

»Im Mai Fünfundsiebzig.«

»Und haben Sie Merle Wachmann danach zu irgendeinem Zeitpunkt wiedergesehen?«

»Nein.«

»Sie behaupten also, daß Sie Merle Wachmann nur ein einziges Mal gesehen haben, im Mai Fünfundsiebzig.«

»Genau das behaupte ich«, sagte Gilmore.

»Sind Sie sich da ganz sicher?«

Gilmore verkrampfte sich. Ihm gefiel der Ton nicht, der sich in Rigbys Stimme geschlichen hatte. In seinem Kopf schrillten die Alarmglocken. Er schwieg, und Rigby fuhr fort: »Auf einem Glas im Wohnzimmer von Thornley wurden Ihre Fingerabdrücke gefunden. Sie waren an dem Tag dort, als sie ermordet wurde, Ian. Das können wir beweisen.«

Du verdammter Idiot, dachte Gilmore.

Er ließ seine Gedanken nach Thornley zurückschweifen und dachte daran, wie Merle Wachmann scheinbar aus dem Nichts aufgetaucht war, mit blutunterlaufenen Augen und matschbesudeltem Rock. Sie stand mit dem Rücken vor der breiten Tür eines Nebengebäudes, und ihre Gestalt verdeckte den Blick auf den Generator, der sich darin befand. Es ähnelte dem Gebäude, zu dem ihn Joan in der Nacht der Party in Marshfield geführt hatte; auch hier war durch die Feuchtigkeit der Putz vom Backstein gebröckelt. Und als Gilmore das Summen des Generators hörte, sah er plötzlich wieder Helena vor sich, die mit dem Rücken an der Wand lehnte, während Wachmann sie nahm.

Als sie nur noch wenige Meter entfernt gewesen waren, hatte Joan seinen Arm gepackt, mit unglaublich starkem Griff, und ihre Augen hatten durch die dicken Brillengläser riesengroß gewirkt: »Glaubst du mir jetzt?«

Nein, er hatte ihr nicht geglaubt. Nicht einmal der eigene Augenschein konnte ihn von etwas überzeugen, das er nicht wahrhaben wollte. Und dann war die Wut in ihm hochgestiegen – kalt, überwältigend, verbunden mit einer fast übernatürlichen Kraft.

Er hatte Wachmann wie ein Tier angefallen, war auf ihn losgegangen, hatte auf ihn eingeprügelt, mit Kräften, deren er sich kaum bewußt gewesen war, und als Wachmann sich umdrehte und wegrannte, hatte er auf Helena eingeschlagen, aus seiner Qual heraus, ohne es zu wollen, und doch unverzeihlich. Er hatte sie gegen die Wand geschleudert, hatte gehört, wie ihr Kopf gegen den Stein prallte, hatte gesehen, wie sie zu Boden sank. Und danach – nichts.

Wachmann war weg. Gilmore war nicht klar, woher er das wußte; er wußte es einfach. Es gab nur noch ihn und Joan und Helena, die auf dem Boden lag.

Sie lebte noch. Das zumindest wußte er. Sie hielt mit beiden Händen ihren Kopf und stöhnte. Sie weinte nicht, sie hielt sich nur stöhnend den Kopf.

»Los«, sagte Joan. »Hauen wir ab.«

»Wir können sie doch nicht einfach hier liegenlassen.«

»Drinnen sind eine Menge Leute, die nach ihr sehen können. Wenn du dir solche Sorgen machst, kannst du ja in der Küche eine Durchsage machen, daß sich jemand um sie kümmern soll. Es gibt, weiß Gott, genügend Männer, die ihr einen Gefallen schulden ...«

Komischerweise hatte er sie instinktiv verteidigen wollen, dann aber unter diesen Umständen keine Möglichkeit dazu gesehen.

Joan war mit ihm zum Haus zurückgegangen und hatte ihn schnurstracks die Treppe hinauf in einen Raum geführt, der hinter Helenas und Gilmores Zimmer lag. Dort hatte Wachmann sein Lager aufgeschlagen: eine Matratze, ein Federbett, ein Radiowecker und Decken vor den Fenstern.

Er erinnerte sich nicht mehr daran, daß er auf der Matratze gesessen hatte, wußte nur noch, daß Joan ihn in ihren Armen gewiegt hatte, genau wie Wochen später sein Vater, und sie hatte ihm zugehört, als er die ersten Stunden jenes Kummers durchlitt, der so viele Jahre andauern würde. Es sei aus zwischen ihnen. Er wolle Helena nicht mehr zurückhaben. Und trotzdem empfinde er es als Verlust. Er liebe sie. Ob Joan das verstehen könne? Mein Gott. Warum könne so ein Vorfall dieses Gefühl nicht auslöschen?

Sie verstand ihn. Natürlich verstand sie ihn. In jenen Stunden hatte er sie als die warmherzigste, hilfsbereiteste Frau empfunden, der er je begegnet war. Das reizlose Gesicht, die schlampige Kleidung und die dicken Brillengläser schienen auf einmal nicht mehr zu existieren, als sei an ihre Stelle eine Wärme getreten, in die er sich fallenlassen, mit der er sich umhüllen konnte, die ihn nähren würde bis ans Ende seines Lebens. Und er hatte mit ihr geschlafen, oder vielmehr eingewilligt, daß sie mit ihm schlief. Er hatte gehandelt, als hoffe er, daß die Geliebte hereinkommen und sie dabei ertappen würde, um so verletzt zu werden, wie er verletzt worden war. Und doch war es ihm irgendwie gelungen, seine Wut in einen sexuellen Akt umzulenken, der Joan aufschreien ließ vor Schmerz, einem Schmerz, der ganz allein der seine war.

Ihm fiel nur auf, daß sie sexuell unerfahren war, aber sonst fiel ihm nichts an ihr auf. Er fühlte sich weder von ihr angezogen noch abgestoßen. Er empfand Gleichgültigkeit. Sie existierte nur als Trösterin, Vertraute und als Medium des Verrats. »Was würdest du tun, wenn sie uns so finden würde?«

Seine Wut war aus ihm herausgeströmt, und als er fertig war, hatte er ihr Haar gerochen, so fremd im Vergleich zu Helenas Duft, nicht widerwärtig, nur anders. Ihre Haut war weniger glatt gewesen, ihr Körper fremdes Terrain. Dann hatte er sich losgerissen.

»Wo gehst du hin?«

»Ich muß zu ihr.«

»Bleib da ... laß mich nicht allein ...«

Durch die offene Küchentür strömte die kalte Nachtluft herein, und er stolperte durch die Dunkelheit auf die kleine, reglose Gestalt zu. »Helena«, sagte er und kauerte sich neben sie.

Eine Flüssigkeit lief ihr seitlich übers Gesicht. Öl, hatte er gedacht, Öl aus dem Generator, obwohl er im gleichen Moment wußte, daß das nicht stimmte. Das Gerät war im Haus, hinter einer verschlossenen Tür, und doch hatte er sich eingebildet, es sei Öl. Er berührte ihr Gesicht, stand auf, drehte die Hand hin und her und spürte, wie das Blut trocknete, als werde es von seiner Haut aufgesaugt – als dringe Helena durch seine Poren, Fleisch von seinem Fleisch, Blut von seinem Blut, und dann folgte das verzweifelte Wischen, das es aber nicht von seinen Händen entfernte. Ihr Blut würde für immer daran haften bleiben. Das hatte er schon damals gewußt.

»Sie ist tot«, sagte Joan ganz sachlich, und erst jetzt merkte er, daß sie ihm gefolgt war. Er blickte hinunter und sah, was Joan sofort gesehen hatte: daß die Lippen leicht geöffnet waren, die offenen Augen blind zum Mond aufstarrten. »Das kann doch nicht sein. Mein Gott, das kann doch nicht sein!«

»Ich hole Richard«, sagte Joan und ging, ließ ihn allein mit seinen unbeholfenen Wiederbelebungsversuchen. Er war neben ihr auf die Knie gesunken, hatte an der schwarzen Seidenbluse gezerrt und seinen Kopf auf ihre Brüste gelegt in der Hoffnung, sie seien warm und weich und darunter schlage kräftig das Herz. Aber da war nichts. Und als er ihre

Lippen mit seinen Lippen berührte, merkte er, daß ihre Mundhöhle voll Blut war.

Er schrak zurück, erfüllt von Ekel, außer sich vor Furcht.

Jemand mußte gehört haben, wie er schrie. Mein Gott, die konnten ihn hier doch nicht einfach allein lassen ...

Irgendwann war er dann still gegen die Wand gesunken, so hatte Joan ihn gefunden. Er preßte sich gegen die Backsteinwand, weil er sonst umgefallen wäre. »Komm«, hatte sie ruhig gesagt, »wir müssen uns was überlegen«, und hatte ihn wie ein Kind zum Haus zurückgeführt.

44

Hillier, auf dessen Anordnung hin das gesamte Grundstück der Wachmanns durchsucht wurde, stand in einer Scheune, gut achthundert Meter vom Haus entfernt. Sie maß zwanzig auf vierzig Meter und diente als Lager für das Winterheu.

Die mächtigen Flügeltüren des Haupteingangs waren verriegelt, denn zum täglichen Gebrauch benutzte man eine kleinere Tür, die in eine der großen Türen eingelassen war. Sie stand offen, und nur ein schmales Rechteck aus Licht ließ erkennen, was in der Scheune aufbewahrt wurde.

Der Polizist neben ihm wirkte nervös, als wolle er schnell wieder hinaus.

»Alles in Ordnung?« fragte Hillier.

»Ja, ich wußte nur nicht gleich, was es ist. Oder vielmehr, was das hier alles sein soll.«

Hillier versuchte sich vorzustellen, wie es gewesen sein mußte, in die Scheune zu kommen und das zu finden, was er gefunden hatte.

Sie gingen über den Lehmboden, der das Geräusch ihrer Schritte verschluckte, und Hillier steuerte auf jenen Gegenstand zu, nach dessen Anblick sein Kollege aus der Scheune gestürmt war. Er blieb vor einem sargähnlichen Objekt stehen, das, mit einem Tuch bedeckt, auf dem Boden stand.

»Ich bin noch mal zurückgegangen«, sagte der Polizist. »Hab es zugedeckt. Keine Ahnung, warum. Ich wollte einfach nicht, daß jemand reinkommt und es unvorbereitet sieht.«

Hillier beugte sich hinunter, zog an einem Zipfel des Tuchs und enthüllte, was darunterlag. Daß es sich um eine Art Sarg handelte, überraschte ihn nicht sonderlich, aber so einer wie der war ihm noch nie untergekommen.

Sein Inhalt schien gefroren zu sein, konserviert für die Nachwelt. Hillier hatte schon ähnliche Objekte in Katakomben gesehen, aber keines wie dieses. Er streckte die Hand aus und berührte das Gesicht. »Wann haben Sie das gefunden?«

»Vor etwa einer halben Stunde.«

»Hat es außer Ihnen jemand gesehen?«

»Nein.«

Hillier hob das Tuch auf, und beide Männer breiteten es wieder über den Gegenstand. Hillier strich es glatt und sagte: »Ich muß Rigby informieren.«

»Warum sollte er sich dafür interessieren?«

»In Thames Valley wurde vor etwa einer Woche etwas Ähnliches gefunden. Rigby leitet die Ermittlungen dort.« Er sah sich ein letztesmal um. »Gehen wir.«

Das ließ sich der junge Polizeibeamte nicht zweimal sagen, und als sie die Scheune verlassen hatten, stand Hillier knöcheltief im Matsch und nahm sie noch einmal genau in Augenschein. Von hier aus wirkte sie ganz harmlos, wie jede andere Scheune auch. Kein Ort, an dem man damit rechnen würde, dem Grauen zu begegnen, aber zehn Jahre in diesem Beruf hatten ihm gezeigt, daß das Grauen nicht wählerisch war. Es manifestierte sich an den unwahrscheinlichsten Orten und in den unterschiedlichsten Verkleidungen.

Die Farm stand zum Verkauf. Irgendwie konnte er sich nicht vorstellen, daß es großen Andrang geben würde. Jedenfalls nicht, wenn bekannt wurde, was man in einer Scheune auf dem Grundstück gefunden hatte. »Rigby«, wiederholte er. »Er soll herkommen.«

45

Wachmann ohne Anwalt und ohne Thurston zu verhören, kam nicht in Frage. Der Anwalt war leicht zu organisieren. Thurston nicht. »Ich leite eine Klinik, muß mit Patienten sprechen. Vor achtzehn Uhr kann ich nicht bei Ihnen sein.«

Rigby, der seinen Ärger, so gut es ging, hinunterschluckte, konnte nichts dagegen unternehmen. Er legte den Hörer auf, wandte sich an Dalton und Driver und sagte: »Ich bin sogar schon Psychopathen begegnet, die mehr Stil hatten als er.«

Driver lächelte, obwohl wenig Grund dazu bestand. Gilmore war stur geblieben. Er hatte geleugnet, Helena Warner oder Merle Wachmann ermordet zu haben, und war auch dabei geblieben, daß er Joan nichts hatte antun wollen.

Mit Joan lief es nicht besser. Sie hatte im Verhörraum gesessen und sich auf ein Schweigerecht versteift, auf das sie sich nicht mehr berufen durfte – jedenfalls nicht, wenn sie es gut mit sich selbst meinte. Als Driver ihr klarzumachen versuchte, daß ihr Schweigen vor Gericht einen schlechten Eindruck erwecken würde, starrte sie ihn nur ausdruckslos an, und er gab auf, er hatte es satt. Dann war Hilliers Anruf gekommen, und kurz darauf befand sich Driver zum zweitenmal innerhalb von drei Tagen auf der Zufahrtsstraße von Thornley.

Diesmal mußte Rigbys Limousine herhalten. Sie war zwar besser gefedert als Drivers Wagen, schonte den Rücken der beiden Männer aber trotzdem nicht.

»Die hätten sie auch mal schottern können.«

»Aber Ernst Wachmann doch nicht«, sagte Driver. »Für den war jeder Luxus reine Geldverschwendung.«

»Seine Frau sah das anders«, meinte Rigby.

»Stimmt«, sagte Driver. »Sie hat sich in ihrem Leben nach ein bißchen Komfort gesehnt.«

»Sie kann einem jetzt noch leid tun, wenn man das hier sieht.« Rigby erblickte die Farm durch einen dünnen kalten Nieselregen, der zwar weniger schlimm war als der Wolkenbruch, durch den sich Drivers Wagen gekämpft hatte, aber trotzdem gelangte der Regen irgendwie ins Innere des Wagens, durchnäßte ihre Kleidung und erinnerte sie daran, wie sie am Ufer gestanden und auf die Bergung von Helena Warners Leiche gewartet hatten.

Hillier war bereits da und saß mit einem seiner Männer in einem Range Rover. Als Rigbys Limousine vorfuhr, kletterte Hillier aus seinem Wagen. Rigby und Driver stiegen ebenfalls aus. Sie begrüßten sich mit einem Nicken, und Driver sah zu der Scheune hinüber, in der man Merle Wachmann gefunden hatte.

Der Boden vor dem Eingang glänzte schwarz, die polizeilichen Aktivitäten hatten ihn in Morast verwandelt. Vor der Tür lagen Kränze, die Blumen waren bereits verwelkt. Driver bückte sich, um eine der Karten zu lesen. Der Name sagte ihm nichts, das Gefühl dabei war ihm dafür um so vertrauter. Merle hätte mit jedem dieser Namen etwas anfangen können. Die Karten stammten von Leuten aus der Gegend, die sie selten gesehen hatte, von Dorfbewohnern und vielleicht auch von Frauen in ähnlicher Situation – Frauen, die einen Farmer geheiratet hatten und denen irgendwann aufgegangen war, daß sie sich an ein Leben aus Morast und Einsamkeit gekettet hatten.

»Hier?« fragte Driver.

»Nein, dort drüben.« Hillier deutete über die Felder und dann auf den Range Rover. »Wir nehmen besser meinen.«

Sobald sie auf den Rücksitz geklettert waren, merkten Rigby und Driver, warum das nötig war. Die Scheune lag weit draußen auf den Feldern. Die Räder versanken im Boden, und Hillier schaltete auf Allradantrieb.

Die kleine, alte Scheune lag hinter einer Hecke verborgen, die Ernst ausnahmsweise nicht gefällt hatte. Driver sah auch bald warum. Ein Teil der Hecke stützte eine Wand ab.

Hillier hielt an, sie stiegen aus, und Hilliers Kollege öffnete die kleinere Tür. Hillier ging voraus und sagte: »Als feststand, daß es sich um Mord handelt, habe ich die umliegenden Gebäude durchsuchen lassen, und wir haben das hier gefunden.«

Driver sah in die Richtung, in die Hillier zeigte. Die Wände der Scheune bestanden aus Stein und Strohlehm und waren teilweise getüncht. Es gab kein elektrisches Licht, nur von der offenen Tür einen fahlen, viel zu schwachen Schein.

Wie in einer Leichenhalle, dachte Driver. Überall standen Statuen herum, engelhafte Gestalten, mit Tüchern behängt, die ihre Gesichter verdeckten. An den Wänden stapelten sich Leinwände, von denen manche auf dem nackten Lehmboden, andere auf Decken standen. Keine war gerahmt, und Driver erblickte ein Bild – Schmetterlinge, auf die Innenseite der Schenkel einer Frau gemalt. Dies gehörte zu den Dingen, die man nicht so leicht vergißt, und Driver erinnerte sich sofort daran. Das erstemal hatte er das Bild in dem Haus im Norden Oxfords gesehen. »Was ist denn das?« hatte er gefragt.

»Ein Bild«, hatte Wachmann geantwortet.

»Werden Sie nicht frech.«

Driver sagte zu Rigby und Hillier: »Das ist von Wachmann.«

»Woher wissen Sie das?«

»Ich erkenne seine Arbeiten wieder. Zumindest einige davon.«

Er zeigte auf das Bild mit den Schmetterlingsschenkeln,

wie er sie nannte. »Die Statuen sehe ich zum erstenmal, aber das Bild hier stammt ganz sicher von Wachmann.«

»Nicht übel«, sagte Hillier.

Ich werde alt, dachte Driver. Es löst nichts in mir aus. Dann erinnerte er sich, daß ihn der Anblick des Bildes schon beim erstenmal nicht in Erregung versetzt hatte, und das war schließlich zwanzig Jahre her. Er konnte nicht genau sagen, woran es lag, aber das Bild ließ ihn kalt.

Er erinnerte sich, wie er sich in das Zimmer im Norden Oxfords gezwängt hatte, wo Wachmann arbeitete und schlief. Es war zwanghaft ordentlich gewesen. Leinwände hatten inmitten der wenigen, aber teuren Einrichtungsgegenstände ums Überleben gekämpft. Wachmann hatte Geschmack, wie seine Mutter, dachte Driver. Und dieser Geschmack hatte ihn veranlaßt, mit erstklassigen Materialien erstklassige Kunstwerke zu schaffen, die scheinbar größtenteils, wenn nicht sogar komplett, hier aufbewahrt wurden.

»Warum sollte er seine Werke hier lagern?«

»Weil es so viele sind«, erwiderte Driver. »Vielleicht kann er sie nicht verkaufen und will sie auch nicht vernichten.«

Klingt plausibel, dachte Rigby.

Hillier sagte: »Sie sagten am Telefon, daß Sie Wachmann gefunden hätten.«

»Wir können ihn erst verhören, wenn sein Psychiater uns mit seiner Gegenwart beehrt.«

»Ich will dann auch noch mit ihm sprechen.«

Damit hatte Rigby gerechnet. Er riß eins der Tücher herunter. Darunter kam die Statue einer Frau zum Vorschein, nichts Besonderes. »Okay, er lagert hier also seine Arbeiten, aber ich verstehe nicht, warum wir herkommen sollten. Ein Fax hätte doch genügt.«

»Da wäre ich mir nicht so sicher«, sagte Hillier. »Sie ermitteln doch in diesem Fall in Oxford.«

»Ja, wieso?«

Hillier griff nach dem Tuch, das den Sarg verhüllte. Er zog

es weg, und der Anblick, der sich ihnen bot, erschütterte Rigby und Driver. Der Schock legte sich aber gleich, als sie merkten, daß die Gestalt, die in dem Sarg lag, aus Stein gehauen war.

Rigby kam näher, bückte sich und berührte den Sarg. Genau wie der Trog, den sie in Burford gefunden hatten, verjüngte er sich nach unten, aber Rigby interessierte vor allem die Figur, die darin lag. Sie war so perfekt geformt, daß sie wie ein kalzifizierter Leichnam aussah.

Er berührte sie, als wolle er etwas davon ablesen – eine Lebensgeschichte, einen Dialog –, und dabei merkte er, wie sorgfältig sie gearbeitet war. Das Gesicht wirkte aufgedunsen, die Lippen schienen sich von den Zähnen zurückzuziehen. Es war zu wirklichkeitsgetreu, um Trost zu spenden, und er richtete sich wieder auf.

»Nun?« sagte Driver.

»Es ist eine Nachbildung dessen, was wir in dem angelsächsischen Sarg in Burford gefunden haben.«

»Angelsächsisch?«

»Das stand in der Antwort meiner Dienststelle auf eine Anfrage aus London«, sagte Rigby trocken. »Und wer sind wir, daß wir daran zweifeln dürften?«

Wo er recht hat, hat er recht, dachte Driver. »Also angelsächsisch.«

Als er McPherson beim Leeren des Trogs beobachtet hatte, hatte Rigby weniger der Trog interessiert, als vielmehr, wie das Opfer hineingelangt war. Und doch hatte er damals gedacht, daß der Trog bei einer Auktion sicherlich Interessenten finden würde. Er war sehr gut erhalten, und während sich McPherson die Handschuhe abstreifte sagte er: »Das hätte ich gern in meinem Garten.«

Rigby hätte den Trog nicht einmal hundert Kilometer von seinem Garten entfernt aufgestellt, aber er konnte sich gut vorstellen, daß McPherson den Trog bepflanzte und die tote Fracht durch eine lebendige, bunte Farbensinfonie ersetzte.

Wahrscheinlich würde er an den früheren Inhalt nur noch flüchtig im Zusammenhang mit den Ereignissen denken, die den Trog in seinen Besitz gebracht hatten.

»Die Identität des Opfers in Burford wird doch sicher festgestellt?« fragte Hillier.

»Vielleicht«, sagte Rigby. Vielleicht auch nicht, dachte er. Laut einem im März 1992 erschienenen Artikel in der Times war das Vermißtenregister von Scotland Yard so mangelhaft geführt, daß empfohlen wurde, man solle es komplett löschen und noch einmal ganz von vorn anfangen, indem man alle Anzeigen von vermißt gemeldeten Personen noch einmal überprüft. Möglich, daß er da einen Treffer landen konnte, aber das würde dauern.

Er rieb sich imaginären Schmutz von den Händen, als Driver aus einem der Stapel eine Mappe herauszog, sie auf den Boden legte und die Bänder aufschnürte.

Bei den Skizzen, die die Mappe enthielt, schien es sich um anatomische Studien zu handeln: Muskeln, Knochen, Sehnen. Das war noch kein Grund zur Besorgnis, alle Künstler hatten über die Jahrhunderte hinweg solche Skizzen angefertigt. Doch beim Durchblättern wurden sie zunehmend obszön, manche in sexueller Hinsicht, andere, weil sie einfach so grauenvoll waren.

Die letzte Skizze stellte Gilmore dar. Driver dachte an den Tag zurück, als er zu Wachmann gesagt hatte: »Nicht schwul, nehme ich an?«

Damals hatte Wachmann seine Bemerkung abgetan, doch die Skizze von Gilmore gab Driver zu denken.

»Wer ist das?« fragte Rigby.

»Gilmore.«

Rigby zog ein Tuch von einer Statue, die ihn an eine Postkarte erinnerte. Jemand hatte sie ihm aus einem weit entfernten Winkel Europas geschickt, eine Postkarte, die man in irgendeinem bekannteren Museum kaufen konnte. Die dort abgebildete Figur hatte man gefroren in einem Gletscher gefunden, mit brauner, durchbohrter, tätowierter Haut. Die Statue hier war milchweiß, aus edlem, durchscheinendem Marmor, doch die Wirkung war die gleiche.

Driver legte die Skizze in die Mappe zurück und näherte sich der Statue. Die feuchte, kühle Erde verschluckte alles – Schall, Staub, Licht. Als Driver vor der Statue stehenblieb, meinte Rigby: » Ich sage es nicht gern, aber es ist unglaublich. Dieses Talent ...«

Auf so ein Talent ist geschissen, dachte Driver und wandte sich ab.

An der Tür standen mehrere kleine Kartons, alle mit Kreppband zugeklebt. Er zog einen der Kartons aus dem Stapel, riß das Kreppband ab und klappte den Deckel auf.

»Irgendwas Interessantes?« fragte Rigby.

»Magazine», sagte Driver und begann in ihnen zu blättern. Es waren ähnliche Magazine wie die, die damals in dem Haus im Norden Oxfords gefunden worden waren. Driver hatte damals zu Wachmann gesagt: »Na los, schauen Sie sich das mal an. Die gehören doch Gilmore, oder«?

Er legte die Zeitschriften zurück, ging zur Tür und hielt einen Moment inne.

»Alles in Ordnung?« fragte Rigby.

Driver wußte es nicht. Gilmore war ein Mörder, er hatte Helena Warner ermordet. Die Wahrscheinlichkeit, daß er zufällig mit jemandem zusammengewohnt hatte, der ebenfalls ein Mörder war, war äußerst gering. »Ich kriege das einfach nicht auf die Reihe. Ich muß nachdenken.«

Sie traten aus der Düsternis der Scheune in einen vergleichsweise hellen Dezembernachmittag hinaus.

»Ich lasse das alles abtransportieren und einlagern. Sind Sie damit einverstanden?«

»In Ordnung«, sagte Rigby.

Schweigend fuhren sie zum Haus zurück, wo Rigby und Driver aus dem Range Rover stiegen und zu der Limousine gingen. Bevor er einstieg, drehte sich Driver noch einmal um.

Er sah die Scheune vor einem Hintergrund aus kalter, gepflügter Erde und schiefergrauem Himmel. Der Stein, das Haus, die Landschaft, alles war so gedämpft wie damals bei seinem ersten Besuch in Marshfield. Die einzigen Farbtupfer waren die Blumensträuße, die vor der Tür verwelkten.

Er dachte daran, wie Merle Wachmann gelebt hatte. Kein sehr schönes Leben. Ein hoher Preis für einen kleinen Fehler. Liebe, Heirat und lebenslange Kerkerhaft an Orten wie Marshfield und Thornley. Wer auch immer ihr Mörder war, er hatte ihr in gewisser Hinsicht einen Gefallen getan. Driver verdrängte diesen Gedanken, als Rigby den Motor anließ.

»Was halten Sie davon?« fragte Rigby.

»Ich weiß nicht«, antwortete Driver. »Im Moment weiß ich ehrlich gesagt nicht, was ich davon halten soll.«

»Damit wären wir schon zwei«, sagte Rigby, »aber wenn wir zurück sind, knöpfen wir uns Wachmann vor.«

»Immer vorausgesetzt, daß Thurston uns mit seiner Gegenwart beehrt.«

»Notfalls lasse ich ihn festnehmen, wenn das die einzige Möglichkeit ist, ihn mit Wachmann ins Verhörzimmer zu kriegen.«

Driver zweifelte nicht daran.

46

Als sie nach Thames Valley zurückkehrten, war es schon dunkel. Driver stand im Verhörraum, in dem vor einigen Stunden Gilmore gesessen hatte, der sich jetzt drei Stockwerke tiefer in einer Zelle befand.

Driver starrte aus dem vergitterten Fenster auf die High Street hinaus. Der Ausblick war nicht besonders malerisch, daß es aber hier immer noch so aussah wie damals, hatte für Driver etwas Tröstliches. Die gleiche Brücke. Der gleiche Nachmittagsverkehr. Die gleichen neun Meter bis zum Gehweg hinunter. Er drehte sich um und warf einen Blick auf Rigby, Wachmann, Wachmanns Anwalt und Thurston.

Rigby schlug die Akte auf und zog eine Aussage heraus, die Driver als Wachmanns Aussage bei den damaligen Ermittlungen wiedererkannte. Rigby knallte das Papier auf den Tisch, überflog es und sagte: »Am neunzehnten Juni neunzehnhundertfünfundsiebzig haben Sie ausgesagt, daß Gilmore Joan und Helena am Somerville College aussteigen ließ, bevor er zu dem Haus zurückfuhr, in dem Sie beide damals wohnten.«

»Ja, und?«

»Helena Warner hat Marshfield nie verlassen«, sagte Rigby.

Als keine Antwort kam, zog er die Fotos aus dem Ordner und legte sie auf den Tisch.

»Sehen Sie sich das an.«

Wachmann machte keinerlei Anstalten.

»Sehen Sie es sich an!«

Rigby breitete die Bilder vor ihm aus, Wachmann streifte sie mit einem Blick. Sie zeigten, was er bereits wußte: daß die Leiche, die die Taucher entdeckt hatten, fast völlig verwest war, daß aber davon abgesehen seine Skulptur in jeder Hinsicht mit dem identisch war, was man auf den Fotos sah.

»Wie erklären Sie sich das?« fragte Rigby.

»Ich kann es nicht erklären.«

»Können Sie nicht oder wollen Sie nicht?«

»Kann nicht.«

»Versuchen Sie's.«

Wachmann betrachtete die rotierenden Tonbandspulen.

»Sie sind in den Tagen, bevor das Haus überflutet wurde, nach Marshfield zurückgefahren.«

»Das können Sie nicht beweisen.«

»Muß ich gar nicht. Wie sonst hätten Sie die Statue schaffen können?«

Keine Antwort.

Driver unterbrach das Schweigen: »Erinnern Sie sich, wie es war, als Sie damals zum Verhör abgeholt wurden, Tag für Tag, Woche für Woche?«

Wachmann schlug zurück: »Ich erinnere mich, wie Sie allmählich aufgegeben haben, weil Sie nicht weiterkamen.«

Driver lächelte. »Und da stehe ich plötzlich aus heiterem Himmel vor Ihnen, zwanzig Jahre später.« Er beugte sich vor und stützte sich mit beiden Händen auf dem Schreibtisch ab. »Wird Ihnen das nicht ein bißchen langweilig?«

»Und Ihnen? Außerdem sind Sie pensioniert. Sind Sie überhaupt befugt, mich zu verhören?«

»Er hat durch mich jede Befugnis, die er braucht«, sagte Rigby.

»Sie haben nicht das geringste gegen mich in der Hand«, sagte Wachmann.

»Ach ja?« sagte Driver.

Etwas an Drivers Tonfall kam Wachmann von den früheren Verhören bekannt vor. Es diente als Warnung, und er reagierte entsprechend vorsichtig. »Was denn zum Beispiel?«

»Zum Beispiel das, was wir in der Scheune in Thornley gefunden haben. *Das* haben wir gegen Sie in der Hand. Das und das hier.« Er stieß mit dem Zeigefinger auf die Fotos.

Die Scheune, dachte Wachmann, und in dem Moment, in dem er wußte, daß sie die Scheune gefunden hatten, wußte er auch, daß Driver ihn hatte.

Eigentlich hätte er etwas empfinden müssen, und sei es nur ein vages Unbehagen bei dem Gedanken an die Zukunft, aber seltsamerweise bereitete ihm das keine Sorgen.

Zuerst wußte er nicht, warum. Dann erinnerte er sich an jene Wohneinheiten in Chaggfords und an die Zimmer-mit-Frühstück-Existenz, die ihn erwartete. Da war Churchill House doch besser, im Grunde besser als die meisten Alternativen. Und jetzt, da seine Eltern tot waren, würde er die Farm erben, und der Verkaufserlös würde die Kosten für viele Jahre decken.

Driver ließ ihn in Ruhe, Rigby ebenfalls. Beide beobachteten ihn und warteten ab, in der Hoffnung, daß die Gedanken, die ihm jetzt durch den Kopf gingen, das gewünschte Resultat zeigen würden.

Wachmann sah auf, lächelte. »Ich habe damals einen Deal mit meinen Eltern gemacht. Sie haben gesagt, wenn ich mich freiwillig in Churchill House aufnehmen ließe, würden sie nicht zur Polizei gehen.«

»Warum haben sie so einen Deal mit Ihnen gemacht?«

»Vermutlich aus Angst.«

Er hielt inne, und natürlich fragte Driver: »Womit hatten Sie ihnen Angst eingejagt?«

»Ich hatte etwas zum Trocknen aufgehängt.«

»Was war das?«

Keine Antwort.

»Was war das, Richard?«

Wachmann zögerte seine Antwort hinaus, um die größte

Wirkung zu erzielen, was ihm auch gelang: »Etwas, das meiner Mutter gehörte. Ich habe es in einen Baum gehängt.«

»Was war es?« sagte Rigby.

Keine Antwort.

»Los, Richard«, sagte Driver. »Was war es?«

Wachmann zögerte einen Moment, dann sagte er: »Eine Katze.«

Driver mußte plötzlich an die steingeflieste Küche denken, an die zutrauliche Siamkatze und den Ton, in dem Merle sagte: »Meine Katzen bleiben im Haus. Ich lasse sie nicht aus den Augen ...«

Wachmann fügte hinzu: »Vermutlich hätte sie es vergessen, wenn da nicht die Vögel in der Tapete gewesen wären.«

»In der Tapete?«

»Ja, ich habe sie immer mit Tapete überklebt.«

Das Zimmer schien plötzlich kälter, eine Spur trostloser, als sei ein kleiner Teil des düsteren Himmels durch das Fenster gekrochen, um sie alle einzuhüllen.

Wachmann sah Driver lächelnd an und sagte: »Sie hat die Tapete immer heruntergerissen. Es brachte sie zum Weinen ...«

47

Mit sanfter Stimme sagte Driver: »Wann haben Sie sie zum letztenmal gesehen?«

Wachmann dachte daran zurück, was kurz nach seiner Ankunft in Thornley passiert war. Er war mit dem Zug gekommen und vom Bahnhof aus zu Fuß gelaufen, quer durch die Felder, die seitlich an das Haus grenzten, denn er wußte, daß man ihn so vom Küchenfenster aus nicht sehen konnte.

Bei den Nebengebäuden angelangt, hatte er gesehen, wie Gilmore zu seinem Wagen ging, und sich versteckt, bis der Wagen außer Sicht war. Dann war er zur Küchentür gegangen und hatte angeklopft, weil er keinen Schlüssel besaß.

Seine Mutter öffnete mit fleckigem Gesicht, blutunterlaufenen Augen, besudeltem Rocksaum. Sie begrüßte ihn nicht, machte keine Bemerkung, starrte ihn nur ausdruckslos an, als erkenne sie ihn nicht.

»Darf ich reinkommen?«

Sie erwiderte nichts. Sie ließ ihn einfach an der Tür des Hauses stehen, das schließlich nie sein Zuhause gewesen war. Marshfield war sein Zuhause gewesen, die Niederung, die er ebenso leidenschaftlich geliebt hatte wie sein Vater, wenn auch aus ganz anderen Gründen.

Sie versperrte ihm den Weg, und Wachmann, dem der Regen auf den Rücken prasselte, wurde ungeduldig. »Hör mal«, sagte er, »schließlich hast *du* mich angerufen. *Du* wolltest, daß ich komme. Läßt du mich jetzt rein, oder was?«

»Jetzt wo du da bist, bin ich mir nicht sicher.«

»Um Himmels willen«, sagte Wachmann. »Es ist saukalt hier draußen ...«

Jetzt trat sie einen Schritt zurück, und Wachmann drängte sich in die Küche, die ganz anders aussah als früher. Die Steinfliesen und die Möbel glänzten fast so wie am Tag der Beerdigung seines Vaters, und der Wust von Schreibarbeiten, der jede Mahlzeit seiner Kindheit umrahmt hatte, war vom Tisch verschwunden. »Nicht zu fassen«, sagte er ausdruckslos.

Er nahm den Wasserkocher und füllte ihn. Er spürte genau, daß es für seine Mutter fast so war, als sei ein Fremder eingedrungen und benehme sich jetzt wie zu Hause. Selbst jetzt spürte er ihre Angst. Er drehte sich um und fragte: »Tee?«

»Für mich nicht, danke.« Ihre Stimme zitterte wie das Getreide, das alljährlich verdorrte.

»Er fehlt dir, stimmt's?«

»Wer?«

»Mein Vater. Fehlt er dir?«

Sie stand neben der Tür, als wünschte sie, daß er ging, und Wachmann wies auf die Küche. »Was, glaubst du, hätte er von dem hier gehalten?«

»Was meinst du?«

»Die Ordnung hier. Du hast ihn doch ordentlich begraben, nicht wahr?«

Er schaltete den Kessel an, drehte sich wieder um und sagte: »Warum hast du mich gebeten herzukommen?«

»Ich muß mit dir reden.«

»Worüber?«

»Das weißt du doch.«

»Tut mir leid, ich weiß nicht, wovon du redest.«

»Dieses Mädchen ... sie haben ihre Leiche gefunden.«

»Welches Mädchen?«

»Hör auf, Richard, bitte, ich ertrage es nicht ...«

»Also Helena. Ja? Helena Warner?«

Sie sah aus, als würde sie jeden Moment zusammenbrechen. Er führte sie zum Tisch und setzte sie auf einen Stuhl. »Schschsch«, sagte er. »Komm, das ist doch kein Grund ...«

Sie stieß die Worte schluchzend hervor. »Als sie ihre Leiche gefunden hatten, da wußte ich ... da wußte ich ganz sicher ...«

Dann herrschte solange Stille, bis sich der Wasserkocher abschaltete. Wachmann wartete, bis sich der Dampf in dünne Fetzen aufgelöst hatte, bevor er sagte: »Du hast es doch immer gewußt. Du lebst doch seit Jahren mit diesem Wissen.«

»Nein!«

»O doch ...«

Frauen waren so schön, wenn sie weinten, so verletzlich. Manchmal hatte er Frauen einfach nur deshalb zum Weinen gebracht, um dieses lustvolle Gefühl zu erleben, als würden ihm die Gedärme herausgerissen. Er streckte die Hand aus, wischte ihr eine Träne von der Wange und sagte: »Du bist die einzige Frau, die ich nie modellieren konnte. Hast du das gewußt?«

Vor Entsetzen brachte sie keinen Ton heraus.

»Versucht habe ich es schon. Ich habe dich oft aus dem Gedächtnis modelliert, aber das Resultat war nie befriedigend. Ich kann nicht aus dem Gedächtnis modellieren, wie du weißt.«

Sie ignorierte ihn, als könnte sie so erreichen, daß er sich einfach in Luft auflöste.

»Du warst viel zu schade für Orte wie Marshfield oder Thornley.« Er lächelte vor sich hin. »Die Leute beobachteten hier stundenlang seltene Vögel, seltene Pflanzen, ein ganz bestimmtes Licht auf dem Wasser. Niemand betrachtete dich. Die wußten nicht mal, daß es dich gab.«

Sie unterbrach ihn nicht, und er fuhr fort: »›Das Leben ist ein Kampf, Richard.‹ Weißt du noch, wie du das immer zu mir gesagt hast, als ich noch ein Kind war? Ein lebenslanger

Kampf, in dem man versucht, mit den Folgen eines dummen Fehlers fertig zu werden. Ich dachte immer, du hättest die Heirat mit meinem Vater gemeint, aber als ich dann älter wurde ...« Er hielt inne, und seine Mutter schüttelte den Kopf. »Als ich dann älter wurde, merkte ich, daß ich gemeint war.«

»Das stimmt nicht ... ich ... Bitte, Richard, ich möchte jetzt gehen ...«

»Du hattest einen wunderschönen Körper. Eine phantastische Haut.« Sie wich vor ihm zurück. »Kalt. Wie Stein. Wie Marmor.« Er lächelte. »Ich möchte wieder nach Hause kommen.«

Sie stand abrupt auf, ihr Stuhl kippte nach hinten.

»Wie? Was habe ich gesagt?«

Sie bewegte sich auf die Tür zu und öffnete sie.

»Das darf ich doch, oder? Jetzt, wo mein Vater tot ist. Ich darf doch nach Hause kommen?«

»Ich gehe weg von hier.«

»Was?«

»Ich verkaufe alles.«

»Aber ...«

»Du gehörst in eine Anstalt.«

Einen Moment lang sahen sie sich nur an. Merle Wachmann zitterte, ihr Blick war starr vor Angst. »Ich muß es der Polizei sagen.«

»Was denn?«

Sie wies auf die Scheune, wo er seine Arbeiten aufbewahrte. »Die Sachen«, sagte sie. »Die Sachen in der Scheune.«

Zuerst wußte er nicht genau, was sie meinte.

»Die Scheune«, wiederholte sie. »Die ist voll von deinen Sachen.« Ihr Mund verzog sich vor Ekel. »Du mußt deine Sachen wegbringen.«

Dann rannte sie in den vom Nordwind gepeitschten Regen hinaus, auf ihren Wagen zu. Wachmann schnappte sich eine Taschenlampe vom Fensterbrett, stürzte hinterher, holte sie rasch ein, hielt sie eng an sich gedrückt und streichelte ihr Haar. »Schschsch, alles in Ordnung, wirklich, es ist alles in Ordnung.«

Sie zitterte vor Angst und Kälte, und Wachmann zerrte sie über die Felder. Ihr Widerstand war höchstens ein wenig lästig, mühelos zog er sie hinter sich her.

Er kämpfte mit der kleinen Tür, mußte dem Sturm jeden Zentimeter abringen. In der Scheune stand sie wie angewurzelt da und beobachtete, wie Richard den Schein der Taschenlampe über die Statuen gleiten ließ. Er sah sofort, daß alles unberührt geblieben war. Feiner Musselin verhüllte die meisten Statuen, hier und da ragten geisterhaft Gliedmaßen unter dem Stoff hervor.

»Mutter.« Er war jetzt ganz sanft. »Warum darf ich nicht nach Hause kommen?«

Als er sie in die Arme schloß, starrte sie an ihm vorbei auf all das Grauen. »Na komm«, sagte er. »Es gibt gar keinen Grund ...«

Er ließ sie los und begann den Musselin von den Statuen zu reißen, während seine Mutter den Kopf schüttelte, wie ein Tier, das Wasser abschüttelt, um die geisterhaften Gestalten loszuwerden, die sie vor sich sah. Es gab ein Gesicht, von dem er wußte, daß sie es wiedererkennen würde, und als sie es erblickte, schlug sie die Hand vor den Mund.

»Das habe ich mir gedacht«, sagte Wachmann. »Erinnerst du dich an sie?« Er zog ein anderes Tuch weg. »Und an sie?«

Sie war weiß, dachte Wachmann, weiß wie Stein. Deswegen liebte er sie.

»Die kamen an die Tür, als wir noch in Marshfield wohnten. Erinnerst du dich?«

Sie sagte nichts. Richard verlor die Geduld und schrie sie an, um ihrem schreckstarren Mund eine Antwort abzupressen. »Erinnerst du dich?«

Ihre Antwort war kaum zu hören, mehr ein Flüstern, und

die Worte fielen auf den Lehmboden der Scheune. »Natürlich erinnere ich mich.«

»Na also«, sagte Wachmann. »War doch nicht so schwer, oder?«

Keine Antwort.

»Oder?«

»Nein ... nein ...«

Es war in dem Jahr vor seinem Umzug nach Oxford gewesen. Seine Mutter hatte in der Küche gearbeitet, sein Vater auf dem Feld, als zwei ausländische Studentinnen an die Tür geklopft und sich erkundigt hatten, ob man den Sumpf gefahrlos überqueren könne. Merle riet ihnen, nicht vom Weg abzuweichen, und Richard hatte angeboten, sie zu begleiten. Schon damals hatte er gespürt, wie seine Mutter zögerte. Sie sah ihm kurz in die Augen.

»Ich begleite sie«, sagte er.

»Aber wir essen doch gleich.«

»Fangt schon mal ohne mich an«, sagte Wachmann, zog die Tür hinter sich zu und war verschwunden. Er wußte genau, daß seine Mutter ihm vom Küchenfenster aus nachsah, als er die beiden Mädchen zum Sumpf führte.

Es war ein Nachmittag gewesen, wie man ihn nur an Orten wie Marshfield erlebt. Die Sonne stach vom Himmel, Luft und Erde fühlten sich kühl an auf der Haut. Sie setzten sich am Fluß ins Gras. Anja zog eine Flasche Wein aus dem Rucksack und reichte sie ihm. Er entkorkte sie und ließ die Flasche herumgehen. Der Wein schmeckte gut. Sehr trocken. Der erste gute Wein, den er je getrunken hatte.

Estelle hatte sich ausgezogen und in die Sonne gelegt. Ihre Brüste waren nackt und braun. Dann begann Anja, sich ebenfalls auszuziehen. Als sie ihre Jeans herunterstreifte, konnte er die Tätowierung sehen. Sie hatte die Schmetterlinge sanft berührt, ihn angesehen und ihn – ihr Englisch war so gut, wie Estelles Englisch schlecht war – gefragt: »Gefallen sie dir?«

Sie hatten ihm sehr gut gefallen, und das Bild, das Joan in Oxford gesehen hatte, war aus den Skizzen entstanden, die er in den darauffolgenden Tagen angefertigt hatte – Skizzen, mit deren Hilfe er die Statuen modelliert hatte, denen seine Mutter jetzt gegenüberstand. »Gefallen sie dir?« fragte er.

Seine Mutter gab keine Antwort.

Er führte sie aus der Scheune, und sie gingen quer über die Felder in Richtung Haus. Merle sagte nichts, aber sie weinte. Ihm war nicht klar, woher er das wußte. Der Regen peitschte ihnen ins Gesicht, und doch wußte er, daß sie weinte.

Richard ging auf die Scheune zu, die als Garage diente, und sie folgte ihm. Irgendein Instinkt sagte ihm, daß er sie jetzt loslassen konnte, und als er es tat, stand sie direkt unter dem Balken. Sie machte nicht den Versuch davonzulaufen, was ihn nicht überraschte. Er erlebte diesen Zustand nicht zum erstenmal, diese totale Unterwerfung, die es unmöglich macht, zu denken, zu begreifen, zu fliehen.

Er nahm ein Seil, das zusammengerollt auf einer Werkzeugkiste lag. Damals hatte er kaum bemerkt, was in der Kiste war, aber jetzt, im Rückblick, sah er die einzelnen Gegenstände so klar, als habe er sie genau studiert. Da war eine verrostete Ölbüchse, eine Pappschachtel mit Nägeln, ungeöffnet. Ein Hammer, der sich an einer Stelle vom Stiel gelöst und den sein Vater repariert hatte, indem er einen Lappen durch den Schlitz zwängte und den eisernen Kopf weit über den Stiel hinuntertrieb.

Er betrachtete das Seil. Es war zwar dünn, würde aber genügen. »Schon gut«, sagte er. »Die Dinge ändern sich. Ich verstehe das.«

In diesen letzten Augenblicken wehrte sie sich. Das tat ihm leid. Es hatte etwas Unwürdiges gehabt, und er hatte nicht gewollt, daß seine letzte Erinnerung an sie die Erinnerung an ein vor Angst halb wahnsinniges Etwas war, das kratzte wie die Siamkatze, die er damals am Baum aufgehängt hatte.

Er erhob sich von seinem Stuhl und streckte die Arme aus. »Sehen Sie?« sagte Wachmann, und Driver sah, daß der jahrelange Umgang mit Stein, das Hochheben und Behauen ihm genügend Kraft verliehen hatte.

»Haben Sie so Helena Warner umgebracht?« sagte Driver.

»Nein.«

Ein unabsichtliches Geständnis, dachte Driver.

Um jetzt keinen Verfahrensfehler zu begehen, und leicht enttäuscht, daß Wachmanns Geständnis in ihm keinerlei Euphorie ausgelöst hatte, sagte er: »Soll das heißen, Sie gestehen den Mord an Helena Warner?«

»Mein Mandant ...«, begann der Anwalt.

»Ihr Mandant«, sagte Wachmann, »bekennt sich des Mordes schuldig.«

48

Rigby schlug die Akte auf und zog eine Aussage heraus. Driver erkannte, daß es sich um Wachmanns Aussage bei den damaligen Ermittlungen handelte. »Warum hat sie sich nach so langer Zeit plötzlich entschlossen, doch noch zur Polizei zu gehen?«

»Als Helenas Leiche gefunden wurde, glaubte sie, keine andere Wahl mehr zu haben. Mein Vater und sie hatten sich jahrelang eingeredet, sie hätten sich vielleicht nur geirrt.«

»Wann wurden sie zum erstenmal mißtrauisch?«

»Ich weiß nicht genau. Wahrscheinlich im Urlaub.«

»Welcher Urlaub war das, Richard?«

»Der Urlaub in dem Sommer, als ich vierzehn wurde.«

»Wo sind Sie da hingefahren?«

»Nach Frankreich.«

»Sie alle? Auch Ihr Vater?«

»Mein Vater hat die Farm nie verlassen.«

»Und da ist etwas passiert, das Ihre Mutter mißtrauisch machte, war es so?«

Wachmann antwortete nicht gleich. Vielleicht sucht er nach den richtigen Worten, dachte Driver, vielleicht läßt er uns aber auch nur schmoren, damit seine Worte dann stärker einschlagen.

»Die Tochter eines Ehepaars, das mit uns im selben Hotel wohnte, wurde vermißt.«

Die Stille war zum Greifen, und es schien eine Ewigkeit zu dauern, bis er fortfuhr: »Man hat sie nie gefunden.«

Rigby schauderte. »Wurden Sie damals verhört?«

»Nur kurz.«

»Und Ihre Mutter hatte Sie im Verdacht?«

»Nein, eigentlich nicht. Damals zumindest nicht. Aber im nächsten Jahr fuhren wir dann nach Griechenland, und es geschah das gleiche. Da wußte sie es. Sie hat nie darüber gesprochen, aber sie wußte es. Und nach jenen Ferien begann sie sich von mir zurückzuziehen. Mein Vater auch. Es war, als würden sie mich aus großer Entfernung beobachten. Sie waren höflich. Hilfsbereit. Aber distanziert.«

»Aber sie haben nichts unternommen?«

»Nein.«

Driver konnte sich das Ganze gut vorstellen: Merle Wachmann allein im Haus, ihr Mann draußen auf dem Feld, und keiner von beiden wollte sich eingestehen, daß sie wahrscheinlich eine Art Monster hervorgebracht hatten. Beide redeten sich ein, daß sie sich irrten, daß alles gut werden würde, daß Wachmann nach Oxford ziehen, einen glänzenden Abschluß machen, heiraten, Kinder haben würde, daß er rundum glücklich sein würde, erfolgreich und vor allem *normal*. Driver sagte: »Und dann verschwanden die beiden Studentinnen.«

»Genau«, erwiderte Wachmann.

»Wo sind ihre Leichen?«

»Was glauben Sie?«

Im Sumpf, dachte Driver, und er erinnerte sich daran, wie er vom Ufer aus ins Wasser gestarrt und sich mit dem Gedanken abgefunden hatte, daß man Helena Warners Leiche nie entdecken würde. Natürlich hatte er damals nicht gewußt, was er heute wußte: daß ihre Leiche im Haus versteckt worden war. Aber falls Wachmann die beiden Mädchen im Sumpf vergraben hatte, lief es aufs gleiche hinaus: Man würde die Leichen nie finden.

Wachmann sagte: »Manche Sumpfarten konservieren die Leichen der Vögel, die hineinfallen. In Marshfield war das an manchen Stellen so. Man konnte einen Vogel oder eine

Katze beerdigen und Monate später wieder ausgraben. Perfekt erhalten. Kaum Anzeichen von Verwesung, nur ledrige Haut, sogar die Augen waren noch unversehrt.«

Rigby huschte die Vorstellung eines kleinen, toten, ledrigen Etwas durch den Kopf, das schleimig tropfte. Er schüttelte das Bild ab und fragte: »Welchen Sinn hatte das Ganze?«

»Was?«

»Die Katzen, die Vögel ... die Frauen ... warum haben Sie das getan?«

»Ich dachte, das sei klar«, erwiderte Wachmann. »Ich habe gern Skizzen gemacht, um festzuhalten, wie ihre Leichen verwesten.«

»Hat Sie das sexuell erregt?« fragte Thurston, und Wachmann erwiderte scharf: »Warum hätte ich es sonst tun sollen?«

Warum sonst? dachte Driver. Er hatte das alles schon gehört. Andere Verirrungen, aber alle mit dem gleichen Resultat. Er sagte: »Dann haben Ihre Eltern also jahrelang einen Verdacht gehegt, es aber trotzdem irgendwie geschafft, sich einzureden, sie hätten sich geirrt.«

»So ungefähr, ja«, sagte Wachmann.

»Und als Helenas Leiche gefunden wurde, hatte ihre Mutter das Gefühl, ihr bleibe keine Wahl mehr, als zur Polizei zu gehen.«

»Ein einziges Mal in ihrem Leben mußte sie den Tatsachen ins Auge blicken, ja.«

»Aber sie muß doch schon damals, als Helena verschwand, gewußt haben, daß Sie ein Mörder sind?«

»Nein, sie war sich nicht sicher. Ich hatte ja nie zugegeben, daß ich jemanden getötet hatte, und keines meiner Opfer wurde gefunden. Etwas zu vermuten, ist etwas ganz anderes, als etwas zu wissen, und sie *wollten* es eigentlich gar nicht wissen, das war der Punkt. Wenn sie sich sicher gewesen wären, daß ich ein Mörder bin, dann hätten sie sich bestimmt verpflichtet gefühlt, zur Polizei zu gehen. Deshalb zogen sie die Vermutung dem Wissen vor. Auf diese Weise konnten sie sich lossprechen, indem sie mich einfach von der Bildfläche verschwinden ließen.«

»Haben Ihre Eltern Sie nicht auf Helenas Verschwinden angesprochen?«

»Nein, aber wahrscheinlich haben sie gehofft, man würde mich schnappen und mir den Mord nachweisen. Als dies nicht geschah, wurde ihnen klar, daß die Verantwortung, mich an weiteren Morden zu hindern, ganz allein bei ihnen lag.«

»Um Himmels willen«, sagte Driver. »Warum haben sie mir nichts gesagt?«

»Es sollte niemand wissen. Sie fürchteten die Schande.«

»Sie haben sich also darauf geeinigt, Sie in eine psychiatrische Klinik zu stecken, in der Hoffnung, daß Sie in der Therapie das zugeben, was sie beim Verhör nicht zugeben wollten.«

Wachmann ahmte gruselig realistisch die Stimme seiner Mutter nach: »Wir wollen dir doch nur helfen, Richard ... Wir haben dich lieb, das weißt du doch ... Bitte, Schatz, bitte ...«

Driver durchlief es plötzlich eiskalt. Er wußte, daß dies eine Begleiterscheinung des Älterwerdens war: dieser plötzliche Wärmeverlust, eine fast unerklärliche Kälte, die den Körper packte und einen, wenn man nicht darauf gefaßt war, töten konnte.

»Sie wollten mich aus ihrem Leben entfernen. Und ich kann es ihnen nicht verübeln. Sie?«

Nein, dachte Driver. Keine Sekunde. Er sagte: »Warum haben Sie mitgespielt?«

»Was blieb mir anderes übrig? Ich wollte nicht ins Gefängnis, auch nicht in eine staatliche Anstalt. Das will ich bis heute nicht.«

Rigby sah auf und begegnete Thurstons Blick. Thurston hielt einen Moment stand, dann sah er weg, als Rigby fragte: »Wie viele waren es noch?«

Wachmann sah an ihm vorbei zur Tür.

»Wie viele?«

Wachmann erwiderte: »In Oxford gibt es eine Menge leerstehender Scheunen. Warum lassen Sie die nicht überprüfen?«

Rigby empfand nichts. Nicht einmal Überraschung. »Sind Sie bereit uns mitzuteilen, wo wir die Leichen Ihrer anderen Opfer finden?«

»Ja.«

»Warum?«

»Churchill House war zwanzig Jahre lang mein Zuhause. Ich hatte sechs Monate, um mich zu entscheiden, ob mir die Welt draußen besser gefällt, aber dem war nicht so.«

»Heißt das, es würde Ihnen nichts ausmachen, den Rest Ihres Lebens in einer geschlossenen Anstalt zu verbringen?«

»Es gibt schlimmere Orte. Diese Zimmer in Chaggfords zum Beispiel.«

Rigby hatte sie nicht gesehen, konnte sie sich aber vorstellen. Klein, düster, billig. Wie Gefängniszellen.

Wachmann fügte hinzu: »Jetzt wo meine Eltern tot sind, erbe ich die Farm. Wenn ich sie verkaufe, kann ich bis an mein Lebensende in Churchill House bleiben.«

Rigby merkte plötzlich, daß Wachmann keine Ahnung von der doppelten Hypothek hatte. Es gab nichts mehr zu erben, und selbst wenn es etwas gegeben hätte: Sobald ihn ein Gericht tatsächlich für diese Morde verurteilte, die er angeblich begangen hatte, würde er höchstwahrscheinlich in einer Institution landen, die von dem Luxus, an den er sich in Churchill House gewöhnt hatte, sehr weit entfernt war. »Wie sind Sie herumgekommen?« fragte er.

»Im Auto.«

»Sie haben ein Auto?«

»Ich bin depressiv«, erwiderte Wachmann. »Nicht schwachsinnig. In Churchill Haus konnte ich kommen und gehen, wann ich wollte.«

Warum auch nicht? dachte Rigby. Natürlich. Das war ja das Tragische. Solange seine Eltern für die Behandlungskosten aufkamen und Wachmann scheinbar für niemanden eine Gefahr darstellte, gab es keinen Grund, ihm nicht die größtmögliche Freiheit zu gewähren. »Sie sind aber nicht als Halter des Wagens registriert.«

»Er ist auf den Namen meiner Mutter zugelassen.«

»Was für ein Wagen war es?«

»Ein Volvo Kombi.«

»Der, den Sie schon vor zwanzig Jahren hatten?«

»Nein, aber ein ähnlicher. Meine Eltern haben mir immer ihre alten Autos überlassen.«

Gute, stabile Fahrzeuge, dachte Driver. Sie wurden deshalb so gern von Farmern gekauft, weil sie das Geholpere über die tief ausgefahrenen Wege vertrugen. Sie waren billig in Verbrauch und Unterhalt und hielten ewig. Was aber für Wachmann noch wichtiger war: Wenn man die Sitze herunterklappte, konnte man alles transportieren, von der lebensgroßen Statue einer Leiche bis hin zur Leiche selbst. Ihm war, als hätte man ihm einen Stöpsel aus dem Kreuz gezogen und seine ganze Energie fließe heraus.

»Eins verstehe ich nicht: Sie sagen, Ihre Motivation für die Ermordung dieser Frauen sei gewesen, daß es Ihnen sexuelle Erregung bereitet hat, die verschiedenen Stadien der Verwesung festzuhalten.«

»Ja, und?«

»Als Sie Helena Warner ermordeten, wußten Sie doch, daß das Wasser stieg und Sie aller Voraussicht nach keine Möglichkeit haben würden, Skizzen anzufertigen.«

»Und?«

»Da muß also noch etwas anderes mitgespielt haben.«

»Kennen Sie das Werk Aristide Maillols?«

»Nein«, erwiderte Driver. »Wer war das? Ein Maler?«

»Ein Bildhauer«, sagte Wachmann. »Seine Gattin war eine der schönsten Frauen aller Zeiten. Maillol sagte einmal von ihr: ›Ich hob ihr Hemd und erblickte Marmor.‹ Aber als sie starb, war sie fett.«

»Das hilft mir nicht weiter«, sagte Driver.

»Was ich damit sagen will, ist, daß Frauen ihre Schönheit verlieren. Sie zu malen ist eine Sache, aber wenn man sie in Stein festhält, kann man sie so spüren, wie sie waren – kühl, die Haut wie Marmor, Muskeln und Knochen wie damals, als sie noch lebten.« Er verschwieg, daß Helena Warner, als er in die Schmetterlingslippen eindrang, dort und am ganzen Körper, anders als alle Frauen, die er gekannt hatte, unnatürlich kalt gewesen war. Es war ihm damals vorgekommen, als würde er mit einer Statue schlafen, und das hatte ihn erschreckt.

»Hatten Sie eine Affäre mit ihr?«

»Ja.«

»Hat Gilmore davon gewußt?«

»Er hat uns in Marshfield erwischt.«

»Wie hat er reagiert?«

»Er hat auf uns eingeschlagen, und sie knallte mit dem Kopf an die Wand eines Nebengebäudes.«

Driver konnte sich die Szene vorstellen. Erotisch, animalisch, gewalttätig.

»Und dann?«

»Sie war benommen, das war alles.«

»Was taten Sie?«

»Ich bin in eine der Scheunen gerannt.«

»Und Gilmore?«

»Der stand nur da. Ich glaube, er wußte nicht, was er tun sollte. Joan hat ihn ins Haus zurückgebracht. Helena hat versucht, ihnen nachzulaufen.«

»Und Sie versuchten, sie daran zu hindern.«

»Sie hätte ihn ja nur angefleht, sie nicht zu verlassen.«

»Mit Eifersucht kann man manchmal nur schwer umgehen«, sagte Thurston.

»Nein, Sie verstehen mich nicht ... In jenem Moment sah ich nur noch ihren allmählichen Verfall. Sie würde Gilmore heiraten, Kinder bekommen und in Mittelmäßigkeit versinken. Dieser Körper würde der Welt verlorengehen. Ich wollte ihn bewahren.«

»Und wie wollten Sie das unter diesen Umständen erreichen?«

»Das Wasser stieg. Ich wußte, daß ich sie nicht im Sumpf vergraben konnte ... ich war mir nicht sicher, ob mein Vorhaben aufrichtig war, aber ich wußte, daß ich sie töten mußte.« Er sah trotzig auf. »Das war ich ihr schuldig. Wenn sie noch am Leben wäre, würde sie es mir danken.«

Rigby fehlten die Worte. Dieses eine Mal wäre er froh gewesen, wenn Thurston irgendeine Bemerkung gemacht hätte, aber es war Driver, der das Schweigen brach.

»Wie haben Sie Gilmore dazu gebracht, daß er glaubte, an ihrem Tod schuld zu sein?«

»Er ging selbst davon aus«, erwiderte Wachmann.

»Und Sie ließen ihn in dem Glauben.«

»Warum nicht?«

Warum nicht? dachte Rigby. Es war die einfachste Lösung gewesen, eine Lösung, die Gilmore klaglos akzeptierte. Leise fragte er jetzt: »Wie haben Sie sie getötet?«

Wieder streckte Wachmann die Arme aus, als staune er über ihren schieren Umfang und ihre Kraft. »Ich habe ihren Kopf gegen die Wand geschmettert.«

Driver sah an Wachmann vorbei zum Fenster. Gilmore befand sich drei Stockwerke tiefer in jener Zelle, in der man ihn schon vor zwanzig Jahren festgehalten hatte, und Driver wollte, daß er da rauskam. Mehr als das, er selbst wollte ihn aus diesem zwanzig Jahre währenden Unglück befreien, das offensichtlich völlig unnötig gewesen war.

Rigby beendete das Verhör. »Machen wir eine Pause«, sagte er.

49

Der gleiche Verhörraum, dachte Gilmore, das gleiche Gitter vor dem Fenster, der gleiche Tisch, die gleichen Stühle. Er war erschöpft und hatte die gleiche Angst wie damals mit neunzehn. Die Fingerabdrücke, die ihn in Zusammenhang mit Merle Wachmann gebracht hatten, waren vermutlich nur der Anfang. Er mußte den Tatsachen ins Auge blicken.

Driver und Rigby kamen herein, begrüßten die Kollegen, die Gilmore aus der Zelle heraufgebracht hatten, und zogen sich je einen Stuhl heran.

»Das ist kein offizielles Verhör«, sagte Rigby.

Für Gilmore machte das keinen großen Unterschied. Offiziell. Inoffiziell. Jetzt war alles egal. »Es sind gewisse Fakten aufgetaucht, und ich wollte sie Ihnen so rasch wie möglich mitteilen.«

Das ist doch ein Trick, dachte Gilmore. »Ich höre«, sagte er.

»Was wollten Sie in Thornley, an dem Tag, als Merle Wachmann ermordet wurde?«

Einen Moment lang erwog Gilmore, alles abzustreiten, fast ein Reflex, eine Gewohnheit, aber schließlich war das Glas mit seinen Fingerabdrücken übersät. Es schien zwecklos. »Ich wollte Richards Adresse.«

»Sie geben also zu, daß Sie dort waren?«

»Sie wissen doch, daß ich dort war.«

»Wie hat sie reagiert, als Sie auftauchten?«

Gilmore antwortete vorsichtig. »Ich will mal so sagen: Sie

hätte die Polizei rufen können, tat es aber nicht. Sie hat mich reingelassen.«

»Das heißt?«

»Das heißt, wenn sie geglaubt hätte, ich wolle sie umbringen, hätte sie mich wohl kaum ins Haus gelassen.«

»Hat sie Ihnen die Adresse gegeben?«

»Sie hat behauptet, er lebe in Afrika.«

»Haben Sie ihr geglaubt?«

»Nein.«

»Warum hätte sie lügen sollen?«

»Ich weiß es nicht. Ich hatte einfach den Eindruck, daß sie mich anlügt. Ich kann nicht sagen, warum.«

»Es muß doch einen Grund gegeben haben?«

»Sie müssen bedenken, daß ich Richard kannte, mit ihm zusammengewohnt hatte. Ich konnte mir nicht vorstellen, daß er im Transvaal oder sonstwo eine Farm betreibt.«

»Und warum glaubten Sie, sie lüge?«

»Ich kam zu dem Schluß, daß sie wahrscheinlich nicht wollte, daß ich ihn in meine Probleme hineinziehe. Und so war es auch. Kaum hatte sie den Grund meines Besuchs erfahren, bat sie mich zu gehen, was ich auch tat.«

»Das beantwortet immer noch nicht die Frage, warum Sie überhaupt hingefahren sind.«

»Das habe ich Ihnen doch gesagt: Ich wollte Richards Adresse.«

»Vielleicht, aber das war nebensächlich. Ich glaube, Sie sind nach Thornley gefahren, weil sie vermuteten, daß sie irgend etwas wußte, und Sie herausfinden wollten, was.«

»Ich wollte einfach nur mit Richard Kontakt aufnehmen«, beharrte Gilmore.

Driver beließ es für den Moment dabei, weil er ihn nicht aufregen wollte. In ein paar Minuten würde er einen gewaltigen Schock bekommen, einen Schock, den Driver ja selbst noch nicht verwunden hatte. Da war es besser, er befand sich in einer ruhigen Gemütsverfassung.

»Gut«, sagte er. »Sie wollten also Kontakt zu Wachmann aufnehmen. Das kaufe ich Ihnen sogar ab.«

»Es ist die Wahrheit.«

»Ich sagte ja, ich kaufe es Ihnen ab. Aber warum hatten Sie nach zwanzig Jahren plötzlich das Gefühl, ihn unbedingt sehen zu müssen?«

Gilmore hatte sich alles genau überlegt. In seiner Zelle hatte er jede Frage Drivers vorauszuahnen versucht und hielt jetzt die Antworten parat.

»Man hatte Helenas Leiche in Marshfield gefunden. Das hieß, daß sie in den Tagen, bevor das Haus überflutet wurde, noch einmal zurückgekommen war. Ich mußte mit ihm sprechen.«

»Warum?«

»Mit wem sonst hätte ich darüber sprechen können?«

»Es gab immer noch Joan.«

Gilmores Gesichtsausdruck sagte alles, und Driver lächelte. »Sie sind ihr etwas schuldig.«

»Ich weiß.«

»Warum also nicht Joan?«

»Das zwischen Joan und mir ist schwer zu erklären ... Es ist kompliziert ...«

Und ob, dachte Driver. »Sind Sie beide sich vor jenem Wochenende schon einmal begegnet?«

»Nein«, sagte Gilmore. »Ich habe sie vor Marshfield nie gesehen.«

»Wieso hat sie Sie dann gedeckt?«

Diese Frage hatte sich Gilmore damals oft gestellt. Die Antwort hatte sich im Lauf der Jahre ergeben, durch die Erfahrung mit den zahllosen Frauen, die in sein Leben getreten waren, nur um wieder daraus zu verschwinden, wenn sie merkten, daß sie es mit einem Mann zu tun hatten, der nicht ausdrücken konnte, was er empfand – der nicht einmal wußte, was er empfand. »Wie kommen Sie darauf, daß sie mich gedeckt hat?«

»Jetzt machen Sie die Sache doch nicht unnötig kompliziert. Warum hat sie Sie gedeckt?«

Gilmore fragte sich plötzlich, wie es sein mußte, in Drivers Alter zu kommen und jahrelang einen Fall wie Marshfield auf der Seele gehabt zu haben. Aber dann sagte er mehr aus dem Gefühl seiner eigenen drohenden Niederlage heraus als aus Mitgefühl mit Driver: »Sie hat geglaubt, sie sei in mich verliebt.«

Schon wieder ein unabsichtliches Geständnis, dachte Driver. »Aber sie hat Sie doch kaum gekannt.«

»Nein. Wenn sie mich gekannt hätte, hätte sie vielleicht anders empfunden.«

»Sie haben ja keine sehr hohe Meinung von sich.«

»Nein, also ...«

»Haben Sie sich je gefragt, warum sie sich zu Ihnen hingezogen gefühlt hat?«

Das hatte sich Gilmore bei fast allen Frauen gefragt.

»Vielleicht wollte sie Sie nur haben, weil Sie Helena gehörten«, fügte Driver hinzu.

Das hatte sich Gilmore noch nie überlegt, aber vielleicht war etwas dran. Einmal abgesehen von einem häßlichen Äußeren wäre es ihr egal gewesen, wie er ausgesehen hätte. Wenn man wußte, wie Joan in Wirklichkeit zu Helena stand, dann hätte die Tatsache, daß er Helenas Geliebter war, durchaus als Grund genügen können.

»Also, was ist damals am Abend der Party zwischen Ihnen passiert?«

»Das kann ich nicht beantworten.«

»Dann lassen Sie mich die Antwort geben«, sagte Driver in härterem Ton. »Joan hat sie zum Nebengebäude hinausgeführt. Stimmt's?«

»Nein«, sagte Gilmore.

»Und Sie haben Wachmann und Helena beim Sex erwischt ...«

»Nein.«

»Sie haben auf die beiden eingeschlagen, und dabei ist Helena mit dem Kopf gegen die Wand geknallt.«

Gilmore stand auf. »Nein!«

»Setzen Sie sich«, sagte Driver.

Gilmore blieb stehen, und Driver fuhr in sanftem Ton fort: »Lassen Sie mich ausreden, Ian. Nehmen wir einfach nur für einen Moment an, daß es so gewesen ist. Sie hat sie ins Haus zurückgeführt, nach oben in eines der Zimmer. Nicht, um mit Ihnen zu schlafen. Nur um Ihnen zuzuhören. Joan kann gut zuhören. Das liegt Frauen wie ihr. Doch bevor Sie sich's versahen, lagen Sie plötzlich mit ihr im Bett ...«

»Nein.«

»Sie haben mit ihr geschlafen ...«

Was soll das? dachte Gilmore. Er weiß ja alles. Er hat es schon immer gewußt.

Plötzlich wurde ihm klar, was ihn erwartete. Während der nächsten Wochen und Monate würde er einen Großteil seiner Zeit in diesem Raum hier verbringen. Manchmal nur mit Rigby, manchmal auch noch mit Driver. Egal unter welchen Umständen und ungeachtet der Tatsache, ob es sich um ein offizielles oder inoffizielles Verhör handelte, würden sie ihn gemeinsam kleinkriegen. Sie hatten eine Leiche. Sie hatten seine Fingerabdrücke auf dem Glas. Er wußte nicht, was sie sonst noch hatten, aber sie würden alles kriegen, was sie brauchten. Vor neunzehn Jahren hatte ihn Driver fast soweit gehabt, daß er ein Geständnis ablegte. Jetzt fiel er um, weil er daran dachte, was ihn erwartete.

»Ich habe sie getötet«, sagte er ausdruckslos. Eine simple Feststellung.

Driver hatte sich oft ausgemalt, wie es wohl sein würde, wenn Gilmore endlich zusammenbrach. Aber dieses kleine, ausdruckslose Geständnis war in keinem der Szenarios enthalten gewesen. »Sie haben sie getötet«, sagte Driver. »Ist das alles?«

Gilmore setzte sich. »Was gibt es da sonst noch zu sagen?«

Mein Gott, dachte Driver. Einfach so.

»Sie haben lange gewartet, um das von mir zu hören«, sagte Gilmore. »Wie fühlen Sie sich jetzt?«

Vor zwanzig Jahren – sogar noch vor vierundzwanzig Stunden – hätte Driver triumphiert. Jetzt sagte er bloß: »Nicht gut, wie ich leider zugeben muß.«

Er sah die Verwirrung in Gilmores Gesicht. »Ich verstehe nicht ...«

Driver stand auf und trat ans Fenster. »Sie haben sie nicht getötet«, sagte er. »Es war Richard.«

»Was?«

»Wachmann ...«

»Was ist das jetzt für eine linke Tour?«

Driver wandte ihm immer noch den Rücken zu. »Es ist die Wahrheit«, sagte er.

»Ich habe auf sie eingeschlagen.«

»Ich weiß«, erwiderte Driver, »aber Sie haben sie nicht getötet. Nachdem Sie mit Joan ins Haus gegangen waren, kam Wachmann zurück und hat ihr den Schädel zerschmettert. Sie glaubten, Sie hätten ihren Tod verschuldet, weil er Sie in dem Glauben ließ.«

Driver drehte sich um, weil er ihm in die Augen sehen wollte, *mußte*, als er das sagte, weswegen er eigentlich hergekommen war: »Es tut mir leid. Ich habe mich geirrt.«

50

Gilmore kam die Treppe herunter. Er war ein bißchen wacklig auf den Beinen, weil er zwar tief, aber nicht lange genug geschlafen hatte, obwohl er schon vor gut neun Stunden in voller Montur aufs Bett gefallen war. Er hatte nichts geträumt, da war er sicher. Keine Alpträume von Joans flehendem Gesicht oder Helenas lebloser Gestalt. Nur Schwärze. Nichts. Frieden.

Auf der Fußmatte lagen Briefe, größtenteils Rechnungen. Er bückte sich, hob sie auf und nahm sie mit in die Küche. Ohne nachzudenken, pflückte er den Schneemann vom Kühlschrank, warf ihn in den Abfalleimer und sah den Deckel über dem blasierten Gipsgesicht zuklappen. Was immer die Zukunft bringen mochte, er war entschlossen, nie mehr einen Zettel unter diesem Schneemann vorzufinden.

Er machte sich Kaffee, setzte sich an den Küchentisch und dachte über die Zukunft nach. Es hatte sich eine erfreuliche Wende vollzogen, und er merkte plötzlich, wie lange er sich in Gedanken ausschließlich mit der Vergangenheit beschäftigt hatte. Es hatte nie ein Morgen gegeben, nicht einmal ein Heute – nur Marshfield, Wasser und Tod.

Er dachte an einiges von dem, was Driver am Vortag gesagt hatte, und kam zu dem Schluß, daß er es sich schuldig war, ein bißchen fröhlicher zu werden, ein bißchen zu leben. Wenn er sie nur ergriff, hatte er jetzt die Chance, sich ein Leben aufzubauen, ein Leben, das vielleicht jemand wie Sue mit ihm teilen wollte, ein ganz normales Leben vielleicht, aber ein Leben, in dem er anfangen konnte, an all die Dinge zu glauben, die er in der Zelle als kostbar erkannt hatte. Er wollte daran glauben, daß er ein anständiger Mensch war, liebenswert und fähig, diese Liebe zu erwidern. Er wollte sein Leben mit einer Frau teilen, die diese Liebe verdiente, einer Frau, die ihn nicht verraten, belügen, betrügen und die ihm verbliebenen Jahre zerstören würde. Sue bot da immerhin eine vielversprechende Aussicht. Wahrscheinlich hatte sie die Nase voll von ihm. Er würde ihr keinen Vorwurf machen, aber er schuldete ihr die Gelegenheit, daß sie ihm das ins Gesicht sagen konnte.

Er stellte seinen Kaffeebecher auf den Küchentisch und dachte daran zurück, wie er ihren Brief zu einem kleinen blauen Ball zusammengeknüllt und in eine Zimmerecke geschleudert hatte. Was immer er damals über den Inhalt gedacht hatte, jetzt dachte er anders darüber. Von allen Frauen, die in sein Leben geschneit waren, nur um es desillusioniert wieder zu verlassen, hatte er sich Sue am nächsten gefühlt, und wenn er sie jetzt nicht anrief, fand er vielleicht nie mehr den Mut dazu.

Er wählte ihre Nummer im Büro. Als sie sich meldete, sagte er das erste, was ihm in den Sinn kam: »Du hast mir geschrieben.«

Nichts. Absolute Stille.

»Sue?«

»Wo bist du?« Es klang kühl.

»Zu Hause«, erwiderte er.

Wieder trat Stille ein.

»Sue?«

»Ian, was willst du?«

Gute Frage, dachte Gilmore. Er hörte die Bitterkeit in ihrer Stimme und erinnerte sich, daß bei ihrem letzten Telefongespräch keine Spur davon vorhanden gewesen war. Nur Verzweiflung, die einem allerletzten Versuch entsprang, zu ihm durchzudringen.

»Ich möchte dich zurückhaben«, erwiderte er.

»Einfach so ...«

»Ich weiß nicht, wie ich es sonst sagen soll.«

»Warum sagst du es überhaupt? In einer Woche, einem Monat sind wir wieder genau da, wo wir jetzt sind.«

»Nein«, sagte Gilmore. »Bestimmt nicht.«

Er rechnete damit, daß sie auflegen würde, und hätte sich fast dadurch von seinen Qualen erlöst, daß er ihr zuvorkam. »Wir müssen miteinander reden«, sagte er.

»Worüber?«

»Über die Zukunft.«

Jenes magische Wort. Zukunft. Frauen legten so großen Wert darauf, und bisher hatte er nie begriffen, warum. Es entstand eine Pause, eine Lücke, die er nur dadurch füllen konnte, daß er die Wahrheit sagte. »Du bist mir wichtig. Es fällt mir schwer, das zu sagen. Mach es mir nicht noch schwerer.«

Es läutete an der Tür. »Sue ...«

»Ruf mich später noch mal an.«

»Ich muß wissen ...«

»Ruf mich später noch mal an.«

»Sag, daß du mir eine Chance gibst. Mehr verlange ich nicht. Eine Chance.«

In der darauffolgenden Pause läutete es wieder. Gilmore wußte, daß es Driver war und daß er warten würde. »Eine Chance«, wiederholte er. »Wie steht's damit?«

»Es muß sich einiges ändern.«

»Ich weiß.«

»Wenn du es wirklich ernst meinst ...«

»Ja.«

»Ruf mich später noch mal an.«

Sie legte auf. Er ging zur Haustür, vor der ein putzmunterer Driver stand.

»Sie haben wirklich ein Talent, immer im richtigen Moment aufzutauchen ...«

»Ich hätte ja nicht erwartet, das Sie ein Halleluja anstimmen, aber etwas Besseres habe ich, glaube ich, doch verdient.«

»Kommen Sie rein«, sagte Gilmore.

Er führte ihn ins Wohnzimmer. Drivers Entschuldigung vom Vortag klang ihm immer noch in den Ohren. Geirrt, dachte er. *Es tut mir leid. Ich habe mich geirrt.* Es erinnerte ihn daran, wie Driver gesagt hatte: »Tut mir leid, Ian, daß ich Sie behelligen muß, aber ich hätte Sie heute vormittag gern auf dem Revier. Irgendwelche Einwände?«

Es genügte nicht als Entschuldigung, aber schließlich hatte er sich selbst ja auch geirrt. Wie konnte er Driver einen Vorwurf machen, wenn er sich selbst für schuldig gehalten hatte?

Er wünschte sich, sein Vater wäre noch am Leben gewesen und hätte ihn jetzt sehen können. Nachdem die Ermittlungen eingestellt worden waren, hatten sie nie mehr über Marshfield gesprochen, aber kurz vor seinem Tod hatte sein Vater gesagt: »Ich muß es wissen«, und Gilmore, der wußte, was er meinte, hatte erwidert: »Ich habe es nicht getan.«

Sein Vater konnte nicht ahnen, was ihn dieser Satz gekostet hatte. Es war sein letzter Wunsch auf dem Sterbebett gewesen, die Wahrheit zu erfahren, und Gilmore hatte ihn belogen. Er hatte diese Schuld all die Jahre mit sich herumgeschleppt, neben der noch größeren Schuld, einen Mord begangen zu haben.

»Setzen Sie sich«, forderte er Driver auf.

»Sie wirken nicht besonders glücklich«, sagte Driver.

Gilmore nahm ihm gegenüber Platz. »Das braucht Zeit. Zwanzig Jahre lang habe ich geglaubt, ich hätte sie umgebracht. Das kann ich nicht einfach abschalten.«

»Nein«, stimmte Driver zu. »Ich habe ja auch Probleme damit.«

»Sie waren überzeugt, daß ich es getan habe.«

»Die Vermutung lag nahe«, erwiderte Driver. »Sie haben es ja selbst geglaubt.«

Gilmore blickte auf die jahrelange Qual zurück, zu glauben, ein Mörder zu sein, und er fragte sich, ob Driver sich vorstellen konnte, was er durchgemacht hatte. Ein wenig bitter sagte er: »Und was geschieht jetzt?«

»Es wird eine Anklage geben, weil Sie bei den ersten Ermittlungen Beweise zurückgehalten haben.«

»Was ist mit Joan?«

»Auch sie wird angeklagt«, erwiderte Driver. Als Gilmore schwieg, fuhr er fort: »Wenn Wachmann Helena nicht getötet hätte ... hätten Sie sie zurückgenommen?«

Er brauchte keine Sekunde nachzudenken. »Nein.«

»Warum nicht?«

»Stolz.«

»Nur deshalb?«

»Nein, nicht aus Stolz. Eher aus einer Art Selbstschutz. Ich hätte sie nie mehr so nahe an mich heranlassen können, daß sie mich noch einmal hätte verletzen können.«

Das ist nur recht und billig, dachte Driver. Den meisten Männern wäre es ähnlich gegangen.

»Dann war Wachmanns Sorge also unbegründet.«

»Wieso?«

»Er hat uns gesagt, ihm sei der Gedanke unerträglich gewesen, daß sie in einem geistlosen Dasein dahinvegetiert.«

»So also hat er ihre Zukunft mit mir gesehen?«

»So sieht er die Zukunft jeder Frau, die schön genug ist, um seine Aufmerksamkeit zu erregen«, sagte Driver und fügte hinzu: »Sie haben doch mit ihm zusammengewohnt, im gleichen Haus. Gab es denn keinerlei Hinweise darauf, daß etwas nicht stimmte?«

Gilmore dachte an eines von Wachmanns Bildern. Er hatte es in dem Haus im Norden Oxfords gesehen, aber das war so lange her, daß er sich nicht mehr an alle Einzelheiten erinnerte. Er wußte nur noch, daß es eine Frau darstellte, die eine Birne aß, und daß es eines der sinnlichsten Bilder war, die er je gesehen hatte. Er hatte es faszinierend gefunden und doch nicht gewußt, ob es ihm gefiel und ob er es überhaupt noch einmal sehen wollte. Etwas an dem Bild hatte ihn damals verstört, aber er bezweifelte, ob er es Driver erklären konnte. Ein Mann wie Driver würde das nicht verstehen. Oder vielleicht tat er ihm Unrecht: Vielleicht würde Driver ja *instinktiv* wissen, was ihn damals beunruhigt hatte.

»Nun?« fragte Driver, und Gilmore erwiderte: »Er studierte Kunst. Im Vergleich mit den meisten seiner Freunde wirkte er fast normal. Die waren alle ziemlich ausgeflippt.«

»Künstler«, sagte Driver, »neigen ein bißchen zur Exzentrik, habe ich mir sagen lassen. Ich selbst kenne ja kaum welche. Diesen Personenkreis zieht's nicht zur Polizei.«

Das glaubte Gilmore aufs Wort, er brauchte sich bloß Driver anzuschauen. »Was geschieht jetzt also?«

»Inwiefern?«

»Mit Wachmann?«

»Wir müssen beweisen, daß er die Taten begangen hat, aber das dürfte nicht allzu schwierig sein.«

»Und dann?«

»Vermutlich wird er den Rest seines Lebens in einer geschlossenen Anstalt verbringen.«

»Mein Gott«, sagte Gilmore. »Warum hat sich seine Mutter Ihnen nicht anvertraut?«

»Warum haben Sie es nicht getan?«

»Das wissen Sie doch. Ich dachte, ich hätte sie getötet. Wenn ich Ihnen das gesagt hätte, hätte ich lebenslänglich bekommen.«

»Nein«, sagte Driver. »Sie hätten Ihr Recht bekommen, eine gründliche Untersuchung des Falls. Die Leiche wäre geborgen worden, und dann hätte eine Obduktion ergeben, daß sie starb, weil jemand ihren Kopf an eine Wand geschmettert hatte. Und zwar mehrmals, Ian. Sie haben sie einmal geschlagen, und davon wurde sie nicht mal bewußtlos. Aber das, was Wachmann tat, hat zu einer schweren Gehirnblutung geführt.«

»Was soll das heißen?«

»Das soll heißen, daß dieser Befund nicht mit den Geschichten von Wachmann und Joan Poole übereingestimmt hätte. Beide hätten ausgesagt, daß Sie auf sie eingeschlagen haben, aber da dieser Schlag nicht ausgereicht haben konnte, hätten wir das genauer untersucht. Vermutlich wäre dabei herausgekommen, daß die anderen Partygäste, die noch im Haus waren, nicht in Frage kamen. Der einzige, auf den wir mit dem Finger hätten zeigen können, wäre Wachmann gewesen. Also hätten wir ihn in die Mangel genommen und die Wahrheit herausgekriegt. Selbst wenn er uns nicht den Gefallen getan hätte, ein Geständnis abzulegen, bin ich mir ziemlich sicher, daß seine Mutter nach der Nachricht von Helenas Tod geredet hätte.«

»Dann war das alles reine Zeitvergeudung. Eine Vergeudung von meinem und Joans Leben.«

»Und dem Leben der Frauen, die Wachmann später ermordet hat.«

»Wie viele sind es?«

»Das wissen wir nicht. Nach Rigbys letzter Zählung sind es einige, aber Wachmann nennt immer neue Verstecke. Größtenteils Scheunen.«

»Wer waren sie?«

»Er hat sich seine Opfer klug ausgesucht. Frauen auf der Durchreise. Frauen, die für eine Nacht ein Dach über dem Kopf suchten. Frauen, die niemand vermissen würde.«

»Ich wußte gar nicht, daß man mit Mord so leicht davonkommt?«

»Das müssen gerade Sie sagen«, meinte Driver. »Es werden jeden Tag Leute ermordet. Ihr Verschwinden wird der Polizei nur dann gemeldet, wenn jemand sie vermißt. Haben Sie eine Vorstellung, wie viele unidentifizierte Leichen es jedes Jahr gibt? Wohnsitzlose. Ältere Leute, deren im Ausland lebende Kinder sich nicht mehr um sie kümmern und sich nur noch an Weihnachten melden. Oder Frauen, die jemandem wie Wachmann über den Weg laufen. Und dann sind da noch Alkoholiker, Drogenabhängige, jugendliche Ausreißer. Ich könnte die Liste beliebig fortsetzen.«

»Haben Sie zu irgendeinem Zeitpunkt geglaubt, daß Helena einfach nur abgehauen ist?«

»Nein«, erwiderte Driver. »Ich wußte von Anfang an, daß sie tot war. Ich wußte von Anfang an, daß sie Marshfield nie verlassen hat.«

Gilmore sagte nichts dazu. Und als brauche er eine Bestätigung dafür, daß Wachmann die Leiche zu einem späteren Zeitpunkt noch einmal gesehen hatte, um die Statue schaffen zu können, fuhr Driver fort: »Was meinen Sie, Ian? Hätte Richard in den Tagen nach der Party noch einmal nach Marshfield zurückfahren können?«

Gilmore überlegte und erinnerte sich, daß er nicht genau gewußt hatte, wo Wachmann zwischen Montag und Mittwoch gewesen war. »Ich weiß nicht, aber in Anbetracht seiner Arbeitsmethode würde ich sagen, daß er es nicht aus dem Gedächtnis geschaffen hat. Er muß zurückgefahren sein, den Schrank geöffnet und von der Leiche eine Skizze angefertigt haben, die er später verwenden konnte.«

Jetzt war es an Driver, still dazusitzen und das eben Gehörte zu verdauen. Gilmore störte ihn nicht dabei, er hing seinen eigenen Gedanken nach, Gedanken, die sich immer mehr darauf zu konzentrieren schienen, was die Zukunft bereithalten mochte. Das war neu für ihn, eine Zukunft zu haben. Einerseits ängstigte ihn diese Aussicht, andererseits gewann er ihr allmählich einen gewissen Reiz ab.

»Etwas verstehe ich nicht«, sagte Driver. »Etwas, das mich zwanzig Jahre lang beschäftigt hat, wenn ich ehrlich bin.«

»Was denn?«

Driver dachte an den Tag zurück, an dem er ins Wasser gestarrt hatte, in der festen Überzeugung, daß man Helenas Leiche nie finden würde. Er fragte: »Warum im Haus und nicht im Sumpf?«

Einen Moment lang begriff Gilmore nicht, worauf er hinauswollte. »Spielt das noch eine Rolle?«

»Für mich schon«, sagte Driver. »Da Sie ja wußten, daß bald alles überschwemmt sein würde, war es doch eigentlich idiotisch, aber ich bin sicher, es gab einen Grund.«

Gilmore konnte kaum glauben, daß Driver nicht selbst darauf kam. An seiner Stelle hätte er diese Möglichkeit als erstes in Betracht gezogen, aber schließlich wußte Driver ja nicht, was Ernst Wachmann getan hatte, bevor er Marshfield verließ.

Gilmore sah sich wieder mit Joan in der Küche sitzen. Die Glühbirne leuchtete hell, das Wasser im Ausguß war mit einer dünnen Schaumschicht bedeckt. Sie hatte den Stöpsel gezogen und abgewartet, bis das Geschirr gerade noch bedeckt war. Dann hatte sie den Wasserhahn aufgedreht und Gilmore aufgefordert, seine Hände auszustrecken.

Er streckte sie ihr hin, und sie wusch das Blut ab. Ihre kräftigen Daumen rieben seine Handflächen an der Stelle, die er immer mit Nägeln assoziiert hatte. Der Druck löste eine fast schmerzhafte Empfindung in seinem Arm aus. Und dann hatte sie ihm in einem ebenso bizarren wie erotischen Akt die Hände mit ihrem Haar abgetrocknet.

»Nicht«, sagte er leise, aber sie ließ ihn nicht los. Ihre Finger waren wie aus Stahl, und er wußte schon damals, daß ihn diese Finger jahrelang verfolgen würden.

Sie führte ihn aus der Küche in den Raum, wo das Bild mit den Rehaugen von der Wand herabblickte. Es herrschte trübes Licht und stank nach kaltem Rauch, und als er hereinkam, sah Wachmann auf. Doch der Moment gegenseitiger Beschuldigungen verstrich, ohne daß einer von ihnen den Anfang machte. »Wir sollten die Polizei rufen«, sagte er, aber Wachmann war dagegen.

»Willst du dir das wirklich antun? Ich nicht – und außerdem macht sie das auch nicht wieder lebendig. Keiner von uns kann etwas tun, das sie wieder lebendig macht.«

»Darum geht es nicht«, sagte Gilmore, aber Joan hielt zu Wachmann.

»Vielleicht hat er recht. Denk doch mal daran, wie das aussehen würde. Es würde alles herauskommen – über Richard und Helena und mich und dich. Und es würde auch herauskommen, daß Helena mit jedem ins Bett gegangen ist. Was meinst du, wie ihre Eltern sich fühlen, wenn die Presse das erfährt.«

»Also, was schlagt ihr vor?«

Niemand schlug irgend etwas vor, und doch stand der Gedanke, ihre Leiche im Sumpf zu vergraben, bedrückend im Raum.

Gilmore konnte diese grauenhafte Vorstellung nicht ertragen. Die Vorstellung, ein Loch zu graben und Helena hineinzulegen, ging über seinen Verstand. Doch das war sowieso nicht möglich. Sie konnten sie nicht begraben, weil Richards Vater das ganze Werkzeug mitgenommen hatte. Auf dem ganzen Grundstück befand sich kein einziger Spaten mehr oder irgend etwas, das einem Spaten ähnlich gesehen hätte. Joan sah wortlos auf die langen Holzbretter unter ihren Füßen, aber Wachmann sagte: »Die kriegen wir nie ohne Werkzeug hoch.«

»Egal, was wir tun, man wird sie finden«, meinte Gilmore, und Joan sagte zu Wachmann: »Vielleicht auch nicht. Wann beginnt das Wasser zu steigen?«

»Es hat schon begonnen. Am Mittwoch wird es die Türschwelle erreicht haben.«

Gilmore fand es sinnlos zu sagen, daß ihm das neu sei. »Ich dachte, wir hätten mehr Zeit«, meinte er.

»Nein«, sagte Wachmann. »Ich dachte ...« Er hatte fortfahren wollen: »... Helena hat es dir gesagt'«, änderte es aber um in: »Ich dachte, das wüßtest du.«

»Warum müssen wir überhaupt etwas unternehmen?« bat er. »Warum können wir sie nicht einfach hier liegen lassen?«

Mit einer Kaltblütigkeit, die ihm eine ungefähre Vorstellung davon vermittelte, wozu sie notfalls fähig war, sagte Joan: »Sie wird nach oben treiben.«

Das ist ein Alptraum, dachte Gilmore. Sie unterhielten sich hier in aller Ruhe darüber, wo man am besten eine Leiche versteckt. Und nicht nur irgendeine Leiche. Helenas Leiche. Wer über die Beseitigung einer Leiche nachdachte, war ein Mörder, kein geistig normaler Durchschnittsmensch. Aber was war überhaupt noch durchschnittlich und geistig normal, wenn man einen Menschen getötet hatte? Was spielte es jetzt noch für eine Rolle, was mit der Leiche geschah? Und doch spielte es eine immense Rolle. Es spielte eine Rolle für ihn, und er konnte sie nicht begraben. Er brachte es einfach nicht fertig.

Als könne sie seine Gedanken lesen, sagte Joan: »Überlaß das uns. Du bleibst hier. Du brauchst nie zu erfahren, was wir gemacht haben, wenn dir das lieber ist.« Sie nahm Wachmann mit, Wachmann, der ruhiger war und besser damit fertig wurde. Und Gilmore überließ alles den beiden. In vielerlei Hinsicht war das das Schrecklichste von allem gewesen: auf der orientalischen Decke zu sitzen und zu hören, wie die Leiche durch den Flur geschleift wurde und dann die Treppen hinauf in das Schlafzimmer über ihm. Er hatte sich die Ohren zugehalten und eine Ewigkeit so dagesessen, aber als er schließlich wieder lauschte, hörte er – nichts.

Er war aufgestanden und in den Flur gegangen. Die Stille dort war entsetzlich. Er war die Treppen zum Schlafzimmer hinaufgerannt, und was er dann sah, würde er nie vergessen: die Hand, die halboffene Schranktür, Joan, die die Tür zudrückte, und ihr Gesichtsausdruck, als sie den Messingknauf herumdrehte.

»Wir hatten kein Werkzeug«, sagte Gilmore. »Richards Vater hatte alles mitgenommen.«

»So simpel«, sagte Driver.

»So simpel.«